U0717799

登自己的山

All This Wild Hope

被盯上的男孩

夺回被偷走的童年

Chosen

A Memoir of
Stolen Boyhood

Stephen Mills

GUANGXI NORMAL UNIVERSITY PRESS

广西师范大学出版社

·桂林·

[美]斯蒂芬·米尔斯 著　　赵晓曦 译

图书在版编目(CIP)数据

被盯上的男孩：夺回被偷走的童年 / (美) 斯蒂芬·米尔斯著；
赵晓曦译. —— 桂林：广西师范大学出版社, 2024.6
书名原文: Chosen: A Memoir of Stolen Boyhood
ISBN 978-7-5598-6953-1

Ⅰ.①被… Ⅱ.①斯…②赵… Ⅲ.①回忆录－美国－现代
Ⅳ.①I712.55

中国国家版本馆CIP数据核字(2024)第101612号

著作权合同登记号桂图登字：20-2024-021号

BEI DING SHANG DE NANHAI: DUOHUI BEI TOUZOU DE TONGNIAN
被盯上的男孩：夺回被偷走的童年

作　　者：（美）斯蒂芬·米尔斯
译　　者：赵晓曦
责任编辑：谭宇墨凡
内文制作：常　亭

广西师范大学出版社出版发行

　广西桂林市五里店路9号　邮政编码：541004
　网址：www.bbtpress.com
出版人：黄轩庄
全国新华书店经销
发行热线：010-64284815
河北鑫玉鸿程印刷有限公司印刷
开本：860mm x 1092mm　1/32
印张：13　　　　　字数：230 千
2024 年 6 月第 1 版　2024 年 6 月第 1 次印刷
定价：68.00 元

如发现印装质量问题，影响阅读，请与出版社发行部门联系调换。

真心将此书献给苏珊

纪念我的父亲

爱我的儿子

我总害怕受伤。对我来说，只要活着，那一夜的威力就会令我感到痛苦，这痛苦使我崩溃、逼我屈服……我想把它写进书里，为此，我与我那过去从未、现在也还未允许我这样做的自尊交战许久。

—— T. E. 劳伦斯致夏洛特·肖的信

1924 年 3 月 26 日

目 录

书中部分受害者与见证者姓名及身份细节有修改。

第一部

猎捕

序言 1959

从周一到周五,我都是家里唯一的孩子。周末一来,我们的小房子里就挤满了婶婶、叔叔、曾伯母、曾伯父、各种亲疏程度不同的表亲,还有我父亲在陆军航空兵部队的朋友——这么大一群人,吵吵嚷嚷,有他们在,我从不觉得孤单。他们和我父亲聊天,帮我母亲做事。"嘿,小伙子,老头子还好吗?""斯蒂芬·阿·里诺,快下来告诉我有什么好吃的。""你好啊我的洋娃娃,来给阿姨一个大大的湿吻。"

夏天,他们聚在后院高耸的橡树和枫树下,像一只有二十个脑袋的犹太九头蛇一样围着我父亲,喋喋不休地谈论演员杰克·本尼、以色列还有宇航员。只有在吃百吉饼和士力架的时候,他们才会停止滔滔不绝与指指点点。

父亲坐在结实的金属轮椅上,肘部靠着蓝色软垫扶手,双手僵硬地交叠在腹部。他的两条腿向左倾斜,像被粘在了轮椅架上一样。他穿着刚熨过的白色短袖衬衫，稀疏的棕色头发由每月来我们家为我们父子理发的意大利理发师精心修剪过。每到周末，父亲的脸总是很光滑。因为母亲会在周五早上给他刮胡子。她也会假装给我刮刮脸。

我总能找到父亲——他从不挪窝。叔伯们和我一起玩球，把我扛在肩上，但父亲却喜欢拥抱我。夏日里，我喜欢爬上他的大腿，坐在整个家族圈的中心位置。我靠在他胸前，让他用双臂环抱着我。

每隔几分钟，他就会发出一阵"咯咯"的笑声，这是他的标志性笑声，这个圈子里的人个个都喜欢侃大山。他们就是为了讲笑话而生的，能妙语连珠把人逗乐，就是他们最大的志趣。哈罗德叔叔教我唱百老汇的歌曲集，围着五月花柱翩翩起舞。米尔伯伯是卖腰带的，为了我将来的学习，他会让我记住哲学家们的名字：庞蒂、胡塞尔，还有阿伦特。豪尔赫大伯抽着臭烘烘的大雪茄，他会作曲，还会造钢琴。

我听不懂他们的笑话，但父亲喜欢。他瘦骨嶙峋的双腿在我大腿下抖个不停，放在我肋骨上的右手也一直抽动。他笑起来的时候，硕大的鼻子、歪斜的笑脸还有玳瑁太阳镜全都皱成一团。

这群人里的女士站在男人的对面。黛尔婶婶有一头乌黑发亮的头发，她抽着自己先前放在烟灰缸里的百乐门牌香烟，在烟头上留下红色的口红印。弗兰姑妈描着浓墨重彩的眉毛，手里攥着个金光闪闪的烟盒，扯着她那一百多分贝的嗓门说着话。吉恩大姑的嘴唇大到离谱，涂上唇膏好似苹果或者橘子。

母亲坐在一把铝架草坪椅上休息，她们则坐在我母亲的两侧。母亲穿着海军蓝色的休闲裤和格子衬衫。她戴着巨大的圆框太阳镜，为双眼挡住正午的骄阳。她身材微胖，留着少女般的刘海，看起来不像一个实际上已经三十四岁的女人。她是个正统犹太博学之士的女儿，白皙的肤色、沙色的头发以及淡褐色的眼睛，常让人误把她当作爱尔兰人。

但在这里，在朋友们与妯娌之间，她的出身是毋庸置疑的。她是家中的独女。其父母都是来自东欧的移民，早已去世。打从嫁给西摩·米尔斯——大家都叫他"斯"——她就被这个紧密团结的家族接纳了。

周六晚上，他们会在我们家"安营扎寨"。屋里凭空冒出一堆睡眠空间——打开的折叠床，变成两张或三张床的沙发和沙发垫，层出不穷的军用睡袋。我玩得太开心，根本睡不着。

我知道自己的父亲与其他人的父亲不同。别人的父亲不用坐轮椅，无需护士探视，也不需要妻子用黄色托盘上的勺子来给他喂食。母亲说，他从战场上回来的时候就是那样了。这让我很困惑。我知道父亲得了一种叫多发性硬化症的病，这个名字就像伴随着姑妈和叔伯们而来的香烟烟雾一样，始终悬在空中。"二战"和多发性硬化症之间存在着某种关联，不过我不知道是种什么样的关联。

我原以为父亲还在军队，因为军队还会照管我们的生活。20世纪50年代初，他们在长岛万塔为我父母建了一所定制的牧场式房屋。屋前屋后都有坡道，门口也特别宽敞，这么一来，父亲就能坐着轮椅在房子里的任意地方来回走动了，别人用轮椅推他也很方便。街道上的所有孩子都想在我们家的坡道上跑上跑下。我的受欢迎程度几乎赶上了汤米，汤米的爸爸是个"软糖先生"，他的雪糕车就停在自家车道上。

我们家的车也和别家不同。军队给一辆蓝色的普利茅斯大轿车装上了手柄，好让父亲不用脚也能操控油门和刹车踏板。这些都是我出生以前的事了。我从没见过父亲开车。后来，母亲接手了驾驶的活儿，他们拆掉了后座，这样，我们开车去走亲访友的时候，父亲就能坐着轮椅乘车了。

出门购物时，我和母亲会坐在前排，佯装老成，费劲巴拉地仔细查看仪表盘。每周五，我们都要驱车近一个小时去托滕堡，那是位于皇后区白石桥附近的一家军人服务社。她钟爱那里专为我们这样的军属家庭而设的低廉价格，而我则对守在入口处荷枪实弹的士兵更感兴趣。当我们在大门口停下来的时候，他们会看向车里，并询问母亲有关把手的情况。母亲为他们说明把手的工作原理。士兵们指这指那，点头称是，赞不绝口。

有些夜晚，父亲必须去医院，这时母亲就会叫醒我，她屈膝跪在我床边，告诉我哪个阿姨或是朋友会在我们家一直待到天亮。有时他们一住便是好几天。我曾做过有关警笛的噩梦。当时我心慌意乱地醒来，确信自己听到的警笛声是真的。有时的确是，但大多数时候不是。我会将一只毛绒小豹子紧紧抱在胸前，聚精会神地听个真切。

一天晚上，父母的卧室里传来了奇怪的声响。我抓起我的豹子，蹚过走廊，来到他们紧闭的房门前。打开门时，我被一股温暖的薄荷气息击中了，它是从梳妆台上的一个圆形的绿色玻璃装置中喷涌而出的。这机器一直运转个不停，像魔法一般地制造蒸汽，宛如森林湖小学池塘上空的晨雾。

我在门口站了一会儿，透过雾气寻找父母的身影，随后又走近了些。父亲从床上坐起来，白色的背带包裹着他瘦弱的身体。母亲站在他身旁，上下推动着一根长长的金属杆，操纵着那大大的吊床。

她每向下推一次，父亲就会离床高出几英寸。母亲很强壮。当父亲完全离开床体时，她用双手抓住安全带，把他荡到轮椅上，然后再次拉动杠杆，让他落到轮椅的座位里。父亲的双腿一如往常地倒向一边，头也垂了下来。

"你怎么起来了，宝贝？"看到我后，母亲问道。"做噩梦了吗？"

"我听到警笛声了，妈妈。"

"没有警笛声，那只是个梦。回去睡觉吧。我带爸爸上完厕所后再去给你盖被子。"

"我想待在这。"我抱着自己的豹子说。

她推着父亲，从我身边穿过宽大的浴室门。我站在绿色的机器旁，闭上双眼，让蒸汽溢满我的肺部。一分钟后，我转向父亲的打字机，那是一台蓝绿色的 IBM 电动打字机。

我按下灰色的"开机"键，机器发出令人安心的嗡嗡声。我喜欢按方形的白键，只要轻轻一碰，它们就会发出"嗒嗒"的声响，那感觉就好像它们知道你想要什么。滚筒里没装纸，所以我也打不了字，于是我就用手指在凹凸不平的按键上来回滑动，然后按下了"关闭"键。

梳妆台的尽头放着一台军用短波收音机。我来回转动灰色金属盒上的黑色大表盘，用一根垂直的红色调音棒指着远处的地名穿梭移动。哈罗德叔叔（父亲的弟弟）曾给我读过这些地名：突尼斯、那不勒斯、加尔各答、北京。他说这都是父亲在战时去过的地方。

浴室的门开了，父亲坐着轮椅出来，母亲跟在他身后。他们走到床边时，母亲又把吊装的操作反向重复了一遍，接着挥手示意我过去。

我爬上床，给了父亲一个拥抱。他穿着柔软的蓝色睡衣，身上散发着薄荷醇的气味。他把手放在我的脸颊上，亲吻了我的额头。

父亲又住院了。那是一个冬天，就在我五岁生日前。我和黛尔婶婶还有哈罗德叔叔住在一起。那是我的另一个家。我是在这所老房子里学会的热炉子不能碰，地下室的煤仓可以是绝佳的游戏场所，萤火虫要拿罐子来抓，而我即便做了比哥哥戴维更多的坏事也能全身而退。他比我大8个月。我们花了太多时间一起厮混，他虽是我的堂兄，却更像是亲兄弟。

暴风雪来袭，学校停课了。叔叔做了华夫饼，吃完早餐，我爬上二楼，去用楼道上那个壁橱大小的浴室。我透过小窗，看到雪已经下起来了。我脱下红色的法兰绒睡衣，坐到马桶上。

我设想着当天要和戴维做些什么。那里有一座大土山，山上有人在盖新房，而我们会和其他孩子一起到那儿打雪仗。那是一场土球仗——十个孩子互扔土制"手榴弹"，直到有人被击中头部，哇哇大哭，游戏就可以结束了。

当我还沉浸在打雪仗的遐想中时，突然，前门被

"砰"的一声关上，我听到有雪地靴"蹬蹬蹬"地跑上楼来的声音。一定是我母亲。不然还能是谁？但是，她没有停下来和叔叔婶婶说话，而是径直走了过来，然后大声叫着我的名字，把我吓了一跳。

"我在浴室呢，妈妈。"我大喊道。她穿着长长的冬衣冲进门，跪倒在地，头上沾满了雪花，脸上淌着泪。我从未见过母亲流泪。她抓住我的手，用力捏着。

"爸爸死了，宝贝。爸爸死了。"

我不知道这句话是什么意思，但它确实让我心惊肉跳。我努力稳住自己，紧紧地抓住马桶座圈。

她看出了我的不解。

"爸爸不会回来了。"

我知道，她所指的并不只是那个晚上。

"你是说，永远？"

"他再也不会回来了。"她不停地摇头。"他再也回不来了。"

接着，她抽泣着抱住了我。一分钟后，母亲放开我，拖着沉重的脚步走下楼梯。我推开门，听到她在和叔叔婶婶说话。我听不清他们谈话的内容，但能听到叔叔在哭。

我洗了洗手，然后回到自己的卧房。雪下得很大，在那之前，我从没见过那么大的雪，大到几乎完全盖住了树。空中飘落的雪花让我更难过了，因为它一直不停。或许它永远都不会停了。

戴维走进房间，搂着我的肩膀，我们看着雪花飘落，一言不发。

我知道动物会死。我在《小鹿斑比》之类的动画片里见过。在《独行侠》之类的电视剧里，我也见过人会死。童话故事中有一半的母亲形象在故事开始前就会离世。可是，这些动物和人物都是存在于电视和书本里的。父亲既不是动画里的角色，也不是书本里的人物。他是真实存在着的，所以，他肯定就在某个地方。他会回来的。

那天晚上，我发了高烧。我病了好几天，错过了葬礼。父亲在母亲三十五岁生日那天下葬。某个阿姨留在家里照顾我，但我对此毫无记忆。

1

母亲第一次提起父亲的死是在八年后，也就是我成人礼的那天晚上。

那一天是完全按照母亲与我的继父肯的计划来安排的。要是我能说了算的话，有那么几件事会有点儿不同。我会花十块钱买下那套闪亮的绿色外套。我会像我的大多数朋友一样，在犹太会堂而不是在家里举办招待会。这么一来，整个空间就能容纳五六十人，我还能邀请班上的一些女生来参加。接着，她们就会注意到我，甚至喜欢上我。她们也不是不喜欢我。更像是当我不存在。

五年级的时候，我和一个瘦瘦的女孩谈过恋爱，她长了一头脏脏的金色长发。我从未要求她和我确定恋爱关系，但是，我们各自最好的朋友都说我们就是恋爱关系，所以我也就信了。后来，我和她分了手——我的朋友告诉了她的朋友——因为她剪了个精灵式的超短发，我觉得看着就像个男孩一样。那时候，我还迷恋着一个头发乌黑的意大利女孩，她有十三个兄弟姐妹。我很同情她，因为她每天都穿着同一件破洞的黄色毛衣，不过，我喜欢她那双忧郁的棕色眼睛。

我的初中学校按照测验成绩给学生分班，我被分到了优等生班，这里的女孩们很与众不同。在生物和几何这两门最难的课上，她们的手总是举得高高的，给出的答案也从不出错。她们穿着迷你裙，露出晒得黝黑的双腿。她们四五个人凑成一堆，成群结队地在各个班级之间来回穿梭。

那年秋天，我在几场成人礼上隔着房间看着她们。通常，她们会在讲台上一字排开，站在男孩们的身侧。我的成人礼要在 3 月举行。我想象着那些女孩排列在我两侧会是一副怎样的场景。

那件闪亮的绿色外套会帮上忙的。那是件淡绿色的外套，颜色并不浮夸。不过，我喜欢它闪闪发光的样子——用售货员的话来说，就像鲨鱼皮一样。当我穿上它，站在巨大的、三面镶板的更衣室镜子前时，我一下子看到了三个亮闪闪的绿色斯蒂芬。那让我眼花缭乱。

这外套把我的绿眼睛衬得很显眼。我继承了母亲的白皙肤色和雀斑。人们一看到我，就会猜我是爱尔兰人，就像他们猜我母亲那样。我把头发留到比平头长出半英寸，刚刚碰到耳朵的程度，刘海从我的额头右侧垂了下来。

我站在镜子前，挺了挺胸，屏住呼吸，转过身来检查外套的背部。看到它能很好地遮住屁股时，我松了一口气。曾有个男孩开玩笑说，对我这样一个瘦小的小孩而言，这屁股实在太大了。所以，我总想把它吸进去。

"哎呀呀。"在我还在自我欣赏的时候，母亲发出了这样的呻吟。

"怎么了？"

"我是说，要是你真想要这衣服的话。"她的意思是，你休想得到那件外套。肯什么也没说。他没必要说，因为他总会站在母亲那边。

我还一直相信低价的说辞能打动他们。母亲喜欢提醒我，说她是在又穷又饿的环境里长大的，迄今为止，每当一觉醒来，发现自己有饭吃，有好房子住，她依然惊讶不已。她的父亲是犹太法典学者，曾投资布鲁克林的房产，有过很多房子。但在经济大萧条中，他失去了所有的房子，而后又多次中风。她的母亲在她还只有十几岁时就患上了肺结核，从此一病不起。

母亲九岁时开始照顾行动不便的双亲。三年后，她的父亲去世，她与母亲搬到了一间逼仄的、只有冷水的廉价公寓。她称之为"老鼠洞"。她们同睡一张床，靠着每周从救济院领到的八美元艰难度日。母亲博览群书、聪明过人，十六岁就从高中毕了业。她梦想着上大学，却还是出去工作了。

我明白，要是她肯花大价钱买套更贵的衣服的话，是绝对不会看上那套亮闪闪的绿色外套的。她给我看了一件深蓝色的外套，售价 37 美元。售货员也更中意这一件。他说这衣服很利落。这件需要定制，但肯说他的干洗店可以免费定做。我每周都在他的店里打工，负责收银。

穿什么外套不重要。反正我的成人礼上也没有女孩。只有十个男孩，在我家铺着木板的地下室，围坐在一张折叠铝桌旁边，喝着从打折酒铺买来的佰一得可乐，吃着母亲做的烤鸡。他们当中有八个都是堂兄弟或家族里的朋友。这整件事给我的感觉就和我在地下室举办的其他生日聚会一模一样，考虑到我当时只有十二岁，所以这似乎也没什么不对。犹太会堂在那年提前安排了成人礼仪式。

大伙儿都离开后，母亲说他们想跟我谈谈。她和肯把我领进书房。书房里挤满了租来的桌子，上面铺着金色的桌布，摆着白色的花饰和空空的酒杯。我"砰"地坐在了栗色的瑙加海德革沙发上，感觉垫子在我身下变平了。我知道这会是次严肃的对话，因为在过去，严肃的对话都是在这张沙发上进行的，而不是客厅里的那张。

"你已经长大成人了，"母亲坐在我对面的金属折叠椅上开始说道，"我们觉得现在是时候告诉你一些事情了。"哦，该死，我想。求你了，别跟我谈性。几个月前，我和朋友在索尔兹伯里公园的地上捡到一本《花花公子》。每周末，我们都来回交换着看。要是这周让我妈在床垫下发现"六月女郎"可就糟了。

她说："我在储蓄账户里给你留了一笔钱。"谢天谢地，幸好不是要说"六月女郎"。"我很久以前就存好了。斯过世以后，退伍军人事务局开始每月给我寄钱，作为你的抚养费。我花了一部分，不过，过去几年里，没花完的钱我都存进了银行。等到你满二十一岁的时候，这个储蓄账户就归你了。"

自打母亲在我六岁那年再婚以后，她就再也没有提起过父亲的死。当然了，她会频繁地提起他。怎么可能不提呢？只要话题谈到某些跟家族史有关的内容，她就会提到他的名字。是啊，20世纪50年代初，我和斯住在图森。之所以去那里，是为他的健康着想。和肯结婚以后，母亲就开始管父亲叫"斯"了。在那之前,她总是唤他作"爸爸"或者"你的父亲"。

在新家里,大人们告诉我要叫肯"爸爸"。母亲说,现在,他就是你的父亲了。我还有了新哥哥和新姐姐,也就是艾伦和唐娜。艾伦十二岁,比我大六岁。唐娜十岁。他们的母亲死于白血病。大人要求他们管我母亲叫"妈妈"。我们这三个孩子都知道,永远都不要用"继父""继兄"或是随便"继"什么的字眼儿。我们得变成一个真正的家庭,和其他家庭一样的那种家庭。

起初,我还觉得这像是在演戏,像是要假惺惺地把这些陌生人当作家人。但是,我喜欢他们,也希望他们能喜欢我,和母亲搬进了他们在离长岛不远的东梅多的房子里之后,我尤其会这么想。要是他们不喜欢我,我又能去哪儿呢?我已经和自己的朋友以及同学们告别了。我知道我再也见不到他们了。

但在私下里,我还是会希望一切能回到从前。我曾在刚升上一年级的时候幻想自己骑着马拯救了我的母亲。我从罗杰·摩尔主演的电视版《艾凡赫》(Ivanhoe)里汲取故事情节,每天放学以后,我都会看这部剧集的重播。我总会把母亲带回在万塔的家。那是种只有我和她两个人的生活,就像父亲去世后的那一年,我们开着那辆蓝色的大型普利茅斯到处跑一样。她会开车带我去琼斯海滩,我在那儿的盐水池里学游泳，喝泡沫丰富的沙士汽水。我们每周五去采购食物，和那些头戴白盔、和蔼可亲的士兵聊天。我们乘坐渡轮去火岛，在有海滨平房的朋友家住了一周。我希望那样的生活还能再度重现。

与之相反，我却不得不看着肯在客厅的沙发上亲吻我的母亲。但不管怎样，我还是按照别人告诉我的那样，管他叫爸爸。你很难不喜欢肯。他带我去马戏团，给我买小手电筒。他和我在街上玩接球游戏，还帮我换上新的棒球手套。如果学校放了一天假，他就会带我去他在纽约服装区的工作地点，他在那卖"配件"，也就是针和纽扣一类的玩意儿。这些都是在他开干洗店以前的事了。

肯是个好人。但我知道，他不是我父亲。我不喜欢母亲在餐桌上管父亲叫"斯"，说得好像他只是个陌生的对象，而不是一个与我有所羁绊的人。那就像是我们先前的人生从未发生过，像是我从未有过父亲，而唐娜和艾伦也从未有过母亲一样。

我们离世的父母仿佛两个会不请自来的幽灵，他们可能会在晚餐时间突然出现，然后被以最快的速度逐出家门。除此以外，他们在房子里无迹可寻。唐娜在梳妆台上放了一张她母亲的照片，肯却让她把照片收起来。他说，是时候向前看了。这么做会让她的新妈妈更有家的感觉。

而我，甚至都没有父亲的照片可收。他的打字机和短波收音机连同我们的其他家什被一起装到了搬家车上，我眼见着母亲将它们藏进了地下室的壁橱里面。

我渴望了解我的父亲。他在哪里长大？他的童年如何？他为什么要去参军？我知道最好别问母亲，但如果我问了，哈罗德叔叔会告诉我一些故事。

一个周末，他带着戴维和我第一次去马球场观看纽约大都会队的比赛。为了去那儿，我们不得不开车穿过布朗克斯区，那是父亲和兄弟们长大的地方。哈罗德叔叔在车上唱歌，他的嗓音很美，吹起口哨来像鸟儿一样动听。在歌唱的间隙，他会停下来，指指点点。

"看到街角那座老砖楼了吗？"叔叔说，"那是咱们家的杂货店。我们就住在楼上。每天放学后，我和你父亲就会给鸡蛋装箱，再把牛奶舀到金属容器里。"叔叔带我们参观了他们童子军时代集会的公园。"是你父亲将我们的童子军变成了鼓号队。是他教会我怎么打军鼓，怎么吹男中音号。"

到了马球场，他指给我看说，20世纪30年代的时候，他们经常坐在廉价的座位上为纽约巨人队加油助威。"你父亲第一次带我去看卡尔·哈贝尔投球的时候，我还是个小伙子呢。我们都叫他'卡尔国王'。"比赛结束后，在回家的路上，我问他父亲为什么会参军。

"嗯，孩子，那是1941年初。战争已经打响了，但美国还没参战。你父亲一直说这只是时间问题。他不想在征召下入伍，也不愿意听人指挥。倘若真要服兵役，他也希望能学一门手艺。他有一双金子般的手，你父亲那个人啊，什么都会建，什么都能修。他想当个工程师，所以他加入了空军，去研究飞机的发动机。他回家告诉我这一切的那天，我到现在都还记得。"

叔叔沉默了。"那年我才十六岁，"他强忍着眼泪说，"我很崇拜他。也是在那时候，我决定要应征陆军。不过，海军优先录取了我。"

回到家后，哈罗德叔叔把我和戴维带到地下室，翻出一本老相册，给我们看父亲在北非空军基地的照片。他曾是一名机组长，工作就是要确保飞机能正常飞行。

其中有一张照片是父亲穿着制服拍的。他站在一架侧面写着"海湾小姐"字样的战斗机前，双手叉腰，面带微笑，神态自若。哈罗德叔叔说，那字是我父亲写的。那张照片一直存在于我的脑海之中，久久挥之不去。

我确信父亲会回来的。他就在天上听着我说的每一句话，看着我做的每一件事。他希望我能乖一点，能帮上母亲的忙。我之所以知道这一切，是因为我看过电影《旋转木马》（Carousel）。里面的主人公比利在亡者之家远望妻儿，最后，他回到了生者之地，看望了自己的家人。

我想，父亲会回来的地方是万塔，而不是东梅多，我希望他回来的时候我也在那儿。在新家的地下室里，肯的工作台上方，有一扇用彩绘玻璃装饰的小窗户。我们刚搬来的那个星期，我梦见自己从这扇窗户爬了出去，发现了一条通往万塔的秘密隧道。醒来以后，我直奔楼下，爬上工作台，用尽全身力气敲开窗户。我很确定我能找到那条隧道，但结果只看到车道。

我没有放弃。一天晚上，肯听到楼下有声音，他在地下室的壁橱里发现了我。我打开了顶灯，站在父亲的短波收音机前，来回转动着表盘，像是在寻找信号或是发出求救信号。肯试着跟我说话，但我并未回应。我在梦游。

之后，我一再重复这样的举动。最后，肯搬走了收音机，把它放到了我够不到的壁橱高处。他之后一次找到我的时候，我把自己的收音机带到了地下室，正对着它说话。

到我升上二年级的时候，母亲告诉我，我们一家五口要去法院，让我们在法律上成为真正的一家人。

"爸爸会收养你，"她说，"你会跟他姓，改叫斯蒂芬·图科尔。"

"叫他爸爸还不够吗？"我问。我不想改姓。父亲就在他那不为人知的国度里看着这一切，他会不高兴的。

"我知道你喜欢自己的名字，"她说，"但要是我们都能共享一个姓氏的话会更好。这样，大家都会知道你是这个家中的一员。"

"可我确实是这家里的人啊。"

"要是你的姓氏不一样，你可能会觉得自己被冷落了啊。"

"我没觉得被冷落了。"这是句实话，但也是谎言。我确实没觉得自己受到了冷落，但我也必须做好准备，只要父亲一回来我就走。

母亲说："你现在或许还不能理解，但总有一天你会明白的。"

在去家事法庭的那天晚上，我爬到书桌下面，用从马戏团买来的小手电筒照着从地板到天花板的白色钉板。我用铅笔在白板上一遍遍地写着我从前的名字——斯蒂芬·米尔斯。没人看得到，但我知道，它就在那里。总有一天，它会再度成为我的名字。

不确定是从什么时候开始，我就不再等待父亲了。成人礼的前一年，我的卧室被粉刷一新。当油漆工搬走我的书桌时，我看到钉板上已经写满了自己的名字。那就像是从前的我留给我的某种信息。我叫工人们别管那桌子了。

我不再梦想着拯救母亲。在某些方面，我甚至不再喜欢她了。我们搬进来没多久，她就开始和艾伦吵架，她总试图让他做些他不想做的事，要么就是去阻止他做不该做的事。有一天，他们大吵了一架，母亲打了艾伦的耳光。

事情结束后，她来找我，而我躲在了床底下。

我曾一度夹在他们的争战之中，试图劝和。最终，我站在了哥哥那边。我钦佩他的叛逆，还有他为自己挺身而出的方式。我没有忤逆母亲的勇气。我惧怕她的愤怒，更怕她那有时会打在我左脸上，发出"啪"的一声的张开的手。你说不准她什么时候就会发脾气。我看得出，这更多地取决于她自己的情绪，而不是我的所作所为。在挨过几次打之后，我就总是保持着戒备。

差不多就是在我的房间被粉刷的那段时间，我和艾伦成立了一个秘密社团，叫"妈咪复仇小队"。每当我们当中有一个人不在家时，另一个人就会替他在明信片和信件上签下这个名字。这个只有两个人的俱乐部除了惺惺相惜之外，并无其他任何的使命。

他上大学那年，我开始读初中。对我的新朋友来说，我是斯蒂芬·图科尔。他们不知道我是从万塔搬来东梅多的，对我的父亲也一无所知。母亲针对我改名的预言成了真：每个人都会知道，你是这个家中的一员。

"从斯去世开始的。"成人礼派对结束之后，母亲拿出一本储蓄存折说道。我在书房的沙发上摆弄着袖口，感到很困惑。肯高高瘦瘦的，通常情况下，他会靠在椅子上，跷起二郎腿。但现在，他直勾勾地坐着，看起来和我母亲一样严肃。他们在等我发言，可我不知道我该说什么。

我把注意力都集中到钱上，这看起来是件大事。我现在是个大人了，得为自己未来的财务状况负起责任。我父亲还有美国陆军都指望着我呢。

　　"有多少钱？"我问。

　　母亲把存折递给我，我翻了几页。里面有四千多美元。

　　"哇，这可真不是一笔小钱啊！"我惊呼道。

　　"是啊，但这还不是全部，"母亲说，"等你上大学的时候，退伍军人事务局会帮你付学费。要是你想上私立大学的话，也可以去。"

　　"那真的很酷。"我说。私立学校的学费很贵。我还以为我会像哥哥还有他的朋友们一样去念州立学校。

　　"我们知道你能利用好它，斯蒂芬，"她继续说道，"你是个很出色的学生，我们为你感到骄傲。"

　　"是的，的确是。"肯也点了点头。

　　那晚睡觉的时候，我意识到这一整天，直到书房里的那次谈话为止，都没人提起过我的父亲，就连哈罗德叔叔也没有。仿佛他明明就在那里，但每个人都假装他不在。

　　不过，在成人礼仪式上，拉比萨特罗在向《妥拉》呼唤我时，用的是我的希伯来名字——什洛莫·本·西蒙。什洛莫，西蒙之子。依照拉比萨特罗和犹太律法的说法，西蒙——斯——依然是我的父亲，而且永远都是。

2

我和堂兄戴维曾去过两次艾拉·福斯营，那年夏天我们又去了一次。那是个男女混住的营地，位于康涅狄格州西北部的新米尔福德镇外，坐落在环绕着一个人工小湖的连绵起伏、树木繁茂的山丘之中。我们每次都会去参加一个为期三周的夏令营。

艾拉·福斯营并无华丽之处，但我们很喜欢。犹太教的慈善组织犹太联合捐募协会为了给移民子女提供户外活动的机会而创办了这个营地。大部分营员都是犹太人，但也有一些黑人和波多黎各人。少数人来自长岛和布鲁克林，大多数人都是从布朗克斯区来的。他们住在杰罗姆大道、大广场或合作社城的公寓楼里，父母都是教师、公务员和店主。每年7月，我们一百多号人都会拖着帆布旅行袋，聚集在布朗克斯区东特雷蒙特青年旅社外，挤上校车，再坐两小时的车前往艾拉·福斯营。

1968年夏天，我和堂兄还有另外两个男孩一起住在营地的"帐篷城"里，在营地中，十二到十四岁的孩子们住的是四人帐篷，设在结实的木制平台上。我们的辅导员是个大学生，名叫罗伊，他留着一头长发和一撮细细的山羊胡，大部分时间都在弹奏西塔琴，那是披头士乐队刚刚引领起来的风潮。他整个夏天都戴着墨镜，即使在室内也不摘。

戴维和我经常去打垒球。我们有一支优秀的五人球队，即使面对九人球队也从无败绩。有天下起了大雨，我们待在帐篷里看漫画，练习纸牌技巧。午饭前，罗伊让帐篷城的所有男孩去康乐室报到，观看一部性教育影片。我挤进人头攒动的队伍，在尽可能靠近前排的木凳上占好位置。银幕是便携下拉式的。现场满是谈笑声。

营地负责人丹·法里内拉站在银幕前，双手叉腰，等待我们安静下来。他四十来岁，中等身材，体形魁梧。那高大的肩膀、有力的臂弯、宽阔的胸膛，加上短短的两条腿，给人一种只有躯干没有四肢的感觉。深色的 T 恤包裹着他傲人的大肚腩。他的衬衫左袖里卷着一包香烟，穿着卡其色齐膝短裤，脚蹬一双白色的凯兹运动鞋。

法里内拉是在前一个夏天当上夏令营营长的。第一次见到他时，我觉得他可能是罗德尼·丹杰菲尔德的意大利孪生兄弟。他那双巴赛特猎犬般的黑眼睛和大嘴唇让他看起来永远都是一副鬼鬼祟祟的样子。

他愈发不耐烦了。当他示意一屋子吵吵嚷嚷的男孩安静下来时，场面反而变得更加嘈杂了。

"好了，都给我闭嘴！"法里内拉大吼一声，摆出一副布朗克斯区硬汉式的腔调。康乐室里顿时鸦雀无声。前排有几个孩子开始因他的发型起哄，因为那看起来就像是有人在他头上放了只碗，然后循着边缘剃出来的一样。

"嘿，别拿长相不好看的人开玩笑！"他佯装受伤的样子，在一片哄笑声中故作严肃地说道。"待人友善是件好事，别忘了这一点。"这是他的惯用台词之一，当他需要制止争吵或是要对即将发生的争吵进行干预的时候，就会这么说。屋内安顿下来之后，法里内拉就介绍了这部影片。

"既然坐在这儿让你们这么闷闷不乐，不如我们来学点东西换换口味。我知道你们自认为无所不知，但据我所闻的那些离奇事件，我觉得还是有必要给你们做些性教育。这样你们才能变成成熟、负责的成年人。你们都想变得成熟又负责，对吗？"

大家低声表示赞同。法里内拉面露嫌恶。

"你们怎么了，没睡醒吗？我说大家都想变得成熟又负责，对吗？"

"对！！！"我们尖叫着回答。

"这么想就对了。坐前排的，别那么激动，这电影里可没什么裸露镜头。就像《法网》（Dragnet）说的那样，只是陈述事实而已。尽量控制好自己，有什么问题留着问你们的辅导员。"

影片伊始，两个身着西装、打着领带的男人坐在大椅子上，看起来就像是电视上的新闻记者。他们对有关手淫和月经的"常规问题"做了回答。影片中给出了一张图，展示了女性的生殖系统。对于外观如此简单的东西来说，这样的内部结构确实显得十分繁复。

电影结束后，我们冒着瓢泼大雨奔向食堂。午餐是通心粉和奶酪，配上紫色的劣质甜果味饮料，简直是我的最爱。我刚吃完饭准备离开，有人拍了拍我的肩。我以为是堂兄，可一扭头，法里内拉却赫然出现在我身边。

"来吧，我有话跟你说。"他说着，朝着前门的方向点了点头。看起来并不怎么高兴。

我的胃部一阵痉挛。我到底做错什么了？

我跟着他走过中间的过道，来到一长排桌子中间。我脑海里不断回放上午发生的一切，寻思着我有没有做什么可能会引起辅导员注意的事情。在此之前，我从没跟他说过一句话。那和跟校长说话是差不多的，除非他把你叫到办公室，否则你也没机会这么做，而我还没被校长叫到办公室去过。

法里内拉和戈登先生一点也不一样，我第一次来这参加夏令营的时候，就是戈登先生负责管理的。他只待在自己的小屋和办公室里。但法里内拉可不是这样。他会不分昼夜地在营地里游荡，毫无征兆地出现在湖滨、食堂和铺位活动的过程中间。他每天早上都要在旗杆前向所有一百名营员致辞，还要站在厨房的厨师上方，再对着救生员发号施令；天黑以后，他会用他的强光手电筒扫视树林，并从男孩们的铺位上找寻夜袭者。法里内拉无处不在，无所不晓。

朝着大大的纱门走去时，我目视前方，避免与其他孩子有目光接触。大家都知道，我有麻烦了。一出门，我就跟在法里内拉身后，沿着湿漉漉的小路一直走。雨已经停了。法里内拉什么也没说，但当我们走到土路上时，他转过身来确认我有没有跟上。最后，他开口了。

"别担心，你没做错什么，"他说，"我只是想了解一下我们的营员。"

我像一直在屏着呼吸的人那样，大声地呼出一口气。

"哦，好的，我是有点担心。"我坦言道。

"你在夏令营过得怎么样？"他问。"玩得开心吗？"

"开心，我喜欢我的帐篷。我跟堂兄还有另外两个伙伴一起住。"

我告诉法里内拉他们叫什么名字，他说他认识他们在布朗克斯区的家人。到了土路的路口，我们可以直走去医务室，也可以右转去往湖的另一边，那儿有个专为低收入犹太老人开设的营地。法里内拉也是那个营地的负责人。他转向了右边。

老年营那边是禁止青少年营员进入的，不过，我们每天都能看到湖对岸的老人：老奶奶和老爷爷们坐在摇摇晃晃的沙滩椅上聊天,挥舞着手臂。下午,他们成双成对地划着小船在湖面上绕圈,十几岁的侍者负责划桨。

老年营那边的场地充满神秘色彩。在湖岸边缓缓升起的一座长满青草的小山顶上,有一座巨大的红砖豪宅。我们都知道,福斯家族曾在那栋房子里住过。每年夏天,我都会在篝火晚会上听到有关那栋豪宅的故事:它闹鬼,阁楼上有性爱派对,地下室里还住着人。我不相信这些故事,就像我不相信一个名为克罗普西的怪物在周围的树林里游荡一样。

但有一个故事,我从多个辅导员那里听到过多次,所以我觉得它有可能是真的。他们说,这家人有个十几岁的女儿叫艾拉,她在湖里淹死了,所以湖和营地都是以她的名字命名的。一位辅导员告诉我,豪宅里还挂着死去女孩的肖像,非常瘆人。我本可以问问法里内拉的,但我不希望自己听起来太过荒谬。

等走到老年营那边,他就拐进了一条通往湖边的人行道。现在,我可以看到对岸少年营的滨水区——能看到他们的独木舟、船库,还有旗杆。从这一边看这一切的感觉非常奇怪,和我们营地的明信片上的场景差不多。

"跟我说说你的家庭吧。"法里内拉说。

"我不懂。比如呢?"

"你有兄弟姐妹吗?"

"有的。我有个哥哥，还有个姐姐。他们都比我大。"

"大多少？"

"哥哥十九，姐姐十七，"接着我说道，"他们是我的继兄和继姐。"我也不知道我为什么要加这么一句。

"你父母亲里有一位去世了？"

"嗯。我父亲在我五岁不到的时候就去世了。母亲再婚了。"

"你和继父相处得好吗？"

"当然，处得不错。"

"和哥哥姐姐呢？"

"我喜欢他们。我和哥哥很亲近……"

"但是？"

"他和我妈经常吵架。这挺难搞的。"

法里内拉点点头，似乎对这一问题已司空见惯。我们都知道，他是个社工。

现在，我们沿着岸边，并肩走过高高的沼泽草地。

"你觉得今天早上的电影怎么样？"他问。

"我觉得不错。比我们今年在学校看的那部好。"事实上，我觉得这部电影很烂，不过，这类电影全都很烂。

"这么说，那些玩意儿你都已经知道了？"

"不全知道，"我说，"肯定还有很多我不知道的。"

"你对手淫怎么看？"他问。

我继续走着，没有回答。这是什么测试吗？电影里说手淫是正常的，但我绝不可能对着一个成年人承认自己会打飞机，更别说他是夏令营的头儿了。要是他觉得手淫是一种自甘堕落的行径可怎么办？

　　"怎么说呢，我不会谴责任何这样做的人。"最后我这样说道。"谴责"是我每天阅读《纽约时报》时学会的一个词。我担心这么用是不是得当。那让我听起来就像个该死的律师。

　　"你知道这是正常行为，对吧？"他问。

　　"是的，当然。"

　　我想我应该解释一下自己犹豫的原因。于是，我告诉了他前年秋天发生的事情——那是个我从未与人分享过的故事。在戴维成人礼的三天前，他打电话给我，说他开始尿血了。我们俩都确信问题出在飞机打得太多，而且，下一个要开始流血的人就是我。戴维告诉了他父亲，他父亲带他去看了专家，专家说有可能是肿瘤。他需要马上给他做探查手术，可我婶婶拒绝推迟成人礼。她说有上百号人要来呢。

　　举办成人礼的那个周末，戴维一直以为自己就要死了。我吓坏了。之后那周，他去医院做了膀胱镜检查。结果发现并没有什么问题。之所以会出血，可能是因为他在橄榄球训练中遭受了严重的撞击。这与打飞机半毛钱关系也没有，医生是这么告诉他的。明明这是我们的危机解除的信号，可我还是纳闷不已。

等我说完，我和法里内拉已经在小路上绕了一圈，回到了土路上。他向我投来奇怪的眼神，仿佛觉得我是个疯子。

"手淫是一件自然而且健康的事情，"他说，"不必为这担心，也没什么好内疚的，好吗？"

我点了点头，能从除戴维的医生之外的另一个成年人口中听到这话，我很高兴。更让我高兴的是，我们换了个话题。接着，我便意识到，这次散步已经结束了。

"你最好回到你的铺位上去，"他说，"如果有什么需要，就告诉我。"

我想表达谢意，却又不知该怎么称呼他。我只知道他叫法里内拉。辅导员们都叫他丹。布朗克斯区的孩子们叫他丹尼。我觉得叫丹更保险些，毕竟我也不是从布朗克斯区来的。

"好的，谢谢你，丹。"我说。

"好的。"他回答，然后朝着豪宅径直走去，而我则独自回到了少年营。

一天，我们游完泳回来，发现帐篷里有张床从上到下都洒满了花生酱。那张床的主人是个不怎么受欢迎的男孩。他每晚都要在熄灯以后吃花生酱。他把花生酱放在床下的行李袋里。我们本不该在帐篷里存放食物的，因为周围有浣熊和臭鼬。而且，听到他吃四季宝花生酱的声音，再闻到那个味道，实在挺让人讨厌的。

不过，我确信堂兄和这个帐篷里的其他同伴并不是"花生酱奔袭"的幕后主使。因为如果那样做，目标就太明显了。再说，他俩也没对我说过什么。肯定是另一个帐篷里的孩子干的。

破案这事对我们的辅导员罗伊来说太难了，所以，他叫来了法里内拉。我以为他会像学校里那样，让大家排成一排站在那里，或者威胁说除非有罪的人主动认罪，否则大家都得"连坐"。相反，他坐在我们的帐篷里，召集了铺位上的所有男孩，挨个和他们谈话。轮到我时，我走了进去，在他对面的床上坐了下来。

"好吧，至少我知道不是你干的。"他说。

"你怎么知道？"我问道。我还笃定会成为嫌疑人。

他回答说："你没这个本事。"

"你怎么知道是谁干的呢？"我问。

"很简单。会有人给出和别人不一样的说法。总会有漏洞的。半小时后见分晓。"

我深受触动。他就像个视我为知己的侦探。我属于自己人，他团队中的一员。他让我看到或听到什么的时候就联系他，但我一直没机会。他只用了二十分钟就揪出了罪魁祸首。是我堂兄干的。

自由活动的时候，我正躺在床上看《蝙蝠侠》的漫画，这时，法里内拉把头伸进了帐篷。

"我能进来吗？"他问。

看到他出现在这儿，我很困惑。

"当然可以。"我说。

我放下漫画，坐了起来。他把自己放倒在床上，面对着我，然后身体前倾，把他的一双大手放在床垫上。对这个帐篷而言，他实在是个大家伙。

"你堂兄得学会尊重他人的财产。"他说。

"是啊，他说你要扣他的餐费。"

"不喜欢一个人没有关系，但你得用别的法子来解决你们之间的分歧。"

"我知道。"我说。

"你们俩的关系一直都很铁吗？"

"是啊，从小就是。"

"那很好啊。有家人真好。你能学会欣赏人与人之间的差异。"

"怎么讲？"我问。

"每个人都是与众不同的。须知参差多态，乃是幸福本源。你和你堂兄的性格截然不同，你们能和睦相处是件好事。"

"他是什么性格？"我问道。

"会吹长号的那种。你知道的，高大威猛的那种。"

"你怎么知道他会吹长号？"我惊讶地问道。

"他告诉我的，"丹回答说，"他是个非常自信的人。也许有点自信过头了。"

"我想是吧，"我说，"过去我从没注意到，直到今年，他开始打四分卫的位置，还开始吹牛。"

"他只是在补偿内心深处的不安全感。吹嘘能让他对自己感觉好些。"我从没想过戴维会缺乏安全感，可我又知道什么呢？丹可是个社工啊。

"那我又是什么性格呢？"我问。

"你真想知道？"

"嗯。"

"你有纸和笔吗？"他问。

"当然有，要干吗？"

"带上纸笔，我们出去走走。"

我从柜子里拿了纸和笔，跟着他走了出去。他朝康乐室走去，在他转向垒球场之前，我小跑着追了上去。我不知道我们要去哪里——这是一条死胡同。但他穿过田野，把我带进了一条隐蔽得很好的上山小道。几分钟后，他停了下来，指着一根倒下的圆木。

"我们就坐这吧。"他说。

从圆木上可以很好地欣赏到湖景。我能看到独木舟里的孩子，还能看到划艇里的老人。与法里内拉一同坐在这里给我一种很特别的感觉，就好像我们正在执行什么秘密任务一样。

"好吧，"他指着纸说，"我想让你给我画一幅有关一家人的画。"

"是某一家人还是我的家人？"我总喜欢在考试的时候追根究底。

"我提到'家人'的时候，你想到什么就画什么。"他回答说。

"可我画得不好。"

"就算是史上最烂的画也没事，"他说，"不要紧的。"

我在他望向湖面的时候画出了五个人物：母亲、父亲和三个孩子——一个男孩、一个女孩，还有个婴儿。画完后，我研究了一小会儿，试图猜测它可能蕴含的意义。我把画递给丹，他看了两秒钟。

"你是只受了惊的兔子。"他说。

这听起来可不太妙。

"你是怎么看出来的？"

"你把自己画成了一个无助的婴儿。还有，看到你的位置有多偏向这张纸的这一侧吗？这就好像你根本不属于这个家，总尝试要消失无踪一样。"

我讶异于他能从一幅画中看出这一点，但是，我可不喜欢别人叫我"受了惊的兔子"。

自从那次在树林里散步之后，我就觉得丹是我的朋友了。他知晓我身上那些不为人所知的秘密。就在一周前，他还是营地里的管理者法里内拉，而现在，我们是好朋友了。

一天下午的游泳课上，我看见他和两个穿着泳衣的大男孩在湖边嬉戏。我走了过去，一周前我是不会这么做的。

"嘿，斯蒂芬，"丹说，"你来得正好。快帮我搞定这两个硬汉。"当两个十四岁的孩子用拳头猛击他光着膀子的上半身时，他假装蜷缩起来，并为他无力掩饰的企图而自嘲不已。

"我来教你怎么对付这种恶霸，"丹对我说，"首先，你得使出'鲨鱼咬'。你知道那是什么吗？"

"不知道。"我说。

他突然伸出右手，抓住了一个孩子肚子上的肉。"鲨鱼咬!"他喊道。然后，他拧了一把那团肉，那孩子疼得哇哇大叫，于是，丹松开了手。

"如果这不管用，你就'闪电攻击'他们。"

他转向第二个孩子，迅速用膝盖顶住他的大腿内侧。"闪电攻击！"男孩一瘸一拐地跑开，拖着腿转圈，拼命想让那股痉挛停下来。

"虫子变身！"丹感叹道，语气中带着明显的满意。"你们两个放弃了吗？我又粗野又强壮。"他弯曲着自己的肱二头肌，仿若宇宙先生一般。

"不！"他们尖叫着，然后又开始攻击他。那感觉就像看着两只小狗试图打倒一头水牛。

"嘿，斯蒂芬，"丹从臂弯里探出头来说，"你得帮帮我。"

可我没法站到他那边。我见多了这种打斗，深谙其中的规则。那就是，所有人都得跟丹对着干。反对派的规模越大，他就越喜欢。我上前对着他的右大腿来了一记"闪电攻击"。他大嚎一声。

"你这个叛徒！亏我还把你当朋友。"丹喊道。

下课铃响了，那代表着游泳课已经结束了。

"好了，够了！"他喊道，把我们一个个从他身上扔下来。"准备吃晚饭吧。我不会记你的仇，斯蒂芬。你背叛了我，但我们还是朋友，对吧？"

他伸出手来和我握手，但我可不会上当。我曾见过他紧捏一个孩子的手，直到对方疼得大叫才罢休。

"想得美。"我摇着头说。

"想什么呢，你以为我会伤害你吗？我只是想跟你讲和。当有人想和你握手的时候，你是不能拒绝的。来吧。"

我伸出了手，他握了握，然后慢慢收紧了手，握得我生疼。之后他又握得更紧了一些。那疼痛令人难以忍受，仿佛骨头都要断了一般。

"住手！"我尖叫起来。

他没有停手。我开始哭。

当看到我的眼泪时，他放开了我。然后我转身飞快地跑开了。我的手在抽搐，脸羞得通红。我是个弱者，一只受了惊的兔子。我飞奔着跑进了第一扇敞开的门：丹的小屋。

我冲进浴室，"砰"的一声把门关上，然后上了锁，接着弯下腰，双手抱膝，试图屏住呼吸，停止哭泣。我讨厌丹·法里内拉。我真傻，竟然相信了他。那种背叛比疼痛的手更让我痛苦。

一分钟后，他隔着门跟我说话了。

"嘿，对不起。我不是故意要伤害你的。快出来吧。"

他听起来很抱歉，但我不在乎。我没有出来。

"我保证，我再也不会那样做了。是我的错。我很抱歉。"

他不停地说着抱歉，可我一句话也没说。他的语气越来越恳切。大约 20 分钟后，我的决心被瓦解了。我总不能整晚都待在他的浴室里。我打开了门。

"你没事吧？"他问。

"是的，我很好，"我不想让他觉得我太孩子气，"但别再那样对我了。"

"我不会的，"他说，"我保证。"

在和朋友们经过营长的小屋时，我听到丹叫我的名字。他在外面的木制平台上抽着烟。

"嘿，斯蒂芬。"他喊道。我喜欢他叫我的名字。我朝着他走了过去。

"进来吧，"他说，"喝点牛奶，吃点饼干。这会让你感觉好些。"

"我感觉还好。"

"好吧，其实是会让我感觉好些。那天的事让我感觉很糟。"

他掐灭了烟，我跟着他走进屋里的小厨房。有个低龄铺位的男孩坐在那里，桌子中间放着一盘巧克力饼干。

"斯蒂芬，这是豪伊。我们刚把他所有的问题都给解决了。对吧豪伊？"男孩点点头。"好了，你最好回到你的铺位上去，"丹对他说，"大伙儿可能在想你去哪儿了。"豪伊又拿了一块饼干，然后起身离开了。

丹给我倒了一杯牛奶，我挑了一块有很多巧克力片的饼干。

"所以？"他站在我面前问道。

"所以什么？"我回答说。

"明知故问。"

"真好笑。"我在吃东西的间隙讽刺地说道。

"嘿，这可是我的看家笑话之一了。"

"那你可得给自己增加点儿素材。"

"天哪，你对人也太严厉了。"他说，"饼干好吃吗？"

"好吃。比食堂里的好吃。"

"所以，我们又是朋友了？"他问。

"嗯，我想是的。"

"好，那我就高兴了。你想知道一个秘密吗？"

"什么秘密？"

"牛奶和饼干可以让大多数孩子开口说话。社工学校不会教你这个，但它就像魔法一样管用。"

3

丹第一次往我家打电话时，放学后的我正坐在厨房的餐桌旁吃着山核桃三明治，喝着一杯牛奶。电话铃响起时，母亲正拆开从沃德保超市买来的杂货，她停下手，拿起墙上的黄色有线听筒。我看得出，这电话不是朋友或者亲戚打来的，因为她有几秒钟都没说话。

"哦，你好啊，丹。"她终于说了这么一句，听起来有点慌乱。"我当然知道你是谁啦。"

那是她对重要人物说话的时候才会用上的一种少女的语调。在母亲的世界里，没人比社工更重要。他们的地位仅次于"自由骑士"、鲍比·肯尼迪和马丁·路德·金这些为了建立更公正的社会而献身的人。社工们每天都处在第一线，为了低收入人群的住房、少女怀孕计划还有戒毒所而奔走呼号。母亲曾在家庭服务机构担任过秘书和办公室经理。她所在的部门位于弗里波特的一个全黑人公共住房项目的地下室里。

母亲在县总部的上司是萨尔·安布罗西诺，他是长岛进步社会工作项目的负责人。母亲很崇拜萨尔。他是意大利移民的儿子，是个将毕生精力都奉献给了受压迫者的人物。萨尔无法容忍那些对自己的服务对象颐指气使的官僚或机构。他只想自下而上地改变现状。他将之称为"给穷人赋权"。我们每次在餐桌上提起他的名字时，总带着无比的尊崇。

对母亲而言，丹·法里内拉就是萨尔·安布罗西诺的第二代传人——又一个出自纽约贫民窟、为不幸的人服务的意大利孩子。她从没参加过夏令营，也从未见过丹。

每年夏天，她都会开车送我去布朗克斯区，然后把我送上公共汽车。但是，丹声名远播，并不仅止于夏令营。他是长岛牡蛎湾高中的辅导员，他不论种族、阶级和首选药物的差异去帮助最偏远地区的孩子，并以此闻名。他偏爱"爱之深责之切"的理念，废话很少，直言不讳。

母亲全神贯注地沉浸在与丹的通话之中，不时附和以"嗯哼"和"我明白了"。

"你可真好，丹，"她最后说，"请容我跟斯蒂芬还有他父亲商量一下，再给你答复。"

我想象不出能有什么需要讨论的。现在是 11 月，离下一次去夏令营还有 8 个月。为什么丹会打电话来问夏令营的事？他是营长，而我只是个营员。

母亲挂了电话，又惊又喜。

"丹·法里内拉邀请你下周末和他一起去艾拉·福斯。就你和他两个人。他想让你去那帮忙做些项目。

"真的吗?"我惊讶地说。

是的，在那个夏天，我的确对丹有了一些了解，但是，很多其他孩子也是这样。我无非只是又一个会叫他"丹"或者"丹尼"的营员而已。可是会被选中在休营期跟他一起参观营地就完全是两码事了。这就像是中了一个我压根不知道存在着的大奖。

"是呀，你想呀，"母亲说，"我猜，你毕竟也没那么差劲。你会去的，对不对？"

"是的，我当然会去。"

我的脑海里充斥着各种各样的问题。我们会在那做些什么？营地里没人的时候是什么样子？我们睡哪？吃什么？这两天我和丹会聊些什么？在接下来的一个半星期里，我每晚睡前想的最后一件事，醒来时脑子里出现的第一件事，都是这趟营地之旅。

那个星期五，我告诉我的朋友们，周末我不去玩触身式橄榄球了，也不会参加我们往常都会玩的马拉松冒险游戏。

"夏令营的营长要我去康涅狄格州帮他的忙。"我这么说道，尽量不表现得太过刻意，好让这听起来是件大事，但又没什么大不了的。

放学后，我收拾了一个运动包，坐在客厅的沙发上，轻敲着我的脚。当门铃终于响起来的时候，我从沙发上跳下来，打开了前门。丹站在那里，穿着卡其休闲裤、纽扣衬衫，还有他惯穿的那双凯兹鞋。我从没见过他不穿短裤和 T 恤的样子。他手里拿着一个大大的白色面包盒，看起来像是那种为过节而带的甜点。

"所以，你到底让不让我进去？"他隔着纱门问道。

"进来吧，对不起。"他走进来和我握手。接着，我母亲出现了。

"你好，西德尔。我是丹。"他说："见到你很高兴。"

"很荣幸见到你，丹，"她说，"久仰你与艾拉·福斯营的大名。"

他在母亲面前表现得彬彬有礼，与夏令营里那个会发号施令的硬汉形象判若两人。他不好意思地用双手捧起那个白色的大盒子。

"我给你带了些奶油煎蛋卷。"他说。

"哇！"母亲惊呼道，双臂被盒子的重量压得垂了下来，"这盒煎饼卷可真不少啊。"

"这里面还有些其他的糕点。是从扬克斯的一个地方来的。我对我的煎饼卷很有信心，别的地方买不到的。"

"你想在走之前吃一个吗？"妈妈问，"我可以煮点咖啡。"

"我想来点黑咖啡。谢谢你，西德尔。"大家都叫我母亲西德。"西德尔"这个名字听起来显得异常正式。

母亲带丹去了客厅，他坐在沙发上。接着，我跟着母亲进了厨房，想看看盒子里有什么东西。她剪开红白相间的精致细绳，掀开盒盖。除了博雷利餐厅，我从没在其他地方见过那么多的意大利糕点。母亲把各种各样的糕点堆在了盘子里。

我走进客厅，将盘子端给丹，但他拍拍肚子，摇摇手拒绝了。我把煎饼卷放在茶几上，在他对面坐下，等着母亲出现。

"你到底吃不吃？"丹问道。"等什么呢，吃啊！"

我从一堆煎饼卷中拿出一个，咬了一口。太好吃了——外壳酥脆不已，里面香甜细腻。母亲端着两杯咖啡进来，递了一杯给丹。

"我可以抽烟吗，西德尔？"

"当然可以。"她把我在营地做的一个亮闪闪的蓝色烟灰缸递给他，然后到我身边，在她最喜欢的软垫椅子上坐下。

丹点燃一支香烟，吸了一口，然后把它放在烟灰缸里。

"我希望你能帮我们吃掉这些，丹。"母亲指着盘子恳求道。

"不，谢谢你，西德尔。你吃就好。"

母亲拿起一块意式脆饼，在咖啡里泡了泡。

"那么，丹，你的老家在哪？"她问。

"布朗克斯区。亚瑟大道附近。你听说过吗？"

"当然。那可是真正的小意大利。"

"没错。但我不是真正的意大利人——只能算半个意大利人吧。我父亲是西西里人，母亲是犹太人。所以，我是混种人。和任何人相处对我都不是难事。或许这就是我会成为社工的原因。"

母亲变得严肃起来。"我们需要更多这样的人。我不明白我们的国家到底怎么了。"她是指鲍比·肯尼迪和马丁·路德·金被杀的事情。他们沉默了下来,我也不吃煎饼卷了。

"问题都在于尊重,你明白我的意思吗?"丹说道。"你得先尊重自己,然后才能尊重别人。我们在夏令营教的就是这个。很多孩子不了解自己的传统。黑人、波多黎各人、爱尔兰人。他们对此毫无头绪。我们试着让他们喜欢自己的出身,这样,他们就能欣赏别人的出身。"

"我喜欢去年夏天的灵魂美食日,"我说,"烧烤很好吃。"我又吃了一个煎饼卷。

"民以食为天,"丹说,"用胃去了解另一种文化是最好的方法。"

"说得太对了,"母亲赞同道,"在我的文化里,就是马祖球、鸡肝,还有鹅油。这些让我觉得胃灼热的食物。"

"你是在哪长大的,西德尔?"丹问道。

这种纽约本地人之间的对话我已经听过无数回了。母亲开口之前,我就知道她的答案。

"布鲁克林的布朗斯维尔。那地方比贫民窟还要贫民窟。穷到极点。我曾经带斯蒂芬去那看过。他很震惊。"

"是啊,那里已经没有犹太人了。"

"五十年代公共住房建成以后,犹太人就都跑了,"母亲解释说，"任何人为了逃脱贫穷而离开都不应受到责备。我年轻时结婚就是为了离开那儿。"

这对我来说是个新闻。我想知道母亲嫁给父亲时有多大。我猜测他们是在战后相识的，但我不能确定。

"你呢，丹？"母亲问。"你结婚了吗？"

"是的，我有个儿子。他十岁了。"

"哦，那太好了。"

"这咖啡真不错，西德尔，"丹说，"我就需要这么一杯咖啡才能继续工作。说到这，"——他转向我，放下杯子，"我们该走了。塔科尼克路上总是堵车。"

"好的，你们去吧，"母亲说，"我要请人来吃这些煎饼卷了。很高兴认识你，丹。谢谢你给斯蒂芬机会去帮你的忙。"

"该说谢谢的是我。我可是要让他去干活。"

我想象着自己修理帐篷平台、清理小径的场景。我要证明自己。我想让丹知道，请我去是个正确的选择。

在车上，丹问我八年级过得怎么样，还问了我家里的情况。接着，他告诉我他在营地淡季要做哪些事情：订购用品、修缮小屋，还有聘用辅导员。

每次在收费站停车，他都要向收费员索要收据。他必须记录下自己的开支，这样营地才能给他报销。这趟旅行的全部费用都会由营地来支付。待在营地还能拿到钱，我觉得这很酷。

当我们在两小时后驶入新米尔德福时，太阳已经落山了，我饿坏了。丹说我们要去意大利餐馆吃饭。那是个小小的店面，木质包间，铺着红白格子桌布。店主叫出了丹的名字，并招待我们坐下。我点了千层面。丹点了意大利面和肉丸。

他说："这家店的肉丸做得不错，酱汁也很正宗。比我父亲的手艺差一些，但也还算可以。"

"你父亲会做饭？"我问。

"他别无选择。父亲讨厌我母亲做的饭。大多数意大利男人连水都不会烧。要是没有妈妈，他们会饿死的。我父亲娶了个犹太女人，她不会做饭。所以他才学会了做意大利面和肉丸。这可能也是我从他那里学到的唯一的东西。"

"他做什么工作的？"

"他是黑帮的一个小混混 —— 如假包换的恶棍。"

"呃。"我不知道还能说什么。

我们在艾拉·福斯营的入口处驶离小熊山路，沿着湖岸走去。一分钟后，当我们接近营地中心时，车灯照到了两个坐在水边小火堆旁的身影。

"现在这是什么情况？"丹说。

他把车停在湖边的办公室旁，然后关掉引擎。我能辨认出，火堆旁的是一男一女。我们走下山坡的时候，我认出了那个女人，她是营地医务室的护士。

"那不是卡罗尔吗？"我问。

"是的，"丹说，"还有吉姆，我的新维修工。看起来他和我的护士好上了。"听到他用意第绪语，我很吃惊。

吉姆跳起来跟我们打招呼："你好啊，丹！"

吉姆二十八九岁，满身的肌肉，留着平头，穿着美国陆军的T恤，两只胳膊上都有文身，看起来有点吓人。他朝我们的方向举起一个酒瓶。卡罗尔起身的速度愈发缓慢了。

"你好啊！"丹学着他的样子说，"我来告诉你什么叫好。你们这些精神侏儒居然在这里喝酒，你要怎么解释？"

吉姆咧开嘴笑了，看起来就像个被父母逮到的孩子，这让他突然显得不那么可怕了。

"你好，丹。"卡罗尔插嘴说。她穿着牛仔裤和毛衣。过去一整个夏天我都没注意到她竟然这么丰满。

"你俩在家干点什么我才不管，"丹说，"但我的营地里不许喝酒也不能吸毒，就算是冬天也不行。"

"遵命，老板。"吉姆说。

丹转向卡罗尔。

"没想到会在这儿见到你。没在医务室待着，是吧？"

"是的，"她停顿了一下，"我在吉姆屋里。"

"那也行，"丹说，"我们今晚会去医务室。"他向我示意："这是斯蒂芬。他来帮我的忙。"

我看得出卡罗尔没认出我来。我很高兴——她看起来尴尬极了。

"吉姆，那枪是干什么用的？"丹突然问道。

我扫视地面，看到火堆旁放着一把步枪。

"见鬼，我只是想给我俩弄点吃的，丹。"

"弄什么吃的？现在还不是猎鹿的季节。"

"我本想弄只乌龟，那么卡罗尔就可以给我们煮点汤。我很爱喝乌龟汤，但现在还没抓到。"

"那是因为乌龟比你机灵多了。"丹说道。

"看来的确如此。我都跟踪它们好几天了。"

我在这个营地里参加过三次夏令营，还从没有在离岸三十码的龟岛上看到过乌龟。

"我明天要做苹果派，"卡罗尔转移话题说，"是我在路上亲手摘的苹果，你们俩想吃点吗？"她对着我微笑，一双蓝眼睛炯炯有神，脸上满是和蔼可亲。

"我喜欢苹果派。"我说。

"做完以后一定要把火熄灭。"丹粗声粗气地说。

"没问题，老板。"吉姆回答。

丹转身朝汽车走去。我跟在他后面。

"我是在为乡巴佬们经营一间该死的度假村。"他这么说道，声音不大不小，刚好能让我听得一清二楚。

当我们爬到半山腰时，我突然意识到这是在营地。我停下脚步仰望天空。天上繁星点点。

我们驶过主楼、营长的小屋，还有食堂。它们空空荡荡，一片漆黑。这整个地方就像是我和叔叔婶婶一起去过的西部鬼城。车灯在一片几乎掉光了叶子的树丛中飞舞。这感觉真让人汗毛直竖。我开始回想自己在营地听过的鬼故事。

"这有点不正常，"我说，"吉姆有枪。"

"吉姆有枪不奇怪，"丹说，"他是本地人，刚从越南回来。我正试着帮他适应。"接着，他补充道："看起来他适应得有点儿太好了。"

"是啊，看起来的确是这样。"我说。我并不知道我们在聊什么，但我喜欢丹和我说话的方式，对于诸如枪支、性和酒这样的成人话题，他并不讳莫如深。

"我不担心步枪的问题，"他接着说，"我担心的是护士。没准她在夏令营开营之前就会怀孕。又或者，那对鸳鸯可能会私奔。我不喜欢这样，但她是个聪明人。她意识到吉姆只是只大脑空空的种马时，就会清醒过来的。"

"嗯。"我说。这是我当晚第二次感觉到不知所措。

丹把车缓缓驶入车道，停在了医务室前面的台阶上，树林后面就是医务室。他熄火的时候，天色变得很暗，几乎伸手不见五指。

我们拿好行李，然后他打开手电筒，对准台阶。我打开前门，门发出咯吱咯吱的声响。我停了一下，吸了吸消毒水的味道。丹跟着我走进去，打开了灯。头顶上有裸露的木梁，很多百叶窗，墙壁上摆满了橱柜。天气冷得我都能看见自己呼出来的白汽。

"我们住后面。"丹说。

我跟着他来到一个小房间。他拉了拉光秃秃的吊灯灯泡上的灯链，屋里有两张相隔约三英尺的铁艺床。一面墙上有大大的隔窗。我能从玻璃上看到我们的倒影。丹看似占据了房间的大部分空间。

"选张床。"他说。每张床上都有一张薄薄的床垫，上面铺着床单，但没有毯子。

我把包扔到离窗户最远的那张床上，精疲力竭地瘫倒在上面。"呜……呜……"我用双臂抱住自己，瑟瑟发抖地说。

"是啊，这真是比女巫的奶头还要冷，"丹说，"我去拿台取暖器，再拿些毯子。"

他走开了几分钟，然后拿着取暖器回来，插上电源。下一次再回来时，他抱了满怀的灰色羊毛毯，并把它们一股脑地扔在床上。床头放着两本杂志。他拿起来，扔到我面前。

"给你。"他说。

我用一只手肘撑起身子，盯着腿边的杂志。最上面的那本叫《幻影》(*Mirage*)。封面上是个裸女，仰面躺着，膝盖蜷起，斜向两侧。她的阴毛裸露在外，看起来比她的脑袋还要大。照片很粗糙，像是在别人家的地下室里拍的。

我把这本杂志推到一边，看着下面的那本。那本上有个赤裸的女孩，照片是从她身后的角度拍摄的，女孩趴在地上，做着劈叉的动作，一个黄色的圆盘遮住了她的阴道。

丹就站在我身旁。他想干吗？我该不该喜欢这些杂志？这看起来又是个测试，就像他问我对手淫有什么看法一样。

"怎么样？"他问。

我坐起来，伸手拿起《幻影》，然后慢慢地翻阅起来。里面有很多张双腿大开的裸女。太恶心了——这跟《花花公子》一点也不一样。我以前从没见过阴道。这接二连三的冲击对我来说太过冷酷无情。

我加快了翻页的速度。我不该看到这些的，我想。真希望我不在这里。当翻到末页时，我简直想吐了。我不想做错事，而呕吐绝对算得上是件错事。我合上杂志，把它放了下来。

"你觉得怎么样？"他问。

"我不知道，"我说，"还行吧。"

我强迫自己抬起头看他，但从他脸上，我完全看不到任何线索。一片空白。这让我感到害怕。他总是有话要说。也许他只是在向我展示成年人的所作所为，就像他告诉我吉姆和卡罗尔做爱是什么样子一样。如果真是这样，我可不想掺和进去。

"我太累了。"我说着，强忍住想假装打哈欠的欲望。

"好吧。"他说。他拿着杂志离开了。我从他床上拿了一条毯子，穿着所有的衣服钻进毯子里。等他回来时，我已经面朝墙壁，缩成一团了。

"你不想刷牙吗？"他问。"刷牙对你有好处。"

"累死了。我明天早上再刷。"

"好吧，"他说，"晚安。"

从他一上床起的好长一段时间里，我始终醒着，一直听着他的动静。当我真的睡着的时候，我陷入了一种幻觉，幻觉中有狂暴的幽灵，还有一心想要消灭我的武装分子。但我总是醒过来。每次睁开眼睛，我都还在那间小小的房间里，旁边的铁艺床上躺着一个大个子男人。然后，我又会陷入同样疯狂的、有着幽灵和武装分子的噩梦。

在这无尽的黑夜之中，我睁开眼睛，月光从窗户倾泻而入。丹踢掉了毯子，仰面躺着，只穿了一条白色内裤。他在打鼾，月光照耀下的便便大腹，伴随着每一声响亮的鼾声不断起伏。

难道这就是下午给我妈妈送奶油煎饼卷的那个人？他是个陌生人，我现在独自和他待在树林里，背井离乡。他找我来是要干什么？

满月透过光秃秃的树木，投下冰冷的白光。它们瘦骨嶙峋的巨型影子在墙上飞舞。这地方闹鬼了。

我把毯子盖在头上，低声说道：坚持到天亮。坚持到天亮。

4

之后一次我再醒来时，天已经亮了，丹不见了。接着，我想起了那些杂志。这一切是真实发生过的吗？

我穿上鞋子，抓起一件运动衫，走进大厅。丹在前门台阶上抽烟。他端着一个咖啡杯走了进来。

"睡美人起床了！"他愉快地说。

"早上好"。

"我给你带了些热巧克力，"他说着，把杯子递给了我，"它会让你暖和起来。"

"谢谢。"味道不错，和我们夏天在营地里喝的一样。

"睡得好吗？"他问。

"还行。要是你没打鼾就好了。"

"对不起。要是我打鼾，你就把我打醒。我妻子就是那么做的。然后我就会翻个身，就不打了。"我知道自己永远不会那么做。

他对杂志的事情只字未提。喝完热巧克力后，我们去了食堂。厨房的储藏室里堆满了单人份的糖霜薄片、可可泡芙和水果圈——都是我在家时不能吃的含糖谷物。我撕开一盒糖霜薄片，倒了点牛奶，大口地吃起来。接着，我又吃了一盒可可泡芙和一盒水果圈。丹并不在意，但他说我还没刷牙。

在接下来的一个小时里，我们清点了储藏室的物品。我站在梯子上，数着那些硕大的、加仑装的桃、梨和番茄酱罐头。丹在下面，他把一切都记录在写字板上。

我们从那里去了湖的另一边——老年营那边。在那场性教育电影之后，我只去过那一次。老年食堂和学校自助餐厅一样，都有荧光灯和油毡地砖。我们都希望满十五岁以后能在这里当服务员或是厨房小弟。听说一个夏天就能挣到 250 美元。

丹和我重复着盘点的程序，因为没那么多罐子要数，所以进行得比较快。

"你很不错，斯蒂夫，"丹说。我们站在柜台前，吃着他做的金枪鱼三明治，"明年夏天还想来这工作吗？"

"我觉得我年龄不够。我才十三岁。"

"你什么时候生日？"

"5 月。"

"那你很快就要十四岁了。作为十三岁的孩子，你也比我今年遇到的大多数人都要机灵。我们明年春天再谈，好吗？"

"好吧。"我说。我很喜欢存钱的念头。

回到医务室后，丹坐在大厅里整理存货清单。我躺在床上读《野性的呼唤》(*Call of the Wild*)，准备着要在英语课上交的读书报告。过了一会儿，丹走进卧室。他从床上抓起一个枕头扔向我。我接住了，又朝他的头扔了过去。

"哦，你是个硬汉，是吧？"他说，"来，把我打倒。尽你所能。"

我从没单独和丹打过架。对于赢过他这件事，我毫无胜算，但我知道他会充当我的沙袋。

"来吧，我又粗野又强壮。"他屈起肱二头肌说道。

我站起身来，握紧右拳，来了一记"闪电攻击"，用右膝戳到他的左大腿上。他嚎叫了几秒，不过，大部分都是装出来的。

他说："我就像砖砌厕所一样结实，你得再使点儿劲才行。"

"我就这么点能耐。"我耸耸肩说。

"我给你看过被马咬的地方吗？"他问。

"没有。"我想象着马的巨齿。那一定很疼。

他拉下 T 恤衣领，露出左肩。接着，他蹲了下来，叫我去看，我就凑近了些。突然，我感觉他把手放在了我的胯下，身体朝我挤压过来。他把我扔在了床上。

被马咬伤该怎么办？我想。我被压在身下，七年级体育课上学摔跤的时候，出错了招就是这个下场。他的手正隔着牛仔裤搓揉我的阴茎。这可不是在摔跤。我看不见——他的身体太大了。他的一侧脑袋对着我的脸，我能闻到他油光发亮的头发上有百利发乳的味道。

"你放弃了吗？"他问道，还在继续着搓揉的动作。"你放弃了？"

他的声音听起来很微弱，仿佛是从很远的地方传来的。我僵在那里，动弹不得，一句话也说不出来。可是，我的阴茎却硬了起来。

"你裤子里这是什么东西？"他问。他解开我的牛仔裤，把它拉下来，继续隔着内裤对我动手动脚。

"哇，好大啊。但我很厉害，我能搞定它。"

不要，不要，不要，我在想。

他从我内裤里把那硬邦邦的东西拿了出来，然后放进他的嘴里。他吸吮着，流着口水。我闭上眼祈祷。我不在这里。我不在这里。

睁开眼睛时，我飘浮在空中，俯视着自己的身体，仿佛它属于另一个人。一阵快感从我身体里流淌而过。我很快就要高潮了，而这一点丹多少是知道的。

"手还是嘴？"他问。"你想我用手还是嘴？"

别用手。也别用嘴。可是，床上那个死气沉沉的男孩却说不出话来。我高潮了，伴随一波强烈的快感而来的，是一阵更长时间的反感与羞耻。

结束后，丹握着我绵软无力的阴茎坐了起来，像个打了胜仗的英雄。

"完事了！"他感叹说。

我紧紧地闭上眼睛，不敢看他。当他从我身上下来时，我睁开眼睛，发现自己又躺在床上，凝视着天花板。过了一会儿，他又出现了，手里拿着一条白色的毛巾。

"把自己擦干净。"他说着，把毛巾扔给了我。

我擦了擦肚子，拉上了牛仔裤，侧身一看，地板上还放着那本《野性的呼唤》。我盯着封面看了很久。它看起来很奇怪，好像属于另一种生活——一种我已经不在其中的生活。

丹继续做他的文书工作，我听到他点了一支雪茄。我在书里找到先前读到的位置，反复地读着那一页。可不管读多少遍，我还是搞不明白它的意思。

然后，我听到前门传来卡罗尔的声音。

"你们在吗？"

"嘿，斯蒂夫！"丹喊道。"卡罗尔给我们带了些派来。"

我不想吃派，但我的身体把我带到了另一个房间。

"对不起，没有冰激凌了。"卡罗尔说着，指了指盘子里的两片派。我试着挤出一个微笑。

"你感觉还好吗？"她问。"你脸色很苍白。"

"他很好，"丹向她保证，"他只是还没适应。他不习惯这么辛苦的工作。"

"嗯，没有什么是派解决不了的，"卡罗尔说，"如果这还不行，我们还有医务室。我会照顾你的。"

我坐在丹旁边的桌子上，他一边吃，一遍发出快乐的咕哝声。

"吉姆真是个幸运的家伙。"他说。

我拿起一小叉派送到嘴里。卡罗尔站在我身后，捏着我的肩膀。我想让她照顾我，用她的善良来包裹我。但我一动也没有动。

那天晚上，我们和前一晚一样，在同一家意大利餐厅的同一个包厢里吃了晚餐。竟然只过去了 24 个小时，这根本不可能。一切都变了。或者说，表面上一切似乎都没变：红白格子桌布、意大利菜单，还有坐在我对面的丹。但在这一切的背后，隐藏着一个阴森恐怖的世界。我不知道自己是怎么来到这儿的。也不知道该怎么出去。

"舌头被猫咬啦？"丹问道。

"我在想要吃什么。"

我再也不想吃千层面了。我决定吃通心粉，因为这是妈妈有时会做的食物。菜上来了，我们默默地吃着。然后，丹抽了根烟，付了账，拿到了费用收据。

我们刚回到医务室，就听到了步枪的声音——一声枪响在湖周围的山上回响。

"该死的吉姆，"丹说，"走吧。"

我俩跳上车，驶向湖滨。丹把车灯对准湖面，没有熄火。吉姆站在岸边，手里倒提着一只巨大的乌龟，那尾巴几乎和深绿色的龟壳一样长。

"这只乌龟的脾气可不小。"我们走到吉姆跟前时，他说。乌龟的嘴僵直地张开着，钩状的嘴巴向下伸出，像是要准备自卫。"这些家伙几乎从不在每年的这个时候出水。它们只会在湖底闲逛。"

"你想抱抱它吗？"吉姆问我。

我从来没这么近距离看过这种会咬人的动物。我用两只手抓住了乌龟。

"哇，好重啊。"我说。

"是的，二十磅或者二十五磅的样子。我打赌，它有四十岁了，也许更老。"

我把乌龟抱到身边，将它环在怀里。龟壳上覆盖着一层黏糊糊的湖苔，也正因如此，这只乌龟看起来是深绿色的，几乎接近黑色。湖泥的气味很浓。我抚摸着它那又软又湿的外套。如果这只乌龟已经四十岁了，那么早在有营地之前，它就已经生活在湖中了。也许它就曾坐在湖龟岛上，亲眼见到小艾拉·福斯潜入水中，而且再也没有浮出水面。

吉姆为什么要杀它？我把乌龟推还给他，他指着我的运动衫，眼睛瞪得老大。我低头一看，一条参差的暗红色血痕从我的胸口一直延伸到腰带上。

"看来你中招了，"丹说，"明天回家洗洗就会好的。"他转向吉姆，而吉姆正在欣赏他的猎物。

"狩猎季节结束了，吉姆。你不能再拿枪了。这可不是在越南。"

"听你的，老板。不用枪了。"

我是不可能当着丹的面换睡衣的。我们回到医务室时，我从包里抓起它们，径直走向浴室。我对着镜子端详着自己沾满血迹的运动衫。它看起来非常诡异。我慢慢将衣服剥下来，尽量不触碰到血迹。

我穿上睡衣，刷完牙，快步走回我们的房间。丹躺在床上，我在门口停了下来。

"有什么需要的吗？"他问。

"不用，睡一觉就好。"

"你刷牙了吗？"

"是的。"

"好吧。好梦。"他说。这听起来很怪。只有我妈才会这么说。

"好吧。晚安。"

我钻进毯子，面朝墙，把膝盖贴在胸前。

"光线会不会打扰到你？"他问。"我可能会读一会儿书。"

"不会，没关系。"我知道不管有没有光，我都睡不着。

我醒着躺在床上，想着摔跤的事和那只死掉的乌龟。我发愁要写的读书报告。接着，太阳出来了。

丹还在睡觉，毯子一直拉到脖子。我很高兴——我可不想再看到他的内裤了。我换上衣服，走到外面。天气很冷。然后，我来回走动，关注自己的呼吸，直到丹起床。

早餐后,他说要去见吉姆,于是我就在营地里逛了逛。我爬上少年山,找到了我初次参营时睡的床铺。栗色的木制营房坐落在一个陡峭的斜坡上,前面由四根高高的煤渣砖立柱支撑着。

　　屋内窗户紧闭,光线昏暗。我走到我的旧铁艺床前,在下铺坐下。床垫又薄又旧,下面的线圈发出咯吱咯吱的声响。十岁那年第一次离开家的那个晚上,我紧张极了。入营的第二天,我见到了营长戈登先生。他是个好人,就像我学校的老师一样。

　　丹看起来也不错。但后来他就给我看了那些恶心的杂志,还抓了我的老二。接着他又变好了。他到底想从我身上得到什么?我将手肘立在膝盖上,双手抱住头。

　　他把我给困住了。我做了一件可怕的事情,一件我永远不能为外人道的事情。要不是我勃起了的话,这一切都不会发生。

　　都是我的错。他可以用这威胁我。甚至可以告诉我父母。

　　可他为什么要这么做呢?我记得他说他父亲是黑帮成员,也许丹也是黑帮的。这看似疯狂,但又有什么不可能的呢?东梅多有个著名的黑手党家族就住在离我们几个街区远的地方。他们看起来正常极了。我认识他们家的孩子。但我也听说他们会到处抛尸。就我所知:丹是把我给绑架了。我可能再也回不了家了。又或者，倘若他真的带我回家，而我把这件事告诉了其他人，他可能会杀了我全家。

我在双层床上辗转反侧，希望一切都能回到从前。

我在湖滨遇到丹时，他正拿着我的运动包。他说我们得走了，因为把我送去长岛以后，他还得折回去再开一个小时的车才能到扬克斯的家。

我们在车上一句话也没说。到了新米尔德福，他把车开进一家餐馆，说要去吃午餐。我松了口气。要是他想杀我的话，应该是不会先请我吃午饭的。

丹选了个柜台。我们吃了三明治，在黑白电视上看了一场橄榄球比赛。

"我从来都看不懂这种比赛，"他说，"一群暴徒相互把对方打得屁滚尿流。这让我想起自己长大的地方。"

"你小时候挨过打吗？"

"当然了，谁没挨过打？大部分时候，我是那个打人的人。我讨厌霸凌这种事，他们永远都挑弱小的孩子下手。我就是那个会帮你把午餐费要回来的人，你明白我的意思吗？"我想象着丹用他有力的臂膀把小学时欺负我的那些恶棍打得落花流水的样子。

结账的时候，丹问我要不要来点糖果，我挑了些黄箭口香糖。一上车，我就打开书，假装阅读。但过了一会儿，我就凝视窗外，试图抑制住内心的恐惧。他到底打算干什么？

当终于看到长岛高速公路的标志时，我放松了一些，因为我知道，很快就能到家了。我希望丹别进屋。可当我们驶入车道，他却熄了火说："我该跟你父母打个招呼的。"

我跳下车，拿上包，走向前门，希望一切看起来正常些。我父母坐在椅子上，正阅读星期日的《纽约时报》。母亲亲吻我之后，把丹介绍给了肯，他俩握了握手。

"那儿的活干得怎么样？"母亲问我。

"挺好的。"

"我们做了很多事，"丹说，"斯蒂夫帮了大忙。我们把两个厨房的物品都给清点了。"

"干得好。"肯骄傲地笑着说。

他们三个又聊了一会儿布朗克斯区和布鲁克林的情况。我紧紧地抓着运动包，里面是那件染了血的运动衫。第二天，我趁妈妈上班的时候把它洗了。我看得出，她一点也没怀疑。

"斯蒂夫，下次你周末有空的时候告诉我，"丹说，"有你跟我一起上去，我能多干点儿活。"

我父母微笑着等我回答。

"好的。"我说。

他伸出手，我握了握。他离开后，我父母还在继续说着他是个多好的人。

5

我在七点起床，喝了几口加了牛奶的麦片，然后躲开了母亲。七点四十五分的时候，我喊着"再见"，右臂下夹着几本厚厚的课本，拖着脚步朝学校走去。

我在校车专用道和几个孩子打招呼，他们每天早上都坐在人行道上同一块地方抽烟。一进门，我就"哐当"一声推开走廊上的储物柜，盯着里面的书、松糕包装纸、零钱，还有皱巴巴的纸张。这一切看起来都很熟悉，却不知何故又有些不同，那感觉就像是隔着玻璃窥视自己的生活，一种像是自然历史博物馆里的某个古人类立体模型一般的生活。

我拿上需要的东西向教室走去，避开沿途所有认识的人。我可不想被问到周末的事情。有人在课堂上模仿小蒂姆，唱着"踮起脚尖穿过郁金香"，还假装在弹乌克丽丽。我和大家一起哄笑起来。

午餐时，我和朋友们坐在一起，先吃了一份肉酱三明治，接着收拾好托盘，在光滑的长条形桌面上玩硬币曲棍球。我进了几个球，还将双手举到空中，可是什么感觉也没有。

一回到家，我就把那件带血的运动衫扔进了洗衣机，我在里面放了满满一杯洗涤剂，然后调到高温模式。一小时后，血迹变成了一块淡淡的污渍。我把它丢进烘干机，然后去上单簧管课。

我的老师亚伯住在四个街区以外。他是一位专业的单簧管演奏家和指挥家。我在他家地下室上课已经有好几年了。亚伯很严厉，但很有耐心，也很风趣，看上去就像一只长着大胡子的泰迪熊。

但那天，当我坐在他旁边时，他的样子似乎变了，变得更阴险了。我一边组装单簧管，一边盯着他看。他总是坐得离我这么近吗？握住乐器时，我感觉自己的手黏糊糊的。巴赫的《恰空舞曲》我已经练了好几个月了，但面前的乐谱看起来就像是一堆黑点，根本没法演奏。我开始练习，手指头不知不觉间找到了那些音符。

完成之后，亚伯不无厌恶地说道："呃，斯蒂芬呢？没来吗？"

步行回家时，我惊奇地发现，亚伯长得很像丹：大块头、黑头发、黝黑的皮肤。以前怎么没注意到？我打消了这个念头。亚伯是个好人。可之前我也是这么看丹的。假如亚伯的友好只是一种伪装呢？我可是和他在那该死的地下室里独处啊。我在脑海中勾画出那个没有窗户的房间。想着要是他图谋不轨，我可以从两条楼梯上逃出去。

那晚，我躺在床上，听到藏在床垫下的"六月女郎"在呼唤我。我闭上眼睛，想象着她的样子，开始自慰。五秒钟后，她的身影消失了，取而代之的是丹油腻腻的后脑勺和他发出的巨大的口水声。

我停了下来。他怎么会知道要如何让我高潮？他怎么会那样了解我的身体？过去，用自慰来到达高潮对我来说简直容易到家了。我连想都不用想。要是我只能做一件事了，那我现在就能高潮。我紧闭双眼，集中注意力去想"六月女郎"。她想让我有快感。

整个过程不到一分钟就结束了。但我明白：再也回不去了。

一个月后，丹打来了电话。母亲对我大喊，说他来电话了。

"快点。"她说。

一听到他的声音——天呐——我就被困住了，简直束手无策，他想让我那周末去营地。

"嗯，好的。"我喃喃地说。挂断电话后，我感到胃里一阵灼热，就像吞下了一块滚烫的煤炭。

周五下午，丹从牡蛎湾高中下班，接着出现在我们面前。他说，在去营地的路上，我们会在他扬克斯的家停一下。一小时后，他把车停在一栋两层小楼前，我跟着他走上前门台阶。

"贝蒂！"他吼道。

"我在厨房呢。"他妻子大声回道。

我停在客厅，被沙发和休闲椅给吓了一跳。它们全都罩着厚厚的透明塑料，就像家具展厅里的陈设一样。丹看出了我的困惑。

"那是为了保护它们，确保没人会坐在上面。"他皱着眉头说。

"哈，你知道什么？"贝蒂尖声说道。她站在客厅和餐厅之间，身边还放着一把菜刀。

"我知道的可多了，"丹说，"我知道在布朗克斯区的水沟里发现你的时候，你还光着脚呢。现在呢，瞧瞧你！自以为是坐着塑料沙发的示巴女王。"

"我可是你能得到的最接近女王的人了。"她反驳道。

贝蒂比丹年轻，大概三十岁。她的迷你裙紧紧地包裹着她结实而玲珑的身体。她将自己淡红色的头发剪成波波头，化了眼妆，戴着金项链，像是刚下班回家的样子。她看起来不像那种会花很长时间在营地待着的人。

他们说话的方式让我想起我们在艾拉·福斯营举行的"排名淘汰"赛——你要去辱骂某个人的母亲——你妈穿

军靴——而另一个孩子要比你说得更过分——是啊，你妈是个肥婆，她要是去露营，熊都会把食物藏起来。我从没听过一对夫妻会用这种方式来互相挤对。

"你是谁？"贝蒂问道，她似乎刚刚才注意到我。

"这是斯蒂夫，"丹说，"还记得吗？我告诉过你他这周末会去营地帮我的忙。"

"没错，营地永远是第一位的。"她翻着白眼说。

"嘿，小妞儿，少多管闲事！"丹大喊道。他的声音听起来严肃至极却又充满戏谑，就像他告诉营员们别拿他的发型开玩笑一样。接着他问："出发前弄点东西给我们吃怎么样？"

我还以为贝蒂会拿刀扔他。但她却转过身来，一脸慈爱地看着我。

"你饿了吗，斯蒂夫？"

"说真的，我确实饿了。"

"好吧，那你俩走开，我去弄点吃的。"

"我们下楼去吧，我去拿点要用的东西。"丹对我说。

地下室用木板装修过。一个角落里放着一个摆满了工具的工作台，靠墙处有张桌子。丹从桌子上拿了几张纸。

然后他走到房屋中间，抬头看了一眼低矮的天花板，拳无虚发地打掉了一块白色的穿孔瓷砖。他将手伸进空空如也的地方，拿出两卷超 8 毫米胶片。

"这是我保存特殊物品的地方。"他说着，把胶片拿给我看。第一卷的标题是"丹麦人"——正面是个裸女。第二张是一对裸男裸女。女士搂着一只德国牧羊犬。

"太恶心了。"我说着，用手捂住了照片。

丹笑了起来。"我们喜欢有狗的这张。跟邻居们一起看过。"

我才不想知道德国牧羊犬在那部影片里做了什么。我简直不敢相信，那个正在楼上给我们做饭的女人会看这种电影。他们的邻居肯定也是从另一个星球来的。我祈祷丹别带上这些电影，所以，看到他把片子放回原来的位置时，我如释重负。

回楼上的时候，我突然想到，这世界可能比我想象中还要古怪许多。也许我们的邻居就像丹和贝蒂还有他们的邻居一样。我的意思是，要是连贝蒂·法里内拉都会看黄色电影，那谁还会不看呢？她就像是广告里的人物。看在上帝的分上，她还用塑料布盖住了沙发。

丹下了 202 号公路，把车停在了新米尔福德前面的小镇布鲁克菲尔德的一家酒铺门口。他关掉引擎，让我在车里等着。回来以后，他从一个牛皮纸袋里拿出一包香烟，然后把袋子扔在我腿上。

"给你的。"他说。他点燃了一支烟，而我则伸手从袋子里拿出了一本《花花公子》杂志。我很困惑。他知道我家里有《花花公子》？难不成他什么都知道？这才只是我看过的第三期。光是拿着这本杂志就让我起了一身鸡皮疙瘩，但我又不好意思打开。我把杂志放回袋子里，丹二话没说就开着车走了。

我们到达营地的时候，天已经黑了。丹经过湖边，右转去了老年营那边。我很高兴我们不用去医务室。他径直上了山，沿着土路一直开到尽头：福斯宅邸前的碎石停车场。

除了我们全家参观弗吉尼亚州的蒙蒂塞洛豪宅那次，我从没见过像这栋两层楼高的巨大砖房一样的建筑。这里没有白色的柱子，也不设穹顶，但砖砌的外墙和隔断玻璃窗让我想起了杰斐逊的房子。房子有三四个不同的侧翼，屋顶高低不一。深色的雕花木门两侧各有一个砖砌的烟囱。

丹用钥匙打开门，然后开了灯。映入眼帘的是一个圆形大厅，大厅下面有一条大型的旋转楼梯。就像是《乱世佳人》里的场景。

"去四处看看吧，"丹说，"我去开暖气。"这天气冷得刺骨。

我向房子深处走去，发现自己置身于一个宽敞的客厅，落地窗将室外的湖景尽收眼底。这里有几件旧家具，但似乎很久没有人住过了。

我从这里进入一个客厅，按下墙上的开关，头顶的灯亮了起来。一个破旧的橙色沙发及一把长椅正对着一座石砌壁炉。壁炉上方高高地挂着一幅巨大而正式的肖像画，画中是一位女孩与他的母亲，画框镀了金。这就是我听闻多年的那幅画——艾拉·福斯的肖像。

艾拉看起来有十二三岁，也就是我这个年纪。她和母亲在一片林间空地上，背景是蓝色的湖泊、陡峭的山丘和绚丽的云彩。女孩穿着一件薄纱般的粉色毛衣，长度只到膝盖上方几英寸。她胸部很平，像个男孩，头发剪成我在20世纪20年代照片上见过的那种短波波头。她站在母亲身后，她母亲坐着，身穿一件带披肩的黑色连衣裙，看起来像是在服丧。

艾拉的母亲瞪着我，似乎在问，"你到底在这干什么？"

丹走进来，在画像前停下，扭曲着脸，做惊恐状。接着，他在沙发上坐下，点了一支烟。

"很恐怖吧，对不对？"他问。

"恐怖极了。这幅画挂在这上面有多久了？"

"很久了。艾拉在20世纪20年代就去世了。"

"他们什么时候搬走的？"

"几年前，他们把土地捐给营地了。"

丹抽完烟，把烟蒂扔进壁炉，然后离开了，留我和艾拉还有她母亲待在一起。我想，如果那姑娘还活着，应该有六十岁了，她会坐在这张沙发上，而我也不会在这里了。可事与愿违，她的名字被拿来给一个营地命了名，而她会永永远远地挂在墙上。

"嘿，快上来！"丹喊道。

我关了灯，找到了通往二楼的蜿蜒的大楼梯。我顺着长长的走廊一直走，走到唯一亮着灯的房间。

"你可以睡这儿。"丹说着，指向一张已经铺好的床。那床足够睡下三个人，拱形木制床头看起来已有上百年的历史。我放下包，坐在床脚的位置。

丹扔给我一包扑克牌，让我打开看看。这是一副平平无奇的扑克牌——J、Q、K、A——可当我把牌翻过来的时候，我发现每张牌上都有一张不一样的裸女照片。她们更像是《花花公子》里的女人，而不是《幻影》里吓死人的那种。我的目光在一张从身后拍摄的美臀上停留了两秒钟。就这样，我硬了。

"真快啊，"丹用右手抓住了我说，"我就知道你会喜欢这些卡牌。"

他一边继续抓着我，一边用左手把我推倒，直到我平躺下来，我的双脚还在地上。他用身体压迫着我，还拽我的拉链。我紧紧抓住扑克牌，举起裸女挡住这拉下我牛仔裤的男人。接着，他把我的阴茎含在了嘴里。

我闭上眼睛，像上次那样希望我能出离自己的身体。可是，为时已晚。我把手伸进运动包，拿起《花花公子》，它比卡牌要大得多。我将它举过胸前，把注意力集中到"一月女郎"身上。我可以把我的整个身体塞进她乳房之间柔软的缝隙里面。

一分钟后，丹说话了，手还是嘴？我将他的话抛诸脑后，全力关注"一月女郎"，直至高潮。

丹站了起来。几秒钟后，他的手又回到我身上，他用毛巾替我擦身，他的肚皮从白色的 T 恤里探出来。

"天，射这么多，"他说，"你从来不打飞机吗？"

我没有回答。我在想挂在楼下墙上的艾拉和她母亲。要是她们看到刚才发生的事情会怎么样？我用手捂住脸。艾拉的母亲什么都知道。我在她的床上做了可耻的事情。这是无可救免的罪过。

我再次感到胃里的灼热。这次的感觉很强烈、很急迫。我拉起牛仔裤，冲向浴室，拉起了肚子。我坐在马桶上，研究着地板：黑白相间的瓷砖，大量的缺损。古老的浴缸上锈迹斑斑，墙上也掉漆了。这地方真是让我毛骨悚然。

我又去了两次浴室，直到拉空肠胃。

"我给你做点白米饭，"丹说，"它能止泻。你需要这个。"

他从老年营厨房的库房里面拿出一大袋米，在炉灶上煮了点之后，用一个小碗盛给我。在丹给他自己做晚餐的时候，我独自待在餐厅吃饭。

接着我就上床睡觉了。丹睡在另一间房里。接下来的一天，我就只吃了白米饭。

当我在周日醒来的时候，外面下了很大的雪。丹打开他的晶体管收音机，里面说一场暴风雪就要来了。

"你觉得我们能逃出去吗？"我问。我不想和丹、生锈的浴缸，还有艾拉的画像一起被困在这豪宅里。

"能，要是我们现在就出发的话。我给轮胎准备了防滑链，以防万一。"

他消失了，回来的时候拎着包。他从地板上抓起那本《花花公子》，放进公文包里。走到半山腰的时候，我们下了旅行车，他教我怎么给轮胎拴防滑链。

当我们驶上 7 号公路时，大雪已是铺天盖地。我眼见积雪沿路堆积起来，孩子们在自家前院堆着雪人。我们可以从丹伯里上 84 号州际公路，通常情况下，到那需要花费 25 分钟，但已经过了一个钟头了，我们还没到。最后，我们到达入口匝道的时候，它已经关了。一位警官告诉我们，是他们关闭的匝道。

"看起来我们要在丹伯里住了。"丹说。

"哪儿？"

"就在那儿。"他指着 7 号公路另一侧的豪生酒店说。橙色的屋顶被白色覆盖了。他还说："那还有家餐馆。"

我喜欢霍华德·约翰逊。我们一家经常去家附近的霍华德·约翰逊吃炸鱼和薯条。建筑的橙蓝配色让我想起纽约大都会队的队服。但我不想和丹一起待在酒店里。我想回家。

走到前台，一位女士递给丹一支笔，让他填一张登记卡。她戴着一副棱角分明的角框眼镜，看起来就像只猫。

"你们要去哪儿？"她问我。

"长岛。"我说。

"明天到那应该没问题。今晚雪就会停了。"

丹把卡片推还给她，她研究了一下。

"你们不是一个姓。是一家子吗？"

"不是，"丹说，"他是一个朋友的儿子。"

"你的房间就在楼上，"她说着，把钥匙递给我，"要是你饿了的话，餐厅还开着呢。"

这家汽车旅馆看起来很新，房间也很干净。屋里有两张床，浴室的水槽里也没有水锈。丹拿起床头柜上的电话，给我母亲拨过去，跟她说了道路封闭的消息。

"那边也在下雪。"他挂断电话后说。

"希望明天不用上学。"我说。要是明天有课，而我错过了，我就得解释我为什么会缺席。这要怎么说？说我和夏令营的营长一起被困在霍华德·约翰逊了？就算是在夏天，这听起来也够怪的，在冬天就更是完全说不通了。

我这一天只吃了米饭，现在肚子饿得咕咕叫。我们去了楼下的餐厅，我点了炸鱼和薯条。

"你想回家吗？"丹问道。

"是的。我不想缺课。"

"家里怎么样？"

"我不知道。"

"你是真的确定你不知道，还是只是说说而已？"

"不是很好。"

"为什么不好？"

"我想去大学看望我哥哥，但他们不让。我妈不会让我去的。我爸什么也没说。"

"听起来真是很典型的犹太家庭，"他说，"你那些叔伯有哪个在家能管事的吗？"

这我也想过。但很显然，家里肯定是婶婶们说了算。

"不，我想没有。只不过，妈妈会让我做一些我不想做的事，比如去坚信礼。她还会阻止我做我想做的事，比如去看望我哥哥。"

"'坚信礼'是什么意思？"

"就是一些人为虚构出来的改革犹太教的东西，目的就是要让你在成年礼之后还得继续去犹太会堂。我讨厌它。"

"嗯，他们得找人填补缺位，"他说，"我个人认为，宗教是人类历史上最大的仇恨根源。如果人人都是无神论者，世界会变得更美好。"

我很赞同，但我还从没听哪个成年人这么说过。

"不管怎么说，我觉得不让我见我哥很不公平。他是我的哥哥，我有权见他。"

"是啊，你确实应该有这个权利，可你妈妈是个混球。"

"你什么意思？"我问。

"她要控制自己生活中的男性。这属于心理问题。她控制着你的继父，还试图打垮你哥。她也不会让你做你想做的事。"

女服务生把炸鱼和薯条放到我面前，我却不觉得饿了。我讨厌他叫我母亲"混球"。这听起来太可怕了。不过，他说的话似乎又有几分道理，就好像他从我脸上摘下了一直蒙蔽我的眼罩。我生母亲的气已经好几年了，而他只花了十秒钟就诊断出了问题所在。

"我让你没胃口了吗？"他一边大吃特吃，一边问我。

"有点。"

"你现在是进了死胡同，孩子。你哥哥逃走了，所以你要承受一段时间的压力。"

"是的。还得有五年。就像坐牢一样。"

"你会活下来的。我老爸以前每天都要把我打得屁滚尿流。可你看我现在多好。"

"那也没用。"我说。

"嘿，你有权感到难过。但别把自己饿死。我得把你活着带回家，而你只吃了米饭。所以闭上你的嘴，吃你的鱼吧。"

我拿起盘子。等丹抽完烟，喝完一杯咖啡时，我已经吃了一大半。回房后，他打开公文包，做起了营地的文书工作。我坐在床上，靠着床头板，开始读《杀死一只知更鸟》。我有两周的时间写读书报告。

我喜欢这个小镇故事。我感到与杰姆之间存在某种缘分，因为他会思念在他六岁时离世的母亲。但布·雷德利的部分却让我害怕，尤其是在杰姆说布生吃松鼠，双手沾满鲜血，会在夜深人静的时候在附近来回晃荡的时候。布的声音听起来很像克罗普西，那个据说会在艾拉·福斯营地游荡，以孩子们为食的半死不活的怪物。

读完第一章，我合上书，叹了口气。

"你还好吗？"丹问道。

"还好。只是在读英语课上的一本恐怖书。"

"书？那是什么鬼东西？"他做了一个疯狂的暴眼鬼

脸。"我像你这么大的时候，根本买不起书。"

"好吧，那你一定学到了一些东西，"我说，"你上过大学，对吧？"

"是啊，我骗了他们很久，拿到了学位。实际上，是两个。我有个学士学位，还有个社工学位。但我从来都不喜欢读书。我是在街头接受的教育。千万别辍学，孩子。你不会想长大后变成我这样的。"

"你怎么了？"

"我不会写，也不会说。我有很多想法，但我实在不够优雅。"

"我不知道。优雅之士可能也做不到你所做的。他们都是纸上谈兵。"

他一脸好笑地看着我。

"你是个很聪明的孩子，你知道吗？"

他站起身，走过来，打起了太极。接着，他抓住我的脚把我拖到床尾。我的身体僵住了，《杀死一只知更鸟》掉在了地上。他从公文包里拿出那本《花花公子》，然后把它扔给了我。我打开杂志，用它挡住自己，好让我别看见丹。

结束以后，我直到等丹站起身来，才放下那本《花花公子》。我知道刚刚发生的事还会再发生。但他为什么要这么做呢？

"天哪，都快八点了。"丹说。"你想看《埃德·沙利文秀》吗?"

"好。"我说。

6

我在前往纽约的 84 号州际公路上，而丹开始谈论他正在计划的家庭周末日。

"经营艾拉·福斯营的那个犹太团体，他们要在卡茨基尔为员工举办某种家宴。你知道的，就在波希特地区的某个地方。"

我不确定他为什么要告诉我这些。

"你去过卡茨基尔山吗?"他问。

"没有。我父母每年都和他们的朋友去那里度周末。我不知道他们在那儿干些什么。"

"他们做犹太人做的事——吃喝玩乐，听单口喜剧。那些避暑胜地现在都会在冬天开放。我们要去霍莫沃克旅馆。那里有溜冰场和保龄球馆。"

"听起来很有意思。"

"你应该和我们一起去。"他瞥了我一眼说。

我不确定我有没有听错。他是在邀请我参加他的家庭度假日吗? 这听起来太奇怪了。

"你不必现在就回答，"他说，"考虑一下吧。我知道你想离开那个家。对我儿子来说，有个伴儿也是件好事。独生子不容易。"

"贝蒂会怎么想？"我问。我记得她在客厅里还问过我是谁。

"她喜欢这个主意。"

"你已经跟她谈过了？什么时候？"

"昨晚。我在大厅给她打电话告诉她我们被困在丹伯里了。我跟她说我打算邀请你去卡茨基尔。"

这一切似乎都已经定好了。

"你会告诉我妈妈吗？"我问。

"是的。我今天送你的时候会跟她说。"

接下来的一个小时里，我一直看着窗外，白雪覆盖着的田野从我身边一闪而过。

丹让我把衣服带到霍莫沃克小屋。我们周五晚上到的，我和丹、贝蒂以及他们的儿子杰夫坐在一张能容纳八到十人的大圆桌前。感觉就像成人礼一样。我穿着运动夹克和休闲裤。贝蒂穿着花哨的礼服。丹穿着不合身的夹克和米色高帮马靴，看起来像是走错了地方。

安息日开始了，所以在他们念希伯来语祝词之前，我们每个人都从桌子上的那堆东西里拿了一顶黑色的圆顶小帽。

"我从没见过你戴圆顶小帽,"我对丹说,"你觉得你能骗过他们吗?"

"不可能。他们肯定在想是谁放了个意大利佬进来。"

"别说了,你们两个。"贝蒂说着,向我们投来不赞同的目光,因为杰夫正在听。

晚饭后,我和一群与我年龄相仿的十三四岁的孩子待在一起。女孩们穿着迷你裙和白色长袜。我与另外两个男孩像小狗一样跟着她们在旅馆里转。

杰夫和我共用一个房间。当他在周六和父母一起去打保龄球的时候,我待在房里忙着我的《宪法练习册》,回答有关法案如何成为法律的问题。

有人敲门。是丹。

"嘿,我能进来吗?"他问。

"我还以为你在打保龄球呢。"

"打一场就够了,"他说着朝床走去,"很遗憾,我们没有时间谈谈。这些活动快把我逼疯了。你呢?"

"挺好的。女孩们很可爱。但我今天得学习。星期一有两门考试。"

"你就不能消停会儿吗?"他问。

"我想进一所好大学。"

"你才上八年级啊。稍微玩一下吧。"

他伸出手，在我的肚子上轻轻揪了一下。当我想把他的手拉开时，他用另一只手抓住了我的蛋蛋，我僵住了。他没有松手，而是站了起来，把我像人体模型那样推到床上，然后脱掉了我的裤子。没有《花花公子》能来当我的挡箭牌，我闭上眼睛，想象着学校管弦乐队里的金发女郎，她修长的双腿之间紧紧地夹着一把大提琴。我就是那把大提琴。三分钟后，一切都结束了。

丹走后，我躺在床上，痛苦不堪。我是同性恋吗？不然为什么他一碰我，我就硬了？这说不通。我从来没有那样喜欢过男孩子。我爱过的每一个女孩都犹在心头：八年级的大提琴手；七年级的中提琴手；六年级忧伤的意大利女孩；五年级的崔姬。二年级时，我还常趁老师不注意的时候偷亲坐在我后面的女孩。

但实际上，这一切都要追溯到邦妮——我们在万塔的邻居身上。我四岁时每天都要去拜访她，盼着能看一看她母亲那巨大而苍白的乳房和凸出的乳头。她每次都会从衣服里掏出一个乳头，并向着自己刚出生的宝宝来回挥舞。第一次看到它们的时候，我很困惑。伯母和婶婶们都从没将胸部从裙子里露出来过，母亲也绝对没有过。这太惊人了：婴儿竟然会用嘴含住乳头。

邦妮告诉我宝宝在吃东西。我很难相信，因为我知道婴儿是用奶瓶喝奶的，那种总是堆在黛尔婶婶家水槽里的奶瓶。但我始终无法找到一个正确的视角来判断邦妮说的是不是真话。

一天早上，我敲了敲她的门，她牵着我的手来到客厅。我们坐在沙发上，她妈妈坐在摇椅上，面对着我们，抱着婴儿，看着电视上的游戏节目。过了一会儿，婴儿开始呜咽。邦妮的母亲目不转睛地盯着电视，她把手伸进上衣，用一个令人眼花缭乱的动作拿出了藏在衣服里的乳房。她把那像红色指针一样的乳头塞进婴儿撅起的嘴唇之间。我能从"唶唶"的声音里听出宝宝正在喝奶，和邦妮说的一模一样。

我感到腿部和腹股沟一阵刺痛。我问邦妮想不想玩扮医生的游戏。我们去了隔壁的我家，来到楼下的洗衣房。她站在洗衣机前脱下衣服，然后脸朝下趴在一堆脏衣服上，让我给她检查。我用我的医疗器械钝硬币、红色弹珠、一匹内战时期的塑料马探查了她身体上每一个神秘的地方。

"我病了吗？"她问。

"是的，你病了。"

"你能治好我吗？"

"能。"

我用马的右前腿给她打了一针，她就好了。

九年后，我趴在卡茨基尔的床上，因为想要探查邦妮赤裸身体的念头而兴奋不已。我怎么可能是同性恋呢？

7

那年 10 月，丹打电话给我母亲，说他需要我的帮助，那时我已经几个月没见过他了。当年的夏天我没有去夏令营。家里有以色列的朋友来访。

那栋豪宅似乎比我记忆中的要更为陈旧：破损的家具、褪色的油漆，还有沉闷的窗帘。艾拉还挂在客厅里，她母亲还在瞪着我。只是丹不像以前那样抽烟了。

"你怎么不抽烟了？"我问。

"我戒了。"

"真的吗？"

"是的。我从十三岁就开始抽烟了。我可不想五十岁的时候还在抽烟。那些东西会要了你的命。除了这个，我也不喜欢在学校的孩子面前做这件事。我应该是个榜样人物。"

"你是怎么戒掉的？"

"只要停下来就好。这就是意志力。就像我戒酒一样。"

"你以前经常喝酒吗？"

"我是在布朗克斯区长大的。我们喝酒抽烟，装得很强硬的样子。我受够了那些废话，"他看了看表，"现在还早。我们走吧。"他突然站了起来。

我在车里问我们要去哪里。

"托灵顿。那儿有个20世纪20年代建造的大电影院。它让我想起小时候常去的剧院。就像歌剧院一样。"

"你对歌剧了解多少?"我问。

他的眼珠子几乎快从脸上瞪出来了。

"我是意大利人。关于歌剧我只需要知道这些就行:这是唯一的、真正的音乐。和你听到的那些吵吵嚷嚷的声音都不一样。"

"是啊,至少我的吵嚷声里没有胖女人和死人。"

"嘿,小心点,你在非议我的血统。这会伤害我的感情的。"

"是的,你说得对。那么托灵顿有什么演出?"

"《午夜牛郎》。"他说。

"《午夜牛郎》? 你认真的吗? 这是X级片!"

"所以呢?"

"所以我进不去。年满十六岁才能进。我才十四岁。"

"我来处理。"

我知道他会处理好的。可这就是问题所在。我很想看《午夜牛郎》,但它也让我害怕。这部电影在那年春天上映,是新好莱坞分级制度下的首批X级影片之一。我认识的人都没看过这部电影,就连我父母也是。要是我在周一谈起这部片子，就能帮自己在朋友面前加分。是啊，我看过《午夜牛郎》，非常刺激。

当我们到达剧院时，丹让我在车里等着。五分钟后，他拿着两张票回来了。穿过大厅时，我踮起脚掌走路，好让自己看起来更高一些。那个检票的老家伙似乎并不在意。丹给我俩买了苏打水和一大桶爆米花，然后我们就进去了。剧院很宽敞，就像百老汇最大的剧院一样——它能轻松容纳一千个座位，而其中大部分都空着。墙上镶着金板，天花板看起来就像海登天文馆一样。

接着，电影开始了。一开头，我还觉得很有意思。牛郎们似乎总爱拿主人公乔·巴克开玩笑。乔和一位带着玩具贵宾犬的女士的性爱场面让观众捧腹大笑。我从来没听说过"男妓"这种身份，但我很快就理解那是怎么回事。这是部喜剧。

紧接着，我就看到一个阴森恐怖的传教士试图让乔·巴克跪下来祈祷。我停下了在嚼爆米花的嘴巴。牧师肯定是同性恋，而且他认为乔也是。他把我吓坏了——他狂野的欲望，他的难以捉摸，还有他表现出的威胁性。我屏住呼吸，希望这一幕快点结束。

作为一部描述某个想从有钱女人身上轻松赚钱的男人的电影，里面肯定会有很多同性恋镜头。我调整了自己身体的角度，好离丹远一些。

接着，乔和一个他称之为"小野猫"的女人发生了关系，我想着，谢天谢地。我从没在电影里看过裸胸。但他们很快就消失了，乔正在痛打另一个不快乐的同性恋。我闭上眼睛，睁开后却只看到那个可怜的家伙被打掉了牙齿。最后，拉索·里佐死在了公交车上。

灯光亮起时，丹说："嗯，他们没有刻意粉饰。"我不知道他在说什么。我把手插在口袋里，一句话也没说。我还以为能在 X 级电影里看到很多裸女呢。相反，我觉得我刚刚看的是丹的"犬族色情"电影。当中最糟的场景还不断在我脑海中重演。

离开剧院时，我不得不停下脚步，思索自己身在何处。外面很黑，而我以前也从没来过托灵顿。

"饿不饿？"丹问道。

"不饿。"

"我们去醒醒脑子吧。"他建议道，沿着主街走去。

走过半个街区后，他带我去了伍尔沃斯百货公司，那里还在营业。

"我需要几样露营用的东西。"他说。

一进去，他就指给我看唱片区在哪。我从新专辑的陈列架上拿下《爱别路》（Abbey Road），然后锁定了《齐柏林飞艇 II》（Led Zeppelin II）。我用手抚摸着塑封包装，欣赏着专辑的封面：穿着军装的、再熟悉不过的、炸裂的齐柏林乐队。我真的很想要，但我手里拿着的这张专辑价值六美元，而我口袋里只有四美元。

丹又出现了，他用桶提着清洁用品。

"你想要那两张？"他问。

"是的，但是我的钱不够。"

"没关系。我来买。"他说。

"谢谢。你想不想看看他们有没有歌剧？"我半开玩笑地问道。

"不，他们这里没有我想要的唱片。我喜欢老歌。我有一张卡鲁索在 1902 年的唱片。这在伍尔沃斯可找不到。"

"太酷了。"

"你最好相信这一点。什么时候你过来，我放给你听。"

到了收银台，丹用现金付款，并向那个女孩索要了收据。我以为营地还会为我的专辑买单。

晚餐时，丹选了一家意大利餐厅，餐厅里铺着白色的桌布，设着砖砌的拱门，墙上画着海边的景色。它让我想起长岛上那些家庭过生日或举行毕业典礼的地方。

"怎么样？"我们坐下来点了餐后，丹问道。

"什么怎么样？"

"明知故问。你觉得这部电影怎么样？"

"太压抑了。"我说。

"那是因为街头生活本身就很压抑。为了生存,你必须做你该做的。"

"我想要是我的话就活不下去了。"

"相信我,你会的。不过留在学校,你就不用担心了。"

"我不明白这两个角色为什么能当朋友。我是说,我明白为什么拉索会和乔做朋友。他需要钱。可乔为什么需要拉索呢?"

"他很孤独。他是害怕。他不适合纽约。"

"所以他搬去和一个瘸了腿的骗子一起住?"我问。

丹笑了。

"有什么好笑的?"

"他们两个都有残疾,不是吗?乔的残疾在内心。他就像一只迷途的羔羊,渴望与人交流。"

"你是说,他试图和每个人交谈的那个样子?"

"对,"丹说,"我不在乎你是谁。我们的内心都一样。我们都需要关注。拉索是第一个听乔说话的人。这可是件大事。"

我开始了解乔·巴克了。我也想离家出走。这是不是意味着丹就是拉索·里佐?

"结局很扫兴。"我说。

"你在开玩笑吧?拉索已经抵达了他的应许之地。乔扔掉了牛郎装，找了一份真正的工作。街上又少了两个骗子。在我们社工圈，这就叫'成功事迹'。"

丹凝视着远方。我们聊完了《午夜牛郎》，感谢上帝，他没有提性爱场面。

我们回到营地时已近午夜。四周不见维修工吉姆或其他任何人的踪迹。营地安静得吓人。

回到豪宅，我按下开关，照亮了那条富丽堂皇的楼梯。我想着艾拉和她的母亲，朝二楼走去，丹跟在我后面。上楼后，我打量着长长的走廊，走廊的左右两侧都是房间。

"这可不是拉索的地盘。"我说。

"确实不是。这就是钱能买到的东西。"

"这让我起鸡皮疙瘩。"

"为什么？"丹问道。

"因为它被遗弃了，就像艾拉的家人消失了一样，而我们擅自占用了这里就像乔和拉索一样。"

"你真够杞人忧天的，"他说，"有人这么跟你说过吗？"

"有的，我母亲说过。她说我应该多找点乐子。"

"好建议。你还年轻，不用担心。等你到了我这个年纪再说吧。要担心的事可多了。"

"你在担心什么？"

"我要担心的事项清单有一英里长。辅导员是瘾君子，维修工玩枪，孩子们在湖里溺亡，老年人在做爱时猝死，还有牛奶的价格。"

"牛奶的价格？"

"是的。我们的牛奶供应商一直要价过高，他甚至都不肯跟我谈谈。他垄断了市场。你相信吗？我正为这事焦头烂额呢。"

"听起来挺糟糕。"

"嘿，这才只是个开始。牡蛎湾高中，九年级的孕妇，十年级的瘾君子，教育委员会也不许我谈论性和毒品。我会在冬天来这，是为了忘掉所有疯狂的事情。我喜欢宁静，喜欢空荡荡的大房子。我能听到自己在这里思考的声音。"

"这就像是你的城堡。"我说。

"是的，这是我的城堡。没人能进来。除了你。"

"我还是觉得毛骨悚然。"我说。

"好吧，上床睡觉，别再想这件事了。"

我穿上睡衣，钻进那张能容下三个人的大床，立刻就睡着了。我不知道丹是在哪睡的。

第二天早上，我找不见丹的踪影。我去看了看艾拉和她母亲，然后看了看那个古老的厨房里有没有什么吃的。

我听到前门"砰"的一声被关上了。

"有人在家吗?"丹喊道。

他站在前厅,手里拿着一个方形的小手提箱。

"我从办公室借的,"他说,"你可以用它来放你的唱片。"

我一直以为要等回家后才能听到我的新专辑。现在这整个上午我可有的忙了。

丹看了看他的钥匙,打开了一扇我之前没有注意到的门。

"这是我的密室,"他说着走了进去,"我在夏日的藏身之处。"

那是一间小小的卧室,里面有一张没铺好的双人床。唯一的一扇窗户上拉着百叶窗帘,对面的墙上有一面镜子,下面有一个低矮的五斗橱。

"这间房是用来干吗的?"我问。

"大概是仆人的住处吧。它紧挨着前门,又离厨房很近。"

丹把电唱机放在柜子上,插上电源。

"交给你了。"他说。

我弹开两边的插销,盒子打开,露出白色调的音臂和黑色的橡胶托盘。

丹说:"我们今年夏天换了唱针,所以应该没问题。"

早餐后，他抓起公文包朝客厅走去。我把自己关在他的藏身之处，音乐声想放多大就放多大，这在家里是做不到的。我从头到尾都在听《爱别路》，只在要给唱片翻面的时候才从床上爬起来。然后，我又放了齐柏林飞艇，音量调得更大。

结束后，我又放了几遍《芳心终结者》(*Heartbreaker*)。"为了追求残酷的爱，有的人放声大哭，有的人为之而死。"罗伯特·普兰特哀号道。什么叫"残酷的爱"？我认识的女孩跟齐柏林飞艇歌里的女孩一点也不一样，歌里的女孩会发出那样的恳求：爸爸，我等不及了。

有人敲门。

"进来。"我喊道。

"噪声停了，所以我猜你可能已经听够了。"丹说。

"是的，我听完了。待会儿可能会再听。"

他把公文包放在电唱机旁边，然后掏出一本杂志。

"我给你买了新一期的《花花公子》，"他说，"11月刊"。他把它递给我。我瞥了一眼封面，而他抓住了我的腿。

"我就像公牛一样壮，"他一边说，一边弯曲着他的二头肌，"感觉一下。"

"不用，我能看出来。"我说。

"你知道吗，我在你这么大的时候还是个小瘦子，比你还瘦。但我的两条胳膊都很粗，和现在一样粗。知道为什么吗?"

"为什么?"

"我给一个水管工打工。每天放学后，我都去建筑工地拖水管。拖水管，那就是我的工作。所以我的手臂变得非常粗壮。"他又摆了个肌肉男的姿势。"我看起来就像大力水手。又花了十年时间，身体的其他部分才跟上。"

"你想当水管工吗?"

"没机会。要是你明白'水往低处流'的道理，你就能当水管工。我喜欢与人交往。我总能读懂他们，尤其是那些陷入困境的人。我喜欢帮助他们，"他伸手抓住我的大腿，"就像我现在要帮你一样，因为我知道你脑子里现在想的都是女孩。"

"这不公平。我脑子里无时无刻想的都是女孩。"

"所以你很容易被看穿。"他说。当他拉开我的牛仔裤拉链并把它脱下来时，我僵住了。"总有一天你会用那东西让某个女孩爽翻天的。但记住，孩子，船有多大并不重要，重要的是大海怎么流动。"

我翻了翻《花花公子》，但没有用。丹一如往常地把手放在我身上。于是我想到了《午夜牛郎》里的那个女人——乔的"小野猫"。天哪，她太坏了。我并不是在一幢拉着百叶窗的破旧大厦的佣人房里。不，不，不。我飘浮在时空之外，我与巷子里的小野猫纠缠在一起。她很清楚自己在做什么，她会在十秒钟之内让我高潮的。

"完事了！"丹喊道。我翻了个身，双眼紧闭。

星期天，丹说他得在我们回家的路上顺道去营地办公室拿些文件。一进门，他就打开壁橱，露出一个放在地上的大保险柜。他转动了几下表盘，厚重的钢门就朝我们摇了过来。然后，他从公文包里拿出那本《花花公子》，放进了保险柜。

"你把《花花公子》藏这儿？"我惊奇地问。

"是啊。这就丢不了了。只有我知道密码。"

他穿过房间来到办公桌前，保险柜的门还开着，我慢悠悠地走到壁橱前，想看个究竟。里面有六七期《花花公子》。我拿起一本藏进包里。我知道不告而拿视为偷，但我不是有权这么做吗？他给我买的。

我们离开之前，他往保险柜里藏了一些文件，然后上了锁。

一周后，我正在做作业，妈妈大声说丹打电话来了，"他从营地打来的！"

我走到厨房拿起电话。

"嘿，丹。"

"我的工资单呢？"他问。

"什么意思？"

"你把营地的工资单带回家了吗？"

我以为他在耍我，但听起来不像是在开玩笑。他是在指责我偷东西吗？

"什么工资单？"我问。

"保险柜里的杂志，"他说，"是你拿的吗？"

我终于明白了："工资单"是《花花公子》的代号。

"是的，是我拿的。"我说。

"别这样好吗？你会给我带来麻烦的。"

"好吧。"

我不知道他说的"麻烦"是指什么。弄丢一本《花花公子》而已，好像不是什么大不了的事，比起丢失营地的实际工资单来说，更加算不了什么。但他从没因为任何事责备过我，所以我知道，他是真的生气了。

"把它还给我，别再带回家了，好吗？"

"当然，好的。"我说。

挂断电话后，母亲惊慌失措地看着我。

"工资单不见了吗？"她问。

"不，不。我在办公室看到工资单了。他再检查一下保险柜就会发现的。"

"哦，太好了，"她说，"担心死我了。"

8

"丹今晚要过来。"一天，母亲在下班后告诉我。

"为什么？"我措手不及地问。

"他想谈点事。"

晚餐后，丹端着一大盒奶油煎饼卷出现在我面前。在我把糕点装进盘子里，用咖啡壶煮咖啡的时候，丹告诉我父母，为了运营跨种族营地和让毒品从学校消失，他都进行了哪些孤独的斗争。

他宣称："我要和那些偏执狂还有官僚们斗到底。"我父母说他们百分百支持他。

咖啡煮好后，我们移到了客厅。丹坐在沙发的一端，跷着二郎腿，看起来比一年前第一次来我们家时放松多了。

我坐进沙发的另一端，下巴紧绷着，努力挤出一个微笑。这到底算怎么回事？

"所以，有什么事吗，丹？"母亲问道。

"嗯，西德尔，我想我得和你们大家一起讨论一下。贝蒂、杰夫还有我正计划圣诞假期去巴哈马旅行。我们想让斯蒂夫和我们一起去。我们请客。"

我简直不敢相信自己的耳朵。要我做什么都行，就是别让我跟丹还有他的家人一起去度假。怎么会有人觉得我想这么做？我在脑海里大喊着"不"。可我的喉咙却越来越紧，好像根本说不出话来。我开始对着母亲祈祷：求求你，说不。求求你，说不。

"你和贝蒂真是太慷慨了，"她说，"当然可以，要是斯蒂夫想去，我们没问题。"

他们都转向我。丹就在三英尺开外，赫然耸立着。母亲微笑地等着我答应。

"那好吧。"我低声说着，肩膀像是突然压上了千斤重的东西。我父母怎么就不觉得这很奇怪呢？

"太好了，"丹说，"那就这么定了。"

肯一句话也没说。

"肯，我想确定你不介意，"丹说，"我不希望让你感觉自己被取代了，要是你会这么想，我们就不这么做。家庭是第一位的，你才是斯蒂夫的父亲。你懂我的意思。"

"你能这么问很好，不过这不是问题，"肯说着，挥了挥手，似乎是要扫除丹的担忧，"你只是做了件对斯蒂夫好的事。我们很感激。"

"我得告诉你，"丹说，"你们二位这么做是对的，因为这家伙"——他指了指我——"是我认识的最优秀的年轻人之一。他有崇高的价值观，工作努力，又能真正地关心他人。今时今日，这实属罕见。你们应该为他感到骄傲。"

"好吧，我想我们会让他保持住的，"母亲说着，向我投来一个微笑，"听到有人这么评价他可真好，丹，尤其是，这么说的人是你。"

巴哈马最让我惊讶的并不是白得炫目的沙滩，也不是像知更鸟蛋一样颜色的海水。不是14层楼高的巨型度假酒店，或者面朝海滩带阳台的房间。不是明信片上的棕榈树，也不是全体黑人在有着茅草屋顶的凉亭下为清一色的白人提供热带饮品。

不是的，让我震惊的是，堂兄戴维的法语老师德雅尔丹女士和我们住在同一间酒店里。她和她丈夫在离东梅多有1 000英里远的一片沙滩上——就是我们这片沙滩。我和丹的家人刚在浴巾上躺了20分钟，就发现那对夫妇正朝我们走过来。

我不禁打了个寒战。在学校礼堂的时候，我总是对德雅尔丹敬而远之。她是个四十多岁的法国女人，身形高大，言语刻薄，经常威胁要让戴维挂科，因为他的外语学得很差。在她离我还有十码远的时候，我屏住了呼吸，她似乎对我视而不见。她没认出我来。她的丈夫是个驼背秃顶的小个子男人，穿着蓝色的泳裤，看上去和她一样愁眉苦脸。

直到这时，我才看见他们的女儿，她十三四岁，跟在我身后几英尺远的地方。她是那样美丽动人，有那么一瞬间，我还以为是自己看错了。这样一个天使怎么可能是德雅尔丹家的女儿。她只是碰巧走在他们身边的一个普通姑娘吧。可是，德雅尔丹太太却转过身来，拉着女孩的手，说了些什么。

我简直不敢相信。两个如此不起眼的人，怎么能生出这么漂亮的女孩？她是不是被领养的？当他们走过我们的毯子时，我仔仔细细地观察了这个女孩的容貌，她长了一张鹅蛋脸，有着像小鹿一样的眼睛和丰润的嘴唇。她浓密的深棕色头发刚好垂到肩膀以下，光滑的橄榄色皮肤被白色的比基尼肩带衬托得格外耀眼。她的个子比父母高，一双修长的双腿套在那短得不能再短的底裤里面，走起路来是那样流畅、那样自然，活像一只丛林里的小猫。她仿佛一只对自己的与众不同毫无知觉的猎豹。这么说似乎还不够，她还是个法国人！我爱上她了——疯狂地爱上了她。

德雅尔丹家的女儿又落在了她父母后面。我想着，她也不想来这里。丹穿着格纹泳衣趴在我旁边。肩上乱蓬蓬的头发让他看起来就像一头搁浅的野牛。从那天早上上飞机开始，他就一直沉浸在《教父》中，这是我见过的最厚的书之一，他还会定期给我们更新最新的情节进展。

"他们刚杀了桑尼，"他汇报说，"我告诉你，是巴尔齐尼干的。我就知道这些笨蛋是怎么想的。"贝蒂趴在他的另一边，穿着一件黄色的连体泳衣，正晒着日光浴。杰夫去游泳了。

如果我堂兄的法语成绩足够好，而我能再勇敢点，我一定会向德雅尔丹太太介绍自己。我幻想着接下来的情节。她会邀请我和他们一家三口一起吃午餐，或许还可以乘帆船去旅行。我会花上一整个下午的时间和她女儿谈论文学与音乐。等到夜幕降临的时候，我就能在满月下和她亲热了。

但这一切都不可能发生。即使我能鼓起勇气和她说话，又该怎么解释我来巴哈马干什么呢？我都不知道我在巴哈马要做些什么。

傍晚时分，丹、杰夫和我回到酒店，准备在晚餐前洗个澡，换身衣服。贝蒂想在海滩上多玩一会儿。杰夫和我共用一个房间，就像我们在卡茨基尔时那样。回酒店的路上，他说他想先洗澡。丹说我应该在他和贝蒂的房间等等。

我跟着他走了进去，看到五斗橱上放了两个人体模型头像。其中一个白色的泡沫头戴着红色的假发，另一个脑袋则是光秃秃的。我注意到贝蒂换了很多发型，现在我明白是怎么回事了。它们看起来就像是机器人的头。就在我研究它们的时候，丹从身后给我来了个双肩下握颈翻。

"来啊，我们来摔跤。"他说着就把我推到床边。我紧绷起来，身体变得死沉死沉。

"怎么了？"他隔着泳裤抓住我问道。他疯了吗？要是贝蒂走进来怎么办？

"我不该在这儿的。"我说着，越来越慌。

"你担心得太多了，"丹说，"这儿我说了算。"他解开我泳衣的裤子，把我搬到床上。我闭着眼装死。我想象穿着白色比基尼的德雅尔丹家的女孩。不，不，她太纯洁了。还是想想别人吧。

"手还是嘴？"丹问。但我已经不说话了。就在这时，我听到钥匙开锁的声音，紧接着，门开了。

"该死。"他说着，将那肿胀的东西塞回我的泳裤里。在贝蒂穿过门厅进房以前，我还有两秒钟的时间。我猛地拽起泳衣，用颤抖的胳膊肘支撑着身体，向一边滚去。泳裤的扣子没扣上——来不及整理了。丹后退着下了床，这时，贝蒂出现了，泳衣外面围着一条浴巾。

"嘿，"丹向她打招呼，"斯蒂夫在这等杰夫洗完澡。"我试着挤出一个微笑。

贝蒂停下脚步，略显困惑。过了两秒，又好像过了许久，她朝着浴室走去。

"我准备去吃晚餐了。"她说。

一听到淋浴声，我就扣上扣子，从丹身边冲了过去。

一分钟后，我坐在床沿上，将脸深深埋进自己的掌心后半段。我眼冒金星，感觉天旋地转。

等杰夫从浴室出来的时候，我从他身边绕了过去，嘴里嘟囔着要洗澡。我将双手撑在水槽的台面上，盯着镜子里的人。

没事的，我对着那张受惊过度的脸说。没事的。

第二天在海滩上，丹把相机递给贝蒂，让她给我俩拍一张合照。她站在齐膝的海水中，头顶是炽热的阳光。丹和我在水边找了个地方坐下。

就在他用胳膊搂着我的肩膀时，我看到德雅尔丹家的女孩就在 30 码开外的地方涉水冲浪。我羞愧难当，于是转过身去，假装在看远处的什么东西，并祈祷那女孩不会看到我。贝蒂叫着我的名字，我面向镜头，希望自己能立刻隐形。丹的胳膊压在我背上。我将双手垂到身体两侧，眯着眼睛望着太阳。

回纽约后，我收到了丹寄来的一个信封。里面有四张度假时拍的照片。我本以为沙滩上坐在他旁边的会是个小孩，所以，当看到那是个和他一样高的青少年时，我惊呆了。我们第一次见面是在七年级后的那个夏天，当时丹比我高得多。现在不是了，尽管我看起来仍然只有他的一半重。

照片里的丹很放松，他左手放在臀部，硕大的右手搭在我稚嫩的肩膀上。我双臂僵硬，两手微微握拳，僵在原地，就像得了僵直症。我苍白光滑的身体与他毛发旺盛的橄榄色皮肤形成了鲜明对比。他手臂之下搂着的仿佛只是一尊雕像。

这张照片使我感到不安。我从未把它挂到我的电子公告栏上。回到学校后，我也对整个寒假避而不谈。

另外三张照片拍的都是我，我光着膀子站在水边，面带微笑。我还记得那都是丹拍的，为了拍到他想要的瞬间，他来来回回地走动。在其中一张照片中，无精打采的德雅尔丹先生闯进了镜头。我想，这真是我的运气。幸亏和我一起入镜的是那该死的父亲，而不是女儿。

我把四张照片都装进了信封，然后塞到书桌抽屉的后面，这样就没人会发现了。

9

1970 年的夏天，九年级毕业之后，我收拾了一个剩下来的军用行李箱，准备去艾拉·福斯营待上十周。我和堂兄戴维要去老年营当服务生，为数百名来自布朗克斯区的老人提供服务。

我带了一把次中音萨克斯风，还有一堆乐谱和一叠约翰·科尔特兰、查理·帕克以及桑尼·罗林斯的专辑。戴维是一位天才长号手，也是高中爵士乐团的固定成员，他告诉我学习的最好方法是听那些人演奏一段，然后一遍又一遍地重复练习。

对于我要带着萨克斯风去的计划，母亲厌恶至极。她说我这么多年的单簧管课程都白学了，更不用说为这些课程花掉的钱。但我知道她反对的真正原因：她怕我会步堂兄的后尘——爵士乐是他一生的追求，他要做的是一名职业音乐人，而不是婶婶想象中的律师。母亲认为，我花整个夏天的时间和戴维一起练习爵士乐，不会有什么好结果。

丹提出开车送我们俩去营地。那年，他和他的家人从扬克斯搬到了长岛的普莱恩吉，离我家只有 15 分钟的车程。当我们到达营地时，我看到了树林和湖泊，一切都显得那么郁郁葱葱，好似丛林一般。我已经习惯了在秋天和冬天来到这里，那时的树木光秃秃的，水边空无一人，豪宅里也寥无人烟。

开车进去时，我们看到岸边堆满了划艇和独木舟。船屋的墙上挂着几十个救生圈，水池里横七竖八地系着浮绳。再过几天，这里就会挤满上百个孩子，全都是从都市的暑期生活中逃离而来的。

我们把车停在豪宅前，丹说我们要在那打地铺。戴维知道丹冬天时带我去过这栋豪宅，我甚至还跟他说过艾拉·福斯画像的事。我觉得自己十分与众不同，因为我知道他和大部分营员都没见过这些东西。但下车的时候，我的心情却很紧张。

"服务生睡地下室，"丹说，"我敢打赌，斯蒂夫肯定不知道还有地下室。"我这才松了口气，因为我们不用再去之前我住过的楼上了。

我们跟着丹走下长长的台阶。到了最底下，他拉动一根绳子，点亮了一只光秃秃的悬挂灯泡。我们身处一个没有窗户的混凝土沙坑中央。空气又冷又潮，我闻到一股霉味，墙壁上有一些凹陷的地方，每个凹陷处都设有一张上下铺 —— 一共有四张。这似乎是个沉闷至极的避暑之地，不过我想，我们几乎也不会来这儿。戴维和我选了最靠墙的那张床，我睡上铺。

我知道几个前几年在夏令营认识的服务员。他们都来自布朗克斯区，大部分都是十五六岁。他们称我们的住处为"地牢"。洗碗工和其他的厨房小弟年龄稍大一些，他们有的是从布朗克斯区和牡蛎湾高中过来的，还有一些来自新米尔福德的城镇。这群人在豪宅上方树林里搭起的四人帐篷里住。

第二天，第一批大巴抵达，车上下来了几十名上了年纪的犹太人，用英语和意第绪语喋喋不休地交谈着。他们在汽车外堆积如山的行李上徘徊，一旦被分配到某个小屋，就去检查自己的生活区域，而我们则在后面帮助他们搬运行李。

那晚，烤鸡送出去的时候，丹在厨房里转悠。他从厨子的肩膀上探出头来，对着厨房里的小伙子们操作商用搅拌器的方式大加指责。

"你们是什么，精神侏儒吗？"他咆哮着，举起手威胁他们。

我离开去招呼客人，回来时，丹被三个厨房小弟按在了一个钢制储物架上。在厨师惊恐的注视下，他依次给他们施加了足够的痛感，迫使对方松了手。接着，他征用了搅拌机，并给他们演示如何使用。

吃甜点时，丹就像犹太婚礼上的新娘父亲一样，在食堂的各个餐桌上转着圈巡视。

"嘿，丹尼，你看着真瘦，"与我同桌的一位大四学生说，"他们不给你饭吃吗？"

"你得配副新眼镜了，弗雷达。我可是扛着30磅意大利面来的。"他揪住肚皮说。

"好了，丹尼。坐一会儿吧。"

"没时间了，亲爱的。我还有两个营地要跑呢。"

他继续向前走，在房间里忙忙碌碌。等到人群离开去参加当晚的活动——扑克、缤果游戏或是跳舞之后，我们去收拾桌子，摆好椅子，拖干净油毡地板。然后，戴维和我拿上乐器，朝少年营那边走去。他遇到了几个辅导员，他们带来了芝加哥乐队第二张专辑的乐谱。我们聚在他们的小屋里，即兴演奏了几首曲子。在那几周里面，这是我最后一次离开老年营。

那个夏天，那栋豪宅就是我全部的世界。我在食堂里供应一日三餐，偶有下午时光，会和几个老前辈环湖划船。除此之外，我就待在福斯的房子里，在各个房间与楼层之间来回穿梭。

每天早餐过后，我都要爬两层楼，经过去年冬天我睡过的主卧，沿着狭窄的楼梯爬上阁楼。那是我吹萨克斯风的地方。阁楼的空间很大，有整栋房子那么长，采用开放式框架，铺的是胶合板地板。阁楼两端都有窗户，沐浴在自然光中，给人一种身处树屋的感觉，音响效果也很棒。

再往后，我会窝在客厅里那张破旧的橙色沙发上，在艾拉和她母亲的画像下面看书或者写信。有时，我会坐到后院的露台上，俯瞰湖面。下午晚些时候或是晚上，我会去丹的秘密藏身处听我的唱片。他只在不想被人找到的时候才会使用那个房间。除此之外，他就住在少年营那边的营长小屋里面，贝蒂会在周末去那里看他。

我从没在豪宅的一楼或二楼见过任何人。服务生们从侧门进出,并在厨房小弟的帐篷里闲逛。这地方就像它冬天的样子一般,给人一种被遗弃了的感觉。

戴维从第一天起就讨厌服务生的工作,他没法忍受整个夏天都干这种活。要给老年营员提供早鸟式早餐意味着六点以前就得起,可他不到凌晨一两点从不睡觉。而且我们又睡在一个昼夜难辨的混凝土地下室里面,这对早起也毫无帮助。

当为期两周的首次培训结束之后,丹把他调到了少年营的厨房,他负责卸车和准备食物。我帮堂兄把行李箱和长号搬到帐篷城,我们过去曾在那参加过夏令营。

"你得承认,这比'地牢'还是要好多了,"戴维一边说,一边系上帐篷的前挡板,好让更多光线能照进来,"我们待在那下面都快变吸血鬼了。你也该搬过来啊兄弟。厨房里的伙计们都很不错。这么一来,你也不用再忍受老家伙们满腹的牢骚了。"

"我不会为那些老年营员烦心的,"我说,"在那边赚得更多。"

"是,你或许会。但这并不意味着这么干就值得。而且,所有的女孩都在这边。当中有些看起来还很不错,你懂我的意思吗?"

我当然明白他的意思,但是我并不欣赏他当逃兵的举动。我们本要一起过暑假，一起打第一份工的。我对丹有过承诺，而且，我在老年营那边的地位也很难被动摇，因为豪宅是我在管着的。戴维的选择是离开，而我的选择是留下。

那天晚餐过后，我正在客厅里看书，忽然听到他长号的低沉音调从湖面上飘荡而过。他在演奏巴赫的曲子，这是他最爱的热身练习曲。听起来好似他近在咫尺，但我知道，我们正在渐行渐远。

丹很关注我——非常关注。他带我去康恩乳制品店吃冰激凌圣代。他开车带我去镇上看《伍德斯托克》的电影。如果我想要张新专辑，我们就会坐上他的旅行轿车，去往托灵顿的伍尔沃斯超市，而他会替我付钱。有一天，我们去了康涅狄格州最大的湖——烛木湖，花了一整个下午坐在快艇上飞驰。

我和丹在一起待的时间太长了，以至于厨房里有个工作人员问我是不是他侄子。我说不是，但我很高兴他会这么想。人人都知道丹是我的后台，所以我几乎是想干什么就干什么。当然，我并没有偷懒。我工作努力，和整个团队相处融洽。但是，的确没人会给我脸色看。

丹同时管理着两个营地，要负责几十名工作人员以及200名营员。每个人，无论老少，都想从他身上分一杯羹：

一些建议、一项裁决，或是一场打斗。他每天都要面对一连串的危机：红眼病暴发、孩子失踪、辅导员怀孕。就像是要扑灭多场森林火灾一般，刚灭掉一个，又冒出另外两个。他总也闲不下来，从不在同一处停留超过五分钟。

但如果我想谈谈我的工作、家庭或其他任何事情，他都会约我到豪宅后面的露台，或是他倾听自己内心念头的那个藏身之处见面。和冬天不同，现在他每次只能在那待上半小时。丹也会带来自己的问题，并向我倾诉。

"哦，今年我们做了一些真正的好事，"一天下午，我们在露台上闲聊时，他说，"我雇了太多有吸毒前科的人。但也没辙。我就是对他们情有独钟。他们不过想要一个机会而已。要是我们能无灾无难地度过这个夏天，那就真是奇迹了。"

接着，他列出了名单：谁有滥用药物的问题，谁和谁在乱搞，谁撑不到季末。我了解内幕，可丹从没要求我保守秘密。他知道我会保密的。他说，他的工作很孤独，必须找人说说才行。

相反，我却会抱怨我的母亲。

"她什么都要控制——我的发型、我听什么音乐，还有我的社交生活。"

"你妈妈是害怕男人的，"丹说，"她非得用权力掌控他们才行。精神分析师管她这种类型叫'阉割型'。"

在知道母亲从属于某一种类型的时候，我感觉好多了，即便那是"阉割型"也没关系。这代表疯了的并不是我。

"弗洛伊德说这一切都得追溯到生命的头五年，"他解释道，"我们的人格就是在那时候成形的。妈妈是妈妈。你得照顾好你自己。"

"我该怎么做？"

"希腊人说要'认识你自己'。这就是个很好的开端。"

"就这样？"我不无怀疑地问道。

"什么叫'就这样'？我可是把自己最好的东西都给了你了，还不收你钱。"

"我得去准备午餐了。"我看了看表说。

"三点你有什么安排？"

"我就在这儿。"

有时，我躲在他的藏身之处听爵士乐的时候，丹会突然闯进来，抓住我的阴茎说："你放弃了？"他那抓住我的手和这四个字至今仍会令我动弹不得。但我已经不再害怕他会杀我和我的家人了。我们是朋友，而他对友谊的定义刚好包括他对我做出的那些过分之举。我也不知道为什么，可我又知道些什么呢？丹的一生都在帮助别人，尤其是孩子。这是人人都知道的。

再说了，做那事也花不了五分钟，完事后，我就当什么都没发生过。这并不困难，因为丹对此也只字不提。而且，感觉还挺好的。我用"月度性伴"遮住自己的脸，这样也就不必看到丹的样子。在他问"手还是嘴"的时候，我没有回答。在我看来，丹并不存在。我不会告诉任何人。我努力不去想它。

一天早上，在阁楼上吹完萨克斯风后，我拿了一张科尔特兰的专辑，下了两层楼，来到丹的藏身处，那儿可比顶楼凉快多了。房间里很暗，百叶窗照常拉着。我听到淋浴声，还有丹的歌声：

> 让我在三叶草上翻滚。
> 把我翻过来，让我躺下，
> 然后再来一次。

我径直走到唱机前，放了《科尔特兰蓝调演奏集》（*Coltrane Plays the Blues*）。一分钟后，淋浴声停了。丹穿着卡其色短裤和白色 T 恤走了出来。

"嘿，我又活过来了，"他说着，将双臂伸展至头顶，"外面热得就像个烤箱。"然后，他继续唱着，声音盖过了科尔特兰的乐曲，就像还在洗澡的时候一样。让我在三叶草上翻滚。

"那是什么歌?"我生气地问。

"我在军队里学的,"他说,"里面有许多下流的歌词,不过我记不住了。"

"真难听。"

"你知道吗,你现在经常骂人,"他皱着眉头说,"我来告诉你一些我在军队里学到的东西,这叫'去他妈的化'。"

"那是什么东西?"

"当了两年兵之后,我们嘴里说出来的每个词都带着句'他妈的'。把他妈的面包递过来。把他妈的弹药拿给我。为了在回家之前改掉这个习惯,我们在营房中央的地板上放了个锡罐。每次有人说'他妈的',这个人就得往罐子里扔一枚 25 美分的硬币。最不常说脏话的那个人就能赢走所有的钱。"

"你赢了吗?"

"开什么玩笑?我投的钱最多。不过这招还真管用。它花了我一大笔钱,但我确实不骂人了。"

"真他妈的太好了。"

丹的头摇得像拨浪鼓,他不敢相信自己耳朵的时候就会这样。

"给我 25 美分。"他咆哮着,把我推回到床上。

我伸手从床头柜上抓起《花花公子》。两分钟后,一切都结束了。

"完事了!"他说:"让你知道谁才是老大。"

他走进浴室,我以为他会像往常一样给我拿来毛巾。满是汗水的 T 恤粘在床上,一摊精液从我的腹部流淌下来。

我没有听到放水的声音,丹也没有回来。所以我自己去拿毛巾。我把腿转到床边,脱下牛仔裤,把内裤拉上来。

走到浴室门口时,我看见丹正站在白瓷面池前面,我吓坏了。

我脚步后撤,根本站不稳。他瞥了我一眼,面露茫然。接着,他继续抚弄那玩意儿,哼唧个没完,几秒钟后,他呻吟了一声。我真希望自己没看到这一幕。

我坐回床上,挣扎着套上牛仔裤。就算我逮到丹在杀害一个婴儿,都不会比现在更震惊。我从没想过他对我做的这些事会撩起他的性欲。我甚至都没想过他有阴茎。是啊,他会用嘴,但不会用阴茎。我实在太关注我自己了。

我脑中闪过几天前在老年营厨房听到的一段对话。其中一个洗碗工突然说:"丹肯定是个同性恋。"这是什么蠢话,我心想。丹都结婚了。而且,他是我朋友啊,如果他是同性恋,他肯定会告诉我的。但这个小插曲让我感到不安。丹是同性恋吗?我是同性恋吗?这到底是怎么回事?

我听到浴室水槽里的水哗哗流动的声音，接着，水流声停了下来。一分钟后，丹出现了。他穿戴整齐，拉链拉得紧紧的，一脸不好意思的样子。

　　"怎么？你没见过别人打飞机吗？"他问。

　　"见过，"我说，"但没见过大人打飞机。"

　　"好吧，总得有人帮我弄出来吧。你也从来没帮过我。"

　　"那不可能。"我愤怒地摇着头说。一想到要碰那东西，我就觉得恶心。

　　"没关系，"他说，"听着，这是个文化问题。我们的社会认为男人之间有性行为是不正常的。但在古希腊，人们觉得这没什么问题。"

　　我向他投去怀疑的目光。

　　"你觉得希腊人为什么会对男性裸体如此着迷？每个男人都会选择一个男孩来当他的朋友以及情人。他们不是同性恋。他们会结婚成家。但是，男人之间的友谊——那才是最理想的。"

　　我试着接受这一点。它确实可以解释为什么他结了婚还会被另一个男孩吸引。但问题是，这出希腊戏剧里的男孩就是我。

　　我和几位老奶奶在湖边划船的时候，看到一个有着草莓金发的漂亮女孩和朋友在龟岛附近划独木舟。

第二天，我在早餐快吃完的时候去了少年营的食堂，想看看这女孩睡哪张床。她和其他十四五岁的孩子坐在同一个朋友旁边。在那之后的日子里，我又去少年营那边侦查，观察她和她的室友。她们就像一群瞪羚，走动的时候总是排着队形。我无法想象怎样才能接近她。我得用点更激烈的法子。

　　"你知道住在13号铺位的那个红发女孩吗？"一天，我在豪宅的露台上问丹。

　　"可能知道吧，问这个干什么？"他怀疑地问。

　　"因为我想知道她是谁。"

　　"你想知道什么？"

　　"首先是她的名字。"

　　"我不知道她叫什么。"

　　"胡说。营地里的每个孩子你都认识。"

　　"我帮不了你。你得靠自己了。"

　　我明白他的意思。但我又不是在索要什么绝密信息。我只是想要个线索。而他总会为了我放下身段，打破常规。

　　几天后，当我再次提到那个女孩时，他说"你休想"，然后停止了整个话题。我没完没了地说那女孩的事，想看看能不能说服他。这让他很抓狂。最后，这样过了一个星期，我终于放弃了从他身上套取情报的念头。我想出了一个新计划。

10

我梦见自己待在母亲就职的家庭服务协会的地下办公室里。士兵们在那排着队等待检阅。令我惊恐的是，这些士兵都没有头。有位医生描述了他们这怪异的状况。这些士兵肯定都还活着，这让我很害怕。我不得不转身离开。可到了室外，眼前的一切却只令我更加困惑。我不明白这些无头兵是怎么活下来的。

我从梦中惊醒——心跳加速、大汗淋漓。我强迫自己坐起来，把湿漉漉的后背贴在"地牢"冰冷的混凝土墙上。

梦境一遍又一遍地播放着，那些无头士兵看起来依然很逼真。我放慢了速度，挑了其中一个来研究。他没有脸，没有大脑，也无法呼吸。他根本不可能是活的。也许这些士兵存在于生死之间的某个领域。也许那是个我曾去过的地方。

我看了看表：四点半。我从上铺爬下来，找到手电筒，穿上衣服，然后溜出"地牢"，蹑手蹑脚地爬上狭窄的楼梯，朝客厅走去。这里似乎比以往任何时候都更让人毛骨悚然：20 世纪 20 年代的家具、古老的灯具、落地式窗帘、石砌壁炉。我都不敢用手电筒对准艾拉和她母亲。

但我还是在沙发上坐了下来，就在这母女俩的画像下面。我用手电筒照了照其他三面墙。房间里没有其他艺术品。艾拉和她母亲怎么还在上面？最终，我把手电筒对准了那幅画，还以为她们俩会突然活过来并攻击我。可她们就在那里，在画框里。艾拉的母亲皱着眉头看我，很不赞同我的想法。

当我端着一托盘的盘子走进老年营的厨房时，丹正在检查切肉机。

"这东西上次是谁洗的？"他生气地质问厨房里的男孩们。没人回答。"我来告诉你们是谁洗的。既然都不敢承认的话！"

他抓起一把叉子伸进切肉机，出来时手里拿着一块腐烂的火鸡肉，上面爬满了白色的蛆虫。我感到一阵恶心。其他男孩都远远地躲着丹。

"你们这些精神侏儒到底有什么毛病？"他大声叫嚷着，拿着叉子威胁他们，"你们要把这个放在三明治上吗？把这些垃圾清理干净，这两天谁也不许离开营地。"男孩们开始抗议。"都给我闭嘴，不然我就把这些东西怼到你们脸上。"他说着，用有蛆虫在上面爬动着的叉子对准了他们。

我跟着丹走出了厨房。

"对了，你这是怎么了？"看见我的时候，他粗声粗气地问道。

"你今天过得不好吗？"

"就跟平常一样，"他说，"那帮人忙着跟女朋友在一起，几乎没时间干活。爷爷奶奶们没被我们给害死真是个奇迹。"

"还好没有。"我补充说。

"谢谢。你怎么了？"

"我昨晚做了个可怕的梦。把我吓坏了。"

他停下脚步，回头看着我。

"那就好！"他说，心情立刻好了起来。"梦本来就是很吓人的。弗洛伊德说，梦是'通往无意识的绝佳途径'。"

他继续往前走，但没再走在主路上，而是沿着一条小径一直走到了湖边。我们在岸边的一对旧阿迪朗达克椅前停了下来。

"到我办公室来吧，"他说，我们面朝湖水坐一坐，"然后，跟我说说你的梦。"

在我讲述梦境的时候，他望着湖面，点了点头。

"你醒来后感觉如何？"他在我说完后问道。

"吓尿了。我明明已经醒了，可那些士兵看起来依然很真实，真实到这不像个单纯的梦境。"

"你后来又睡着了吗？"

"没有，我去了客厅。"

"哦，真棒。和那幅吓死人的画待在一起吗?"

"是啊。我也不知道为什么。总觉得跟它有点儿关系。"

"艾拉跟你说话了吗?"

"没有。"

"很好。要是她说了，我觉得你真需要找个心理医生。"

我皱起了眉头。

"嘿，我那就是开个玩笑。"他说。

"我都快疯了。"

"好吧。那我们来把这个梦理理清楚。提到士兵，你会联想到什么?"

我犹豫了一下。我还从没和别人谈过这个问题。

"我父亲。"我最后说。

"是肯还是你的第一个父亲?"丹问。

"我的生父。他就是当兵的。"

"'二战'?"

"是的。"

"他是怎么死的?"

"多发性硬化症。"

"这可不好说，很抱歉。听着，我不想随口说说。让我先想想那个梦，然后再回复你，好吗?"

"好吧。"

"好了。我得去收拾少年营里的那些厨师了。"

第二天下午，当我正帮着两位老年营员下划艇的时候，丹出现在了豪宅后面的露台上面。他向我招手，于是我爬上了长满草的斜坡。

"我跟别人谈了你的梦，"他开门见山地说，"他在纽约是位很有名望的精神分析师。"

我以为他是在开玩笑，但我看得出他不是。

"你为什么要这么做？"我问。

"因为这看起来很重要，而我不是专家。这家伙是。"

"那他说什么了？"

"嗯，梦里的士兵代表的肯定是你父亲。这个梦不是发生在你在东梅多的房子里，而是在你母亲的办公室里，是独立于你后来的这个家庭的。他说梦中的医生可能是在家中给你父亲治过病的人。他生病的时候，有医生和护士来过你家吗？"

"是的，来过。"

"你说你父亲得了多发性硬化症。他丧失语言功能了没有？"

"我没有他说话的记忆，"我说，"但这也代表不了什么。那时候我才四岁，只能记住某些场景，比如他去世的那天早上。"

"也许你可以问问你母亲。"

"这件事为什么这么重要？"

"因为在梦境里，你看，头，代表沟通——也就是语言。你的那些无头士兵不会说话。这就是让人不安的地方。他活着，但你会感觉他不像是实实在在的活人。"

"所以呢？"

"所以，心理医生说，这个梦代表你的精神层面在应对父亲给你带来的困惑。"

我已经很久没有想起我的父亲了。我感觉胸口隐隐作痛，喉咙被什么东西堵住了。

"艾拉·福斯。"我低声说。

"她怎么了？"丹问道。

"她死了。"

"她确实死了。"

"所以我才去了客厅。"我说。

"你把我给搞糊涂了。"

"她是死了，但我总觉得她还在，就像个正在造访的幽灵。和我父亲一样。"

"我想即便是弗洛伊德也不会质疑你的想法，"丹说，"你想相信什么都可以。只要别对我发疯就行。"

离康乐室还有一段距离的时候，我就听到了至上合唱团的咆哮声——"停下！以爱之名！"我的任务是要和红发女孩聊上天。堂兄给我通风报信，说有个青少年舞会，我敢打赌，她肯定也会去。我差点就让堂兄跟我一起去了，这样我就不用孤零零地在角落里站着了。可是，要是我怂了，我也不想戴维看到我失败的样子。他不光知道怎么和女孩聊天，还跟她们有过身体接触。

有天晚上，戴维和帐篷里的另一个小伙伴溜了出来，进了同龄女孩们的床铺里。几小时后，他回来告诉我，他和凯伦上了床，还和她"做了些事"。我可不想知道是什么事。我从十岁起就暗恋凯伦，但一直羞于启齿。反正我也不太相信戴维的话。说不定他是为了刺激我而编出来的情节。可另一方面，每次他谈到凯伦的时候，脸上都会露出灿烂的笑容。

当我走到康乐室门口时，至上合唱团《你一直在玩弄我》（*You Keep Me Hangin' On*）的音量被调到最高。里面灯光很暗，我花了一分钟才让自己的眼睛适应过来。

女孩们紧紧地挤在墙边，咯咯地笑着，用迪克西杯喝着劣质甜果味饮料。男孩们则背过身站成一排，装作没看见。在他们中间，有两群孩子在舞池里跟着戴安娜·罗斯的声音唱着歌。

我从没准备得这么充分过。我穿上最柔软的法兰绒格子衬衫，卷起袖子，看起来很放松。我把头发梳得恰到好处，对着镜子练习台词：你好，我是斯蒂芬，你叫什么？不做完这些，我是不会走的。

然后我看到她在远处的角落里，和先前那个朋友说着话。我感到胸口一阵悸动。她俩走向舞池，一起摇摆着，嘴里唱着"我们的爱去了哪里"的歌词。我深吸一口气，朝她们的方向走去。

这是一段遥远的距离。我仿佛置身于传送带上，想回头却为时已晚。过了好久，传送带将我扔到了两个女孩面前。她们停止了跳舞，好奇地看着我。音乐声太大了，我不得不靠近些才能让她们听到我的声音。红发女孩的脸离我只有一英尺远。我常常幻想她，所以当这么个陌生人站在面前的时候，我感到十分惊讶。

脑子里一片空白——我忘词了。

"我们离开这儿吧，"我突然说，"跟我出去走走。"

刚才的好奇随即变成警铃大作："不要。"她说着，向自己的朋友走去。

"好吧。"我说。然后，我又开始了漫长的传送带之旅，穿过空旷的空间往回走。我的脑袋简直快着火了。我感觉到她们目光灼灼地盯着我。我想逃走，但那只会让情况更糟。我得冷静下来。这没什么大不了的。

一到室外，我就加快速度，冲进了绝不会被人发现的黑暗丛林。我完了，我想。我永远也不要在少年营露面了。我怎么能做出这么诡异的事情？

在我对红发女孩的幻想彻底落空的时候，堂兄正在迈尔斯·戴维斯的音乐会上和某个辅导员做些难以启齿的事——是他自己说的。对方是个身材丰满的女大学生，总穿着一件韦尔斯利的运动衫，所以我们都管她叫"韦尔斯利"。戴维说他没时间带我一起去音乐会，那是一场迈尔斯和桑塔纳的双料音乐会。辅导员们邀请戴维跳上他们平板卡车的后座，因为他们要离开营地去坦格伍德。他们大概猜测戴维已经满十八岁了。他身高六英尺，留着浓密的胡子。

戴维和我整个夏天都在谈论这场音乐会，但想真的去看似乎还是希望渺茫。丹绝不会让一对十五岁的孩子去听那么一场简直是小型伍德斯托克的音乐会。果然，戴维说坦格伍德的主草坪上铺满了毯子，有上千人在那儿做爱。他四处游荡，嘴就没合上过。

我把这一切都错过了：迈尔斯、桑塔纳，还有性爱。这肯定是我这辈子最糟糕的一天了。戴维说辅导员是在最后一刻才请他去的，这我相信。但戴维自己说的那些事情听起来有点太美妙了，不像是真的。就像是凯伦事件又重演了一样。

几天后，丹和我坐在湖边，看着一条巨大的鲷鱼将身躯挪上了龟岛。

"真不敢相信，我错过了迈尔斯·戴维斯。"我说。

"本不该这样的，"丹回答道，"你是还没有准备好去做这件事。"

"是啊，可我堂兄去了。"

"他也没准备好，"他看着我，挑起眉毛，"你嫉妒？"

"我猜是吧。我嫉妒的更多是性，而不是音乐。"

"他跟你说他在那儿做爱了？"

"是的。算是吧。"

"和谁？"

我知道不该回答这个问题。这会给韦尔斯利带来麻烦。

"我不知道。反正我也不相信他跟我说的话。"

"你是不该信。你堂兄是个病态的骗子。"

他听起来很生气。过去他形容戴维是"缺乏安全感"，而"病态"比这还要更糟。

"所以你不相信他的故事？"我问。

"我不知道他有什么故事。但他说的话我一个字也不会信。熏肠再怎么切也只是熏肠而已。"

一些营员出现在少年营的海岸上，指着一只大大的乌龟大喊大叫。

"你好久没提那个红发女孩了，"丹说，"到底发生了什么事?"

"我有过机会的,但被我搞砸了。我真是个白痴。"

"不。或许你只是用力过猛了。这是她的损失。"

但我知道,这不是她的损失。舞会那晚,当我站在她身边,我们的脸只相隔几英寸的时候,她看起来是那么天真,对人充满信任。我把她给吓坏了。我肯定是出了什么问题。我就像一条死盯着小猫的蛇,而她只是幸运地逃脱了而已。

几个男孩进入湖中,开始向龟岛游去。没有当值的救生员。丹命令他们游到半程就折返。男孩们困惑不已,不知道这上帝之声从何而来。

"别逼我去那!"他站起来吼道。

他们调转了方向。乌龟依旧纹丝未动。丹回到椅子上,皱起了眉头。

"你不担心自己对异性的吸引力的,对吧?"

"不担心。"我说着,不自在地笑了笑。

"很好,因为我不想让你觉得我对你做的任何事情会以那样的方式改变你。"

我凝视着湖面,不想看他。

"弗洛伊德说,人的性取向在五岁以前就完全形成了,"他接着说,"这一点是公认的。无论之后发生什么都不会改变你的本性。你永远都是异性恋者。"

我也想相信他的话。可为什么他用手抓我的时候我会有反应呢？还是那些事都不算数？

"我一直都喜欢女孩。"我说。

"哦，那么，你很幸运。"

"你什么意思？"我问。

"我从来都不确定自己是什么样的人。在我还是个孩子的时候，我一直都不觉得自己是个正常人，因为我知道，我确实不正常。我花了很多年、很多钱，试图改变自己。心理医生从我身上赚翻了。真是浪费。弗洛伊德是对的：本性是无法改变的。我应该把钱省下来。我应该接纳真实的自己。"

一个喜欢男孩的人？一个既喜欢女人，又喜欢男孩的人？我困惑极了。

"那你现在接纳自己了吗？"我问他，想掩饰自己的想法。

"我不知道。在家庭的大后方，我一直都很尽责。能做的就那么多。"他大声叹了口气。"你比世界上的任何人都要了解我，"他说，"你知道吗？你比我妻子还要了解我。"

当时的我只有十五岁，而营地的负责人说我是他最好的朋友。我觉得自己是个大人了。

"我不知道该说什么。"

"嗯，这是真的，"他说，"刚才告诉你的这些事，我从没跟任何人说过。"

11

在堂兄告诉我坦格伍德的事情之后，我好几天都没见到他。我越来越多地留在丹的藏身处过夜。他不常在我身边。当他出现的时候，他会说，"你就这点能耐？"我知道这种角力会如何结束，一贯如此。

一天晚饭后，我在他房间里听音乐。当他走进来说"你就这点能耐"时，我飞快地朝他的左大腿踢了一脚，让他疼得弯下了腰。我感觉好极了。

"哇哦，"他弯下腰摇了摇头，"你可比以前壮多了。但别忘了，我还是这儿的老大。"两秒钟后，我就仰面朝天了，之后他起身洗了个澡。我热得受不了，于是就脱下了衬衫，靠在床头板上。

丹回来后，坐在床脚上："听着，"他说，"你知道的，我永远不会做任何伤害你的事，对吧？"

"知道。"

"我不希望你觉得我跟你说过的那些事，我是说，我不正常的那些事，和你有任何关系。跟你没关系。你就是你。这里发生的一切都不会伤害你。你只是在学习性知识。这是成长的一部分。相信我，总有一天你会和女孩们过上美妙的性生活。"

就在这时，豪宅的前门"砰"的一声关上了。一秒钟后，有人狠狠地敲响了我们的房门。当戴维走进房间的时候，我感到后背发凉。他看到我光着膀子躺在床上，就停下了脚步。看起来他比我还要困惑。

"你想干吗？"丹站起来问他。

戴维喘着粗气，就像刚刚冲刺完一场短跑。我将汗湿的后背贴在床头板上，试图让自己消失无踪。

"出事了，"戴维突然说，"出大事了。"

"出什么事了？"丹问道。

"我从厨房出来，在路上走着的时候，"戴维说，"天很黑，我看见有东西朝我爬过来。我以为是只熊。然后他说'救救我！'我才发现是辅导员罗杰。他在流血，所以我让他坐到路边。他说马特开太快了，撞到了小熊山。我问他大家都还好吗，他说不好。然后我就跑过来找你了。我也不知道为什么。我就是觉得你会在这儿。"

戴维语速很快，但每个字都清清楚楚，我就像是在看一部慢放的电影。

"有多少人？"丹问道。

"四个辅导员。马特、戴安、罗杰，还有其他人。"

"有人知道这事吗？"

"没有，我立刻就过来了。你最好报警。"

"回去，别把罗杰丢在那儿，"丹说，"我去找人帮忙。快去！"

戴维瞥了我一眼，然后离开了，"砰"的一声关上了门。我有点头晕。

"把衣服穿上，"丹说着，朝门口走去，"我去报警，然后我们就出发。"

我不知道我为什么要跟他一起走。我猜他是需要个伴。等我们到少年营那边的时候，戴维说有人已经把罗杰送到新米尔福德的医院了。丹和我坐上他的旅行轿车，沿着小熊山路驶去。除了被我们的车灯照亮的路面与树木之外，周围一片漆黑。

沿着下山的路走了三分之二的时候，我们看到了闪烁的红灯和马特的蓝色火鸟。车的右侧倒挂在沟里，挡风玻璃碎了一地。

丹把车停在路边，跟警察说了几句，然后回到车里，摇了摇头。

"马特肯定是把车开飞起来了，"他说，"车失控了，撞上了岩壁，然后翻了。他被甩了出去。"

我缩了缩脖子。

在医院的时候，我们坐在候诊室里，一句话也没说。丹起身来回踱了几步。辅导员的事故令我感到不安，可我更担心的是堂兄。丹到底为什么不锁门就离开房间啊？看到我躺在床上，戴维会怎么想？

这时来了一名护士，她说马特的未婚妻黛安情况危急，但他们认为她能挺过来。坐后座的罗杰和加里可以出院了。

然后，一名医生跟丹说话。

"马特陷入昏迷了，"他说，"他的头部严重受创。"

医生告诉丹他可以去重症监护室探望马特，丹转向我。

"你想去吗？"他问。"情况恐怕不太妙。"

病床上的那个人看起来一点也不像马特。他平躺在一张白床单上，一动不动——头缠着绷带，脸部肿胀，身上插满了交错复杂的管子。他还活着，但得靠机器才能呼吸，那机器每隔几秒就会发出"嗖嗖"的声音。机器上的一根白色肋片管连接着一根狭窄的黑色软管，插在马特颈上喉结下面的一个洞穴之中。

"那叫什么？"我指着管子问丹。

"气管切开术。如果人的呼吸道堵塞或是需要呼吸机，医生就会在喉咙上开个洞。"

我以前见过这个。然后我想起来了：那时候我还小，还坐在父亲的腿上抬头看他。他喉咙上就有个洞。

午夜过后，我们回到了营地。当汽车驶进那座豪宅的时候，我看到一个苗条的身影坐在外面的草坪椅子上等着。是办公室经理菲利斯。我原以为我过了宵禁时间才回来她会不高兴。但接着，我就意识到没有关系——她经常看到我跟丹一起离开营地。但丹告诉她马特和黛安的事情时，她悲叹道这是多么悲惨和愚蠢的事情啊。

丹去豪宅拿他的东西，我跟菲利斯道了晚安，她却开始跟我说话。

"这对你来说一定很难。"她说。

我摇了摇头，不明白她是什么意思。

"我知道你的人生中经历过疾病和死亡，"她接着说，"这么年轻就要面对这么多事情。"

我不知道该怎么回答，所以我打了个哈欠，又说了一声晚安。下楼的时候，我才意识到肯定是丹告诉了她我的过去。不然她怎么会知道我父亲的事？我感觉自己就像是某个社工的个案。

我是社工个案吗？

我爬上床，却睡不着，心里想着丹还说了些什么。然后我试着想象自己昏迷的样子。但我最担心的还是我的堂兄，以及他看到我躺在丹的床上时会有什么想法。

事故发生后，我在丹的藏身之处待了一天一夜，我锁上门，只在送饭的时候才离开。丹根本不过来。我不想和任何人说话，尤其是戴维。

第二天一早，我被一阵急促的敲门声惊醒了。我猜是戴维。过了一会儿，他停下敲门的手，离开了。一小时后，有人粗暴地转动门把手，想闯进来。

"嘿，把那该死的门打开，"丹大叫道，"你在搞什么，给自己关禁闭吗？"我让他进了门。

"坏消息，"他说着，走进了房间，"马特今早死了。"

"天。"

"嗯，这也许是件好事。他活着也会变成植物人的。"

"你还好吗？"我问。

"就像被卡车撞的人是我。没有比这更糟的了。"

接着，他话锋一转。

"我今天早上在厨房看见你堂兄了。出于无奈，我稍微纠正了他一下。"

"什么意思？"我问。

"他撒谎，这让我心烦。我得让他知道他到底干了什么。我已经处理好了。他父母明天会来。他们会让他离开这里几天，也许是永远离开。他得醒醒脑子。"

我无法想象是什么事情让丹非要打电话给我叔叔婶婶。戴维说了他撞见了我俩吗？感觉倒成了丹在保护我了。戴维变成了一个麻烦，我们两人的麻烦。

"他会回来吗？"我问。

"看他自己。要是他能学会闭嘴，我们欢迎他回来。"

丹转身离开了。"我得给马特的父母打个电话，"他说，"然后我要和整个营地的人谈谈。现在谣言满天飞。"

我等了几分钟，接着就挤进了少年营食堂的人堆当中。我站在后面，离门很近，靠着墙。戴维从厨房出来，几乎是跑着朝我而来。

"嘿，哥们儿，你去哪儿了？"他问道。"我一直在找你。你失踪了！"

"是啊，那天晚上我去了医院，然后就不想出门了。"

他拉着我的肩膀，把我带到一个安静的角落。

"斯蒂夫，法里内拉今早在厨房对我发火了。"

"什么？"

"真的，他疯了。像是要杀了我一样。"

"什么原因？"我问。

"哦，我让他当众'打脸'了。我从周一晚上开始就一直在找你，但一直没找到。所以在他进厨房的时候，我就冲上去对着他大喊'我堂弟到底在哪？那天晚上他在你房里干什么？'整个厨房的人都听到了。"

"他怎么说？"

"他说'我受够你了'，然后他把我推进了步入式冰库，猛地关上了门。我靠在一个铁架上，他开始大谈坦格伍德还有些其他狗屁倒灶的事情。然后他说'我要把你打得屁滚尿流'。"

"他这么说的?"

"是啊!所以我说'来啊,打我啊!我会打电话给我父母,看看会发生什么'。他想打我来着,但我知道他不会。要是他殴打少年儿童,肯定会丢掉饭碗。我不停地说'打我啊,动手啊!'有本事真打啊,那个浑蛋。"

"那他做了什么?"

"就这些。他走了。"

"他给你父母打电话了吗?"

"没有!我打电话告诉他们发生了什么。我说'让我离开这儿'。于是他们打电话去征求丹的同意。他跟我父母说了一堆屁话。我不管。他们明天就来。他们会带着拖车过来,我们会找个地方露营。"

我搞不懂眼前的一切,但我突然为戴维即将离开一事感到难过。

"听着,我还有些事要告诉你,"他说,"我们在冰库里的时候,法里内拉说了件超级奇怪的事。"

"什么事?"

"他说了一大堆关于我的废话,他说'斯蒂夫的妈妈不喜欢他吹萨克斯风。你可没给你堂弟带什么好头'。"

戴维瞪大了眼睛,他双手抱着头,好像它要炸开了一样。

"好吧，这完全出乎我的意料，斯蒂夫。你妈妈和法里内拉已经谈过了，或者说他们肯定在夏天之前就通过气。我真的很生西德伯母的气。她没权利这么说，还是对个外人。我跟你说，法里内拉有个关于今年夏天的计划，而你妈妈是计划的一部分。我告诉你，她也参与了。"

"真的太糟了，"我说，"我的意思是，我们都知道，她害怕我会成为一名音乐家。"

"没错，"戴维说，"我敢肯定，她经常和我妈谈论这件事。真行。她俩无话不谈。但你妈为什么要告诉法里内拉？她陷害我，斯蒂夫。这可不酷。一点都不酷。"

食堂里挤满了营员。戴维得回厨房干活了。我站在角落里，听着周围的谈话。房间里很安静，不像往日那样嘈杂。

当丹穿过双纱门走进来的时候，房间变得更安静了。他站在服务窗口，面对着营地的孩子、辅导员、管理人员，还有工作人员。这次，他用不着大喊大叫了。

"我知道大家都听说了前两天晚上发生的事，"他说，"我本想在事情发生的时候就告诉你们的。我们有四名辅导员在小熊路上遇到了一起车祸。其中两人受伤了，但没事。戴安伤得很重，现在还在医院。我今天早上见过她。她会没事的。"

戴安那班的女孩们开始相互拥抱。

"马特就没那么幸运了，"丹接着说，"他没系安全带。他被甩出车外，头部受了重伤，陷入了昏迷。"丹顿了顿，直直地看着马特班里的那桌男孩们。"医生们已经尽人事了。我很遗憾地告诉你们，他今早去世了。"

一秒钟的沉默过后，食堂里一片混乱。

女孩们尖叫着。男孩们在哭。工作人员都用手捂住嘴。红发女孩与她那桌的朋友们歇斯底里地抱在一起。我想去安慰他。好让她知道我是个好人。

我从没听过上百人同时哭泣是什么样子。奇怪的是，我并不觉得悲伤。自从我在医院见到马特，我就知道他已经走了。他的鬼魂会像艾拉·福斯一样，永远在营地游荡。

待到哭声渐渐平息，一个男孩举起手问道："现在我们该怎么办？我们的营地还在吗？"房间里传出一阵窃窃私语。所有人在想的都是同一件事情。

"夏令营还会继续，"丹很坚持，"只剩几天了。要守望相助，共渡难关。我们就像个大家庭一样。家庭的意义就在这里。"

12

那年的犹太新年在 9 月 30 日，那天也是戴维十六岁的生日。米尔斯家族计划在晚餐的时候同时庆祝犹太新年和我堂兄的生日。我母亲做东，她希望法里内拉一家也能来。

我知道那会很尴尬。黛尔婶婶和哈罗德叔叔在从营地里把戴维接出来的时候认识了丹。堂兄在8月的最后几天回到了艾拉·福斯营，但在那之后，我几乎没有和他说过话，尽管我们念的是同一所学校。我还是不知道他有没有把在丹的房间里发现我的事告诉他父母。

我母亲说，邀请法里内拉一家来是一种示好的方式，因为他们最近搬到了长岛，假期也没地方可去。我很确信，丹根本不在乎什么犹太新年，但我也知道，这并不是母亲此举的真正原因。她是要绕过中间的一切，让丹从"熟人"一跃成为"好友"，而这一切都是为了我。她似乎在说，丹对斯蒂芬这么感兴趣，他又是个很好的榜样，这不是很棒吗？母亲等不及要将丹介绍给我的其他叔叔婶婶了。

日历上有两个大日子，一个是犹太新年，另一个则是逾越节。在逾越节那天，父亲的家族会像我们小时候那样聚在一起。新年将近的时候，我强烈地意识到，父亲已经不在我身边了。晚上一闭上眼睛，我就能看到那些无头士兵在我面前一字排开，如鬼魅般悄无声息。我回想着从营地带回家的那些关于他的问题，可我还没勇气向母亲问出口。

戴维一家来吃节日晚餐时，我正在卧室里。戴维径直来到我的房间，只敲了一下门就走了进来。我还没打招呼，他就爆发了。

"我妈刚告诉我说法里内拉要来这儿！"他难以置信地说，"犹太新年这种日子里他怎么会出现？"

"是我妈邀请的他。"我说。

"她为什么要这么做？我是说，我知道她觉得我是坏人，而法里内拉像法律一样正确。可他来我们的节日晚餐做什么？"

"我不知道，戴维。这不是我的主意。我知道你不想见他。"

"这可是本年度最轻描淡写的一句话了。"他边说边来回踱步。戴维拉起我的办公椅，将它转了个圈，然后面对着我坐下，满脸都写着震惊。

"听着，斯蒂夫，我不知道今年夏天发生了什么，但咱俩之间出现了一些变化。你在烦恼什么？有些事情不对劲。我知道有些事情不对劲。"

"没什么不对劲的，戴维。这只不过是个奇怪的夏天罢了。你搬到少年营那边去了。接着发生了坦格伍德的事情。我只是觉得自己被冷落了。"

戴维的眼睛眯了起来。他并不买账。

"斯蒂夫，营地里的人问我，丹为什么要花那么多时间跟你待在一起。"

"我不知道那是怎么回事。"我说着，确信地摇了摇头。

"听着，哥们儿，"堂兄说道，"我求你了，告诉我到底出了什么事。"他的眼睛盯着我，试图寻找线索，窥探我铠甲上的裂缝。我看回去，准备否认掉一切。成败在此一举。

"没什么事啊戴维。要是有的话我就跟你说了。"

"你知道吗？你妈妈认为我是在嫉妒法里内拉，"他说，"我没有。我就是讨厌他。"

"我知道。"所以，他已经和我母亲谈过了，或者至少我婶婶也和我母亲谈过了。

戴维坐回椅子上，我看得出来，他的斗志已经烟消云散。审讯结束了。现在，我为他感到难过，也觉得很内疚。

"我父母让我去看心理医生，"他说，"我从上周就开始了。"

"为什么？"我还不认识任何一个去看过心理医生的人。

"就是些常规的废话，"他说，"我经常和妈妈起冲突。但你知道吗？经过了这个夏天以后，我是真的有点想去看心理医生了。有人倾诉的感觉真好。他真的会听我讲那些屁话。"

我无法想象去看心理医生是什么场景。我母亲说，真正存在问题的家庭才会去看心理医生。况且，我已经有一个能听我讲屁话的人了：丹。

　　门铃响了。我们听到了法里内拉一家的声音。戴维翻了个白眼，为客厅里等待着他的东西苦恼不已。

　　"嘿，生日快乐。"我意识到自己还没提过他的生日，于是这样说道。

　　"嗯，谢谢，"他扮了个鬼脸，"让这一切赶快结束吧。"

　　我在客厅里与丹和杰夫握了手，然后亲吻了贝蒂的脸颊。戴维从我们身后走过，没有理会法里内拉一家。到了吃晚餐的时候，母亲坐在了那张加长的节日餐桌的上首，那个离厨房最近的位置。她安排贝蒂和丹这对贵宾坐在她的右边。肯坐在母亲的左边，我坐在肯的左边，丹在我对面。戴维和他的父母坐在离母亲最远的那头，其他叔叔婶婶在中间。

　　晚餐后，黛尔婶婶拿出一个自制的巧克力大蛋糕，上面插着 16 根蜡烛。我们把灯光调暗，唱起了《生日快乐歌》，法里内拉一家也跟着唱了起来。烛光照亮了戴维的脸。他还是那副受了伤的表情。

　　从营地回到家后，我内心阴郁至极。晚上，我躲在房间里，锁上门，关了灯。我趴在床上，听着西蒙和加丰克尔的《忧伤河上的金桥》(*Bridge over trouble Water*)，哭得床单都湿透了。

我的身体似乎被什么缠住了，痛苦仿佛已经占据了我。我满脑子都是马特翻倒的火鸟、艾拉幽灵般的画像，还有父亲的消失无踪。感觉就像有块巨石压在我的胸膛上。我受到了惩罚。我不知道为什么，但我注定要受这份苦，没人能知道。我每天去上学，学习也比以往更加努力。

母亲抱怨我就像是接受了人格移植术。就好像一个男孩去了夏令营，回来的却是他那郁郁寡欢、尖酸刻薄的双胞胎替身。事实是，多年来我对母亲始终积怨难消，但我善于掩饰。现在，我只不过是不再假装了。我不信任她做的任何一件事，对她也表现不出丝毫的温柔。她也只会坐在餐桌对面冷冷地看着我。哥哥姐姐们都去上大学了，所以，现在的晚餐时间就变成了静默时间。

犹太新年后的第二天，我与母亲独自在家。她坐在阅读椅上，全神贯注地看着《纽约客》，旁边放着一杯红茶。我就坐在她对面。

"妈妈，你有时间吗？"

她放下杂志，狐疑地看着我。这一个月来，我几乎没跟她说过一句话。

"我想问你些关于我父亲的事情。"我试着让自己听起来轻松随意，就好像谈论父亲对我们而言是习以为常的，而不是前所未见的事情。但她的身体僵住了，嘴巴也紧紧地闭着。

"这能帮上我的忙。"我补充道，而她似乎稍稍放松了警惕。

"好吧，"她说，"你想知道什么？"

"我想知道他在生命的最后几年还能不能说话。我是说，在我出生之后。"

"你有什么非得知道这个的理由吗？"她问。我问自己父亲的事情还需要理由吗？

"是的，"我努力保持平静地说道，"今年夏天，我做了个意向非常强烈的梦。我想那个梦与我父亲有关。它促使我去弄清楚他还能不能说话。"我担心她会让我告诉她那个梦的内容。但她沉默了，像是不知该说些什么。

"嗯，"她开始说，"从你开始说话起，斯就基本上不说话了。你开口很早，大概 18 个或者 20 个月的时候就能说话了。那应该是 1957 年。他的语言和吞咽功能都出现了问题。那时候他还能说一点话，但很难听懂。除了我和哈罗德叔叔，没人能听明白。"

"那我跟他是怎么沟通的呢？"

"哦，你们俩的交流很频密，只不过使用的不是语言。你从幼儿园回到家后，就会直接跑到我们的卧室。斯坐在轮椅上看书，而你会爬到他腿上。他每次看到你都会很开心。"

她的神情变得柔软，我一动也没动，生怕打破这种魔力。但她停了下来。

"你觉得他不会说话这件事会让我很烦恼吗？"我问道。

"不会。情况就是那样了。但你似乎一点都不介意。你俩关系很好，几乎形影不离。每次我出去购物或是办事的时候，都会让隔壁的奶奶来帮我照看你。可你只想跟你的父亲待在一起。"

你的父亲。从我六岁起，她就没再这么说过了。

"这个问题可能有点怪，"我说，"不过，他做过气管切开术吗？"

她脸上的柔软消失了，取而代之的是痛苦的表情。

"是的，太可怕了。他得了严重的肺炎。我以为他要死了。我把他抬上车，送他去了医院。他们当场就给他做了气管切开术。这救了他一命。他在医院住了几个星期，我一直陪着他。你那时候两岁吧，也可能三岁。我们的朋友过来照顾你，波琳·克莱因来得最多。她是个护士。"

"我有印象，"我说，"我发了烧，吐在了一个金属桶里。"

"你得了风疹。波琳一直陪着你，然后还会去医院看望斯。只有她的照顾能让我完全放下心来。"我看到她脸上掠过一丝追忆的神色:"那是波琳第一次对我说,'西德,你知道的,他已经不行了'。我确实知道,但在那之前,我从没承认过。"

"他自己知道吗?"

"我们从没讨论过,这是我们的默契。不管怎么说,你风疹好了以后,波琳每天都带你去医院,这样你就能隔着窗户向爸爸挥手了。他的房间在一楼。见到你,他总是很高兴。"

"我不记得了。"

"嗯,这也难怪。那时候你还是个小宝宝。我是诧异你竟然还记得气管切开术。"

"今年夏天在医院看到马特的时候,我才想起来的。"

"你觉得这些问题为什么会在这个时间出现?"她问。

"我也不知道。这重要吗?我只不过想多了解自己的父亲。这很正常,对吧?"

她没有回答。

"还有什么想知道的吗?"她问。

"肺炎之后发生了什么事?"

"他挺过来了,但情况还是不乐观。我开车接他出院回家。他的脊柱位置有个溃烂的伤口,因为医院的人给他翻身翻得不够。他被疼痛和痉挛折磨得痛苦不堪,一路上都在尖叫。我把他抱上床，但他半夜又醒了，一直烧到 40℃。是泌尿系统感染。我又把他带回医院。又过了一周，他恢复了过来，可打从那时候起，他的健康状况就开始走下坡路了。我们就是那时候在家里装的那个吊索装置。上面有个千斤顶，还有个曲柄。我就靠着那个搬着他上床下床。他的身体死沉死沉的。"她摇着头说。"你还记得那东西吗？"

"记得。晚上听到你摇动它的时候，我经常惊醒。"

"夜间的生活是最糟糕的。他的两条腿被吊在空中，几乎完全僵住了，所以会痉挛。他压根动弹不了，但又必须上厕所，难受极了。我带他去汉密尔顿堡找给退伍军人治病的医生。医生把我带到外面说：'西德尔，你得马上让他住院，在家这么照顾着不是个办法。'我说：'不，我不能这么做。他会死的。'"

母亲轻轻地哼了一声。"所以他就继续撑着。最后那两年的情况很差。第二次肺炎夺走了他的生命。我得了流感，同时还在继续照顾他。他肯定是被我传染的。虽然那很可怕，但我还是接受了。"她的声音有些哽咽。"他的那些苦简直不是人受的。不是人受的。"

我以为她要哭，可她并没流泪。她沉默了很久。

接着她说："我留了些你父亲的东西。你想看看吗？"

我惊呆了。

"想看，当然想看。我都不知道你还留了东西。"

"我一直等着要把它们拿给你。"

"等什么？"我问。

"我猜可能是在等你长大吧。你知道的，这对我来说并不容易，斯蒂芬。"

"我知道，妈妈。我看得出来。"

她领我进了她的卧室，打开壁橱的门，指了指后面架子顶上的两个箱子。我拿了张凳子，把箱子搬了下来。箱子很重。我把它们一个个搬到客厅的地板上。每个箱子上都用黑色马克笔写着"斯"的字样。

我用小刀划开第一个箱子上的棕色包装胶带，打开箱子，往里面看。里面有几百封信件，用橡皮筋捆着，每捆有二三十封。每封信的左上角都写着寄信人的名字：第三十三战斗机大队，五十八战斗机中队，西摩·米尔斯中士。

我翻阅了几捆信。大部分都是写给 S. 米尔斯夫人，也就是我素未谋面的祖母萨迪的，用的是流畅的正体字，每个单词的首字母都比其他字母更大些。这让我想起了哈罗德叔叔，他的笔迹看起来总是像书法一样。

"好多信啊。"我说。

"斯很爱他的母亲。他们三兄弟都是这样，都是被绑在围裙系带上的。我想在战争期间，他没有一天不给她写信的。"

我从箱子里取出所有的信件，一次拿两捆。信件下面还有一堆私人物品。有些是战时的遗留物："狗牌"、勋章、一枚空军金戒指、一把刺刀、一本《美国武装部队犹太人祈祷书》。还有一条童子军腰带、一张纽约大学文凭和一套小小的旅行象棋。我拉开一个蓝色天鹅绒小袋的拉链，取出两个带带子的黑色小皮盒。

"这是什么？"我问妈妈。

"经文护符匣。正统派犹太人晨祷的时候会把它们缠在前额和右臂上。我父亲每天都要包上这个。你父亲是在成人礼上得到这些的。我怀疑他从来都没戴过。他是不可知论者。"

第二个箱子的顶部放着一面美国国旗，国旗被折叠成完美的三角形。第一个箱子里的任何东西母亲都没碰过，她伸出双手，把旗子拿了出来。

"我把这个给忘了，"她说，"它就盖在你父亲的棺木上。这是一场军事葬礼。"

"我不知道。"我说着，突然意识到自己并不知道父亲葬在哪里。

"葬礼是在哪儿举行的？"我问。

"长岛国家公墓。那是法明代尔的一个军事墓地。葬礼因为暴风雪推迟了。天气很冷，你又病了。格温阿姨一直陪着你。"

"葬礼怎么样？"

"很难熬。我一直压抑自己的情绪，直到他们奏响'安息号'并且鸣了枪。那让我崩溃了。"母亲眼里噙着泪水，她把国旗递还给我，我小心翼翼地把它放在咖啡桌上。

当我把手伸回箱子里时，我拿出了一本相册，这是我见过的最大最重的相册——大约 16 英寸宽，1 英尺高，3 英寸厚，用一根白色的绳子和两根粗大的金属螺栓捆绑着。下面还有一本和这一样大的相册。

"这两本相册都是你父亲的战时记录，"母亲说，"他每到一处都会拍照和记日记。战争结束后，他在住院期间花了几个月的时间把这些相片整理到了一起。"

我无言以对。多年以来，这两个宝箱一直放在壁橱里，满是灰尘，无人提及，也没人打开过。母亲斜靠在椅子边，目光空洞地盯着箱子。

"谢谢你，妈妈。"我说。

"现在它们是你的了，斯蒂芬，"她轻声说，"交给你了。"

我走到她的椅子旁，她抓住我的手，站了起来。接着，我们拥抱在一起。有那么一刻，我又回到了母亲身边。

第二部

逃
离

13

诺塔先生背靠他那张高高的皮椅，隔着他炮铜色的办公桌，一言不发地盯着我看了几秒。他是一个四十岁左右的英俊男子，面部轮廓分明，山羊胡修剪得整整齐齐，戴着银丝框眼镜，黑色天鹅绒大圆顶小帽遮住了他的半个脑袋。另一半头露出一点椒盐色的头发。

欧索美亚叶史瓦学校里不乏拉比，他们对《塔木德》的精通给我留下了深刻的印象。但只有诺塔拉比会令我心生畏惧。我生长在性、药物和摇滚乐的浸润之下，现在却要到耶路撒冷的一所正统犹太学校门口找寻自我，但诺塔却不是那种会对我这样的美国大学生嗤之以鼻的小镇犹太教民。他是个地道的美国人，热爱棒球，曾梦想为布鲁克林道奇队效力。他上过大学，对文史哲等方面都很精通。他讨论美国总统竞选的时候和讨论即将到来的以色列大选一样开心。如果让诺塔先生去冒充大学教授或是华盛顿的说客，他肯定能过关。

仿佛光有威严还不够，诺塔先生还会发出一种杀手般的凝视，能深深地钻入你的灵魂。至少我们这些叶史瓦学校的学生是这么认为的。他似乎不仅能读懂我们的思想，还能看穿我们的内心。在这个特别的早晨——我二十一岁生日那天，我想告诉他一个消息，这让我很害怕。

"嘿，什洛莫？"在读懂了我的灵魂之后，他终于开口问道。他叫我的希伯来名字，这是在我出生时取的名字，它是为了纪念我的外祖父——一位来自波兰的拉比。在叶史瓦，我们都用希伯来语的名字。

他说："你在纠结什么。告诉我。"

"诺塔先生，我想了很久。我决定回美国待一年，我得把大学念完。"

他长长地吸了一口气，点了点头。我摆弄着我那晃晃悠悠的长袍带子，我会这么穿，是因为刚做完晨祷。绑在我额头和上臂上的两个小皮盒，是《妥拉》中的《出埃及记》，我用它们来作每日提醒。它们是我父亲的经文护符匣，是我在母亲给我的箱子里找到的。

我开始心不在焉地捋起胡子，这是我和学习伙伴一起研读《塔木德》时养成的习惯。我的胡子是在过去的 8 个月里长出来的，长得参差不齐、又硬又粗，像一大块淡红色的布里洛盒子。我剪掉了长得飞快的"犹太发"，留起了初中时的短发，现在我戴着副大大的玳瑁眼镜，镜片很厚，戴着一顶镶天蓝色边的黑色针织圆顶小帽，衬衫里穿的衣服上带着白色的传统犹太式流苏，它总是让人想起上帝。

但我没再更进一步。我并没有完全改头换面，那意味着我要穿黑夹克、戴黑帽子、穿黑鞋子。我仍穿着牛仔裤和运动鞋。等大学毕业回来时，我有大把的时间去从事更虔诚的宗教活动。

"你的力量有多强，什洛莫？"诺塔先生最后问道。"你有能力在去美国上大学的时候还保持你的犹太品质吗？在这里做到这点不难。你周围有几十个犹太学生，一天要研究16个小时的《妥拉》。回到大学，你就是孤身一人，只能与女朋友、弗里德里希·尼采，还有那些一点儿都不'犹太'的垃圾食品为伴。到时候你要拿自己的犹太品质怎么办？"

他怎么知道我女朋友的事？他是在瞎猜，想套我的话吗？不。他肯定知道。一定是有人跟他说了。他没什么好惊讶的。像我这样出身世俗，成年后开始研习宗教并遵守教规的回归者，会思念被抛下的女友属于困扰我们的常见病。

"现实世界，什洛莫。你够'犹太'吗？你的意志是否强大到能让你穿行于世俗的美国而不向其屈服？"

"是的，"我向他保证，"我会在一年后回来——一年内。"

"为什么要去？你能和那里最优秀的人一起学习。还有个大学女友。除此之外，还有其他可体验的吗？"

问得好。我需要用一纸毕业证书来昭告天下吗？我也没打算用它。

"我答应过我父母，"我用我认为可以说服诺塔先生的方式说道，"当我从希伯来大学转学来这里时，他们吓坏了。我承诺过，明年会完成大学学业。"

"这是个很好的理由。"他把头垂向一边，承认了我的说法。

"但是？"

"但你还没准备好，什洛莫。假如你是个有潜力的投手，我不会把你从 A 级球赛直接送上大联盟。那里的击球手和压力会将你生吞活剥。你需要更多的时间。只要再一年。然后你就可以走上投手丘，面对世俗的世界。我们说的是你的灵魂，什洛莫，你的犹太灵魂。"

诺塔先生现在身体前倾，眯着眼睛，紧咬着下巴。就是这样。我必须在此时此地表明自己的立场，否则接下来我就不是去完成大学学业，而是会回去结婚，再给我的长子行割礼了。

"这就是你在这里的原因，什洛莫——你的灵魂。永远不要忘记这一点。永远不要忘记是什么让你来到这里。"

如果说是我的犹太灵魂把我带到了叶史瓦，那么让我留下来的则是些别的原因：这么多年来，我第一次不再渴望死亡。当太阳落山的时候，我发现我并没有独自一人待在房间里，陷入绝望，并向伴随了我几乎整个高中和大学第一年的那种痛苦投降。相反，我沉浸在晚祷中，与中世纪《塔木德》的注释缠斗，和室友聊到深夜，惊叹于我们在耶路撒冷的生活竟发生了如此的巨变。

在来叶史瓦之前，要说有什么避难所的话，那也是在女孩们的怀抱里。事情要从夏令营车祸后的那个夏天说起。那是 1971 年，我刚满十六岁。父母送我去以色列参加一个为期八周的青年旅游团。团里有 25 个青少年，由三个成人监护。途中，其中一位年轻的拉比精神崩溃，不得不被遣送回美国。然后，在海法的一个早晨，另外的两个监护人——一对夫妇，也擅离职守了。我们这群十几岁的孩子中有一半直接去了市场买黎巴嫩的某种特产。另一半人买了瓶威士忌，找了台磁带播放机，开了一场舞会。我对这些都不感兴趣。

我在大厅碰到了另一个小组的一个女孩。一周前，我在加利利的一家青年旅社见过她。她又高又瘦，一头金发，发型蓬松，眼神超级忧郁。没过多久，我们就上了楼，到了她的房间，在她的双人床上缠绵，还把床拖到了四楼狭窄的阳台上。

我们在那里待了三天，只在吃饭时离开，我们总会回到那张窄小的床上，俯瞰下面的街道。有时，她会爬到窗台上，像走钢丝一样从一端走到另一端。我闭上眼睛，求她下来。当我睁开眼睛时，我从她的牛仔短裤看上去，能看到她没穿内裤。我想把她身上的小短裤，还有那件绣花的白色农妇衬衫脱下来。但她坚决不肯。

"我有过性行为，"她说，"我希望你能等待一个清白之人。"我在脑海中描画着营地里红发女孩的模样，我知道，我并不清白——也不正常。

其实这女孩不必非得告诉我有个男人对她做过坏事。我能从她的眼睛里看出来，也能从她的声音听出来。我紧紧地抱着她，想减轻她的痛苦。作为回报，我跟她说了我父亲的死和自己内心的末日感。从去年夏天的夏令营开始，我就像一具行尸走肉一样，等待着被消灭的那一天。

我叫她"海的女儿"。她叫我"天空之子"。我们用剃须刀割破彼此的拇指，将血液混合在一起，把一张纸染成深红色，以此宣誓我们的爱。我们向对方承诺，在这世界之外，还有一个没有恐惧的地方。我们一同睡在漫天繁星之下，像两个受惊的孩子一样紧紧相拥。有天晚上，在月亮高升，我俩深情对望的时候，我想将丹·法里内拉的事和盘托出。或许她能解释那是怎么回事。可我觉得太羞耻了，怎么也说不出口。

第二天一早，一个新的监护人出现了，他为我们付了旅馆的账单，并把我们一行人送到了基布兹。"海的女儿"去参加考古挖掘了。我们自此再无交集。

在我参加青年之旅的时候，丹正在马萨诸塞州西部经营着一个名为"嘿–哦–吼"的营地。他还在牡蛎湾高中工作，但已经离开了艾拉·福斯营。他不再在淡季带我去夏令营，也不再带我去其他地方。他再也没有碰过我，也没再提过这件事。

偶尔，他会打电话给我——他住的地方离我只有15分钟的车程——我们会一起去看电影。然后，我们会挑一个他认为能接受的意大利餐厅，边吃边聊。我把他当成导师，他会给我建议，给我有关工作的参考。那时我刚读完十年级，还指望着他到时候能推荐我上大学。他总是记得我的生日，还会在那天递给我一个装有现金或是礼券的信封。我母亲还是会邀请法里内拉一家来我们家过犹太节日。有一次，他还邀请过我和我父母参加他在牡蛎湾高中举办的"禁毒之夜"。

接下来，出人意料的是，法里内拉夫妇宣布他们要搬去伊利诺伊州。丹找到了一份工作，负责管理亨利·霍纳营，该营由犹太青年服务委员会运营，位于芝加哥以北约一小时车程的地方。他曾抱怨艾拉·福斯营不支持他的跨种族露营计划。他说，亨利·霍纳营将是他开拓性想法的沃土。我母亲表示赞同。之后的第一个夏天，她安排我在康奈尔大学学设计的姐姐去伊利诺伊州夏令营担任工艺美术总监。

十一年级的夏天，我的两个最要好的朋友都找到了女朋友，他们笑得合不拢嘴，谈论的话题除了性还是性。我喜欢上了一个身材苗条的犹太女孩，她有土耳其血统，有着一头乌黑的头发和一双梦幻般的眼睛。罗妮和我亲热过几次，但仅限于此。当有个朋友的父母出城时，这个朋友说我们可以在她的木质地下室过夜。

那天晚上，我穿着细条纹睡衣在沙发旁等着，而罗妮则在浴室做准备。出来的时候，她穿着一件蓝色丝质和服。我几乎不敢相信自己的眼睛。我把她拉到我身边，右手顺着她的后背往下摸。她用双手捧着我的脸，亲吻着我，身上散发着布恩农场的苹果酒和草本洗发水的味道。我品尝着她的嘴唇，吸了吸她头发的香气。她咯咯笑着走开，打开和服，向我展示她的裸体。我犹豫了一下，但她握住我的手，放在了她的右胸上。几秒钟后，我的手顺着她光滑的腹部一直延伸到了肚脐，然后又向下摸去。我们移到沙发床上，床体吱吱作响。但到某个程度的时候，我就再也无法深入了。我害怕伤到她。我们继续尝试，然后停了下来，互相安慰着说都会好的。

过了两天，我们放学后在她的卧室里又试了一次，她的刚毛猎狐梗就在一旁看着。这一次，我感到有什么东西松动了，鲜血涌上了床单，这让我俩都大吃一惊。罗妮闭上了眼睛，我继续。

那周晚些时候，我们躺在她卧室的地板上。我有点儿害怕。她戴了满嘴的牙套。那些钢丝看起来很吓人，但我是不会拒绝的。一开始很疼。我分不清是因为牙套还是她的牙齿。我硬了起来，但看到的却一直是法里内拉流着口水的肥厚嘴唇。我睁开眼睛，确定对着我的是一个女孩的嘴巴。我高潮了，但总感觉还有其他人在这儿，在看着我。

我告诉罗妮这是我第一次这么做，我是这么认为的，或者说我希望这么认为。除此之外，无论丹对我做了什么可能看起来非常奇怪的事情，我都并未因此而改变。我现在有女朋友了，就像他说的那样。

那年夏天，我的阴郁情绪消退了。它们无法与在潮湿闷热的下午，在罗妮父母家客厅的白色绒毯上和她做爱的新奇感相提并论。就连那只狗似乎也在微笑。但在那年的秋天，也就是我高三的那年，我开始疏远她。我讨厌自己的这个举动。她非常棒：聪明、风趣，亲切。在我看来，她唯一的缺点就是爱我，而她越是爱我，我就越疏远她。我的沉默越来越长，也越来越明显。

那年冬天，我和她分手了。我说是因为我马上就要去上大学了。提前分开对我们都好。我俩都哭了。那天晚上，我躺在床上想，爱情为什么会变成一种痛苦。

我被哈弗福德录取了，这是一所位于费城郊外的贵格会文理学院，由于父亲是伤残退伍军人，所以我的学费基本上都能报销。几乎是在同一时间，我在大学里将自己隔离开来，每晚都以胎儿一般的姿势躺上几个小时，紧紧盯着房间里胆汁绿色的煤渣墙，幻想着死亡。一天深夜，我拿起电话打给学校的心理咨询中心。但我该怎么跟他们说呢？我没理由感到痛苦。咨询会在一开始就进入尾声。我挂了电话，把身体挪到书桌前，开始埋头写作业。

当我在大二那年遇到克莱尔的时候，我的绝望在瞬间一扫而空。她是个来自中西部的高个子女孩，有着褐色的卷发，面容和善，神采飞扬。她正在学习现代舞，看起来对生活充满热情。她笑起来很放松，和我不同，她一点也不愤世嫉俗。克莱尔是贵格会的和平主义者，她在海外长大，父母是和平队的医务工作人员。她带我了解烤面包、背包旅行，以及如何携带一本袖珍指南来识别树木。我们几乎每晚都睡在一起，轮流在对方的房间里住。那年秋天，我得了重感冒，我躺在她的床上，将发着烧的脑袋枕在克莱尔的腿上。她抚摸着我的头发，给我读德语情诗。

我感觉到克莱尔被我的阴暗面吸引了。她有个姐妹自杀了。我们的悲伤似乎将我们联系在了一起，但我还是很担心。这个热爱生活的女孩为什么会愿意和我在一起？到了晚上，我们做完爱，克莱尔睡着后，我就躺在那里，感觉空虚而沉重，并且再次深陷我熟悉的孤独而痛苦的牢笼。我的身体出了大问题，我无能为力，克莱尔更是无计可施。不如投降，去死好了。我从没告诉过她这些——我太害怕失去她了。

"你知道吗，我们做爱的时候，你就像是个陌生人。"一天晚上，我们亲热后不到一分钟，她说。

"什么意思？"

"我也不确定。感觉就像你消失了，在那儿的是另一个我不认识的人。"

我回想着刚才发生的一切。我进入了她的身体，我的身体因快感而战栗，然而……我感到疏离、麻木和内疚，好像我并不想了解她，也不想让她了解我。也许我就是这样的人。我开始觉得自己越来越配不上她了，我不想这么痛苦地在哈弗福德再过上一年。去耶路撒冷的希伯来读大三，是一条很好的出路。

分离是痛苦的。每天下课后，我都会冲回我的小公寓，查看锻铁信箱。要是发现一封角落里写着克莱尔名字的浅蓝色信封，我就会给自己泡一杯印度阿达尼茶，把它放在我靠窗的旧藤椅旁边，然后将自己交付于她用美丽而密密麻麻的字体所写就的爱的宣言之中。我会立即回信，有时一页，有时十页。

这一切在我从希伯来大学转到叶史瓦的时候告终。当时，我一直在学习中世纪哲学与《塔木德》，可大学的阶梯教室让这些文字显得干瘪无味，了无生趣。我就身在以色列，为什么不直接去探寻活生生的源头呢？

我拜访了一位在欧索美亚学习的朋友，在那里待了一天之后，我意识到，青少年时期被我不屑一顾的改革派犹太教是一种被严重稀释过的混合物。当然，这一点我在理智上是知道的，但现在我明白了，它比起正教实践的深度与强度，是何等的苍白无力。

我还注意到，我在耶路撒冷的也门裔邻居与欧索美亚的阿什肯纳兹拉比一样，吟诵着类似的祷语，研读着相同的经文。这两个相隔甚远的社群在过去的两千多年里几乎没什么联系，却能在同一条古老的精神之河里畅游，而我，甚至从未涉足其中。我或许熟知柏拉图、笛卡尔与康德，却对犹太律法、神学或神秘主义一窍不通。倘若我要学习或是拒绝自己民族的宗教，我也希望我学习或拒绝的是一些货真价实的东西。

我开始每天去叶史瓦学校学习《革马拉》——贯穿

《塔木德》的拉比分析与评论。我喜欢这种辩证的学习方式，喜欢在逻辑推理和激烈辩论的推动之下，进行挑战与回应的智力网球比赛。相比之下，我的大学课程似乎显得枯燥乏味。希伯来大学的学期结束之后，我搬离了公寓，住进了叶史瓦学校。

我母亲吓坏了。她四岁时就被正教的父亲送进了犹太儿童语言宗教学校，这是一所传统的犹太学校，它会安排学生在下午学习希伯来语和《妥拉》。她很讨厌这所学校，父亲生病后她就辍学了，并将自己改造成了一名进步的世俗犹太人。她不敢相信，我竟然会接受她曾抗拒的那种旧世界宗教。

叶史瓦学校有大约 50 名学生，大部分都是处于大学就读年龄的美国人，还有少数从加拿大、欧洲、俄罗斯和南非过来的学生。许多人是从哭墙边被招募来的，叶史瓦会安排某个魅力十足的美国拉比去那与前来度假或学习的年轻犹太男子交谈。有些人是在印度的修行院或泰国的寺院待了几个月后，在返家的途中被招募过来的。我认出了这些同行者。我们同受 20 世纪 60 年代的影响，又对美国的物质主义心怀不满，精神上极为饥渴。诺塔先生认为，应该让这些迷失的灵魂回家，回到他们自己的传统当中。

欧索美亚比哈弗福德或希伯来大学都更为严苛。宿舍是斯巴达式的，餐食也很简单。没有可以玩飞盘的草坪，没有可供消遣的电视，当然，也没有女孩。每一天的每一分钟都被《塔木德》、学习小组以及祈祷塞得满满当当，就像一个法学院的学生，还要同时接受修道院的训练一样。

我的性情天生就很适合这种生活。一次花上几个小时来钻研一篇晦涩难懂的古文对我来说不是难事。我会读写希伯来语，这让我比那些从零开始的新人更有优势。在学习罗马时代的《塔木德》语言方面，我进步神速。诺塔先生认为，我有成为正宗弟子的潜质，也就是说，在多年的潜心学习之后，我有可能成为拉比圣职的候选人，或是当上一名教师。我看到某条路在我面前铺就开来，我知道，我能行。

信仰的培养则是更为艰难的事。我从来就不信上帝，尤其不相信一个总是忙于干预人类事务的上帝。但我和自己做了个约定：我要将这种不信任暂时搁置起来。我会像相信上帝的人那样祈祷。我会采用克尔凯郭尔的"信仰飞跃法"——犹太版本——看看会发生什么。

结果，我的身体着陆了。令我惊讶的是，祈祷竟是一种强烈的身体行为。每日伊始，我便用皮带将经文护符匣捆绑在我的右臂和前额上，一边按照自己的节奏吟诵希伯来诗文，一边躬身、摇摆、旋转、扭动、翻滚。叶史瓦学校的祈祷方式似乎与 17 世纪贵格会教徒的狂喜颤抖更为相似，但与我从小接触的那种彬彬有礼、滔滔不绝的犹太教风格大相径庭。

向上帝敞开心扉的过程是充满激情并能宣泄情绪的。一屋子作祷的犹太学生在黄昏时分吵吵嚷嚷，充满活力，几乎无法控制不和谐的声音和乱舞的身体。这感觉很好。克尔凯郭尔说对了：信仰是走出镜像大厅，也就是我们所称的"思维"的一种好方法。晨祷之后，我的心灵得到了净化，我摆脱了曾在天黑后尾随我的那种悲伤与绝望。我从高中起就明白，女孩能使我暂时忘却痛苦，但叶史瓦则更胜一筹——它能消除痛苦。笼罩着我的厄运瘴气消失了。

我承诺遵守神圣的《妥拉》所规定的 613 条戒律，这些戒律涵盖了从如何剪胡须（别剪），到如何处理被从巢中叼走的母鸟（放生），再到何时才能"撒种"（永远不要）等的方方面面。后一项禁令看起来是最令人望而却步的。没有性生活，也不能手淫，这似乎是不可能的事情。但就像对待其他事情一样，我会暂时搁置质疑，并着手重新训练自己的身心。数月以来，我晚睡早起，洗了太多次冷水澡，以让自己沉溺其中。后来，我在室友的行李箱侧袋里发现了一本《花花公子》。他在那待的时间比我长，所以我猜想，他应该是在某个地方藏了紧急救援物资。那一晚，我深深地感到不值得。

约会是被严禁的行为，除非它是结婚的前奏。犹太教是家庭的宗教，不是僧侣的宗教。攻读叶史瓦的独身疗法是有时间期限的。假如性欲分散了你对《革马拉》的注意力，那就是时候结婚了。婚礼后的次日清晨，你就可以回去继续学习了。我惊讶地发现，许多朋友只不过比我在叶史瓦多读了一年，就已经遵照安排与年轻女子（最好是某位受人尊敬的拉比的女儿）约会，并即刻开始筹备婚礼了。"她是个好女孩。"一位男生在约会后如是说。他的意思是，对方是个虔诚的教徒。

几个比我在叶史瓦多待了两三年的人已经接受了神职授任，并开始从教了。我渴望得到他们所拥有的东西：深奥的智慧，威严的胡须，还有安息日时由宁静宜人、容光焕发的妻子准备的节日大餐。但最重要的是，我想要他们的那种确定性。我渴望确定。

然而，疑虑仍在不断袭来。我们如何知晓《妥拉》出自上帝之口？怎样才能将这个词与进化论和科学调谐起来？在一个将绝对权威赋予一群生活经验有限的老家伙的群体之中，创造力和异见是否还有存活的空间？

我质疑自己的动机。当然了，我喜欢祈祷和学习，但或许我只是需要得到父亲的认可。我有几个叶史瓦的同学都失去了父亲。我们知道自己是谁，当中有些人还会暗暗地拿我们对归属感近乎饥渴的需求开玩笑。

但大多数时候，我对自己的质疑表示怀疑。为什么我要质疑已是昭然若揭的真理？为什么我还没准备好购入一顶黑帽？为什么我一想到要和某个"好女孩"约会就恐慌不已？为什么我没法按照计划行事？

诺塔先生是对的。我的犹太灵魂——什洛莫的灵魂——找到了回家的路。可斯蒂芬却一直在检查门上的逃生路线图。

那是 1976 年 5 月。我的大三留学生活即将步入尾声。我必须决定是按照向父母许下的诺言回到哈弗福德，还是让在耶路撒冷度过的这一小段生活延续终生。在我二十一岁生日那天，我给自己的前额和手臂绑上经文护符匣，决定回国，完成我一开始的学业。我还没准备好告别斯蒂芬的身份。

此外，这也是一次很好的考验。我会遵守犹太教的洁食之规，守安息日，学习《革马拉》、兴许这炼狱般的考验能够净化我的心灵。而确定性也会应运而生。毕业之后，我会回到耶路撒冷，戴上黑帽，走上我的拉比之路。

我与诺塔先生对视了一下。

"我会守护我的犹太灵魂，诺塔先生。"我说着，眼睛一眨不眨，过了几秒，他点了点头。

"好吧，什洛莫。我们来谈谈你要回去的那个世界吧。"

"好的。"

"你的女朋友。她是犹太人吗?"他问。

"不是。她是贵格会教徒。"

"有多正宗?"

"嗯，很正宗。现在我只是害怕。"

"怕什么?"

"她说她要改变信仰。"克莱尔在最近写来的信里透露她正学习希伯来语，还在深入阅读犹太历史和宗教。

他挑了挑眉。

"我告诉她:'别为了我这么做。'我说我们现在不能在一起。只有这样，才能确保她这么做是为了自己。"

"然后呢?"

"她打算来这儿研习《妥拉》。"

"所以……她要来这儿，而你要去那儿?"

在这之前从没人这么说过。这听起来很疯狂。也许让我害怕的并不是克莱尔改变信仰之后会发生什么，而是这个了不起的姑娘已经准备好要追随我去任何地方。

"是的，她要来以色列，而我想回美国。"

诺塔先生看起来很高兴。"你上的是哪所大学?"

"哈弗福德。"

"很好的学校。你学什么专业?"

"主修宗教，辅修哲学。我要写一篇毕业论文。我正考虑要不要对比一下迈蒙尼德和斯宾诺莎的政治哲学。"

诺塔先生皱起来眉头。斯宾诺莎在二十三岁时因"令人憎恶的异端邪说"而被驱逐出了阿姆斯特丹的犹太社区。我对他有着特别的喜好。

"斯宾诺莎有着聪明的头脑，什洛莫。但这还不够。对于一个犹太人来说，脱离了《妥拉》的才华是空洞，甚至危险的才华。所以，可以读斯宾诺莎，但是还是要以迈蒙尼德为主。"

"我明白。"

"那你去了宾夕法尼亚，能去哪找《妥拉》呢？"他问。

"我不确定。"

"费城叶史瓦，"他说着，自问自答了起来，"离哈弗福德只有几英里。"我早该知道的，他已经替我规划好人生了。

他站了起来，我也站了起来。他握了握我的右手，把左手搭在我的肩上。能带着他的祝福离开，我感到如释重负。

"谢谢你，诺塔先生。"

"去吧。把你的文凭拿到手，什洛莫。"他微笑着说道。一秒钟后，他抓紧了我的右手："但要记住，你不是他们中的一员。你是属于我们的。"

14

什洛莫式的仪式在我回到大学以后只持续了一个学期。起初，我会一天三次虔诚祷告。每周五下午，我会步行五英里到费城叶史瓦，并在那儿花上一天一夜的时间，和一群从没听说过哈弗福德学院、戴着黑帽的年轻人一起学习《革马拉》。安息日结束后，我把自己关在大学图书馆的地下室里，破译对于斯宾诺莎的神秘猜想。据说他会一连几天都不出门，而且完全戒断性生活。我在想，他是否也和我一样，发现了精神生活的沮丧之处。

不过，诺塔先生是对的。我的精神意志在稀松日常的诱惑、纠缠不休的怀疑以及令人痛苦的孤独中日渐消沉。我在自己狭小的单间公寓里听斯普林斯汀的新专辑《生来逃亡》（*Born to Run*），或是阅读尼采有关宗教怯懦的文章，试图以此来安慰自己。我幻想自己买了张去耶路撒冷的单程票，但又似乎无法鼓起如此巨大的勇气。

我对死亡的关注又回来了。我无法从对上帝摇摇欲坠的信仰之中找到庇护。每天早上，我一面做着祈祷的动作，一面在毕业后的空虚生活中流连忘返。两位论文导师建议我攻读比较宗教学或中世纪哲学的博士学位，继承他们的衣钵。然而，前景看似黯淡无光。这里就像是被抽空了精神强度和归属感的叶史瓦学校，而它所缺乏的，恰恰是那个最好的部分。

另一方面，我有一位经济学教授，他是《纽约时报》的专栏作家，鼓励我将经济学看作撬动社会变革的杠杆。我喜欢这门学科在数理上的确定性，喜欢那些可被应用于现实问题的方程式。他推荐我去上威斯康星大学，那里更具进步倾向。拿到博士学位，在工会或国际发展组织工作，听起来比一辈子埋头于中世纪的文本之中更有吸引力。但在申请研究生院之前，我必须加快速度，把微积分、统计学还有计量经济学学好。他建议我去哥伦比亚大学，我打算在毕业后的暑假去那注册。

一旦做出这个决定，我就不戴圆顶小帽，不再祈祷也不用每周都去叶史瓦学校了。要面对的世界从两个变成了一个，对我而言是巨大的解脱。克莱尔在去以色列的路上在哈弗福德停下来看望我和其他朋友，或许她是为了找寻我们仍能在一起的蛛丝马迹。不过，她的犹太信仰在增强，而我的信仰却在减弱。我和她拥抱告别，祝她一切安好。

接着，在 1977 年的一个美丽的春日，在离我毕业典礼只有几个小时的时候，我与一位从大一起就认识的朋友谱写了一段浪漫的故事。阿维娃是一位完美的伴侣，她帮助我回归到世俗的世界。她是大屠杀幸存者的女儿，在一个正教家庭长大，但已摆脱了大部分的束缚。她读希伯来语，说意第绪语，但也做瑜伽，跳摇滚舞蹈。她要去纽约的一家出版社工作，我们和另一对一起搬到了上西区。

退伍军人事务局会替我支付在哥伦比亚大学的大部分学费，但那年夏天，当我走进大学的就业办公室研究布告栏上钉着的白色纸条时，我的生活费就只剩下最后几美元了。其中一张纸条引起了我的注意：跨文化研究所招聘兼职行政助理。

我读过足够多的人类学著作，知道这个研究所就是玛格丽特·米德在美国自然历史博物馆里的办公室。我跳上C线列车，飞奔到博物馆，爬上其中一个塔楼的几层楼，发现面试我的是琼·戈丹——一位留着灰白色短发、脖子上架着图书管理员眼镜的德国犹太难民。

"你会发现这是项非常无聊的工作，但我想要的是完美无瑕，明白吗？"她操着浓重的德国口音说道。我发誓，没什么比精确的数学计算还有条理清晰的清单列表更能让我喜欢的了。她当场就录用了我，但我感觉到了她的不情不愿。当我在第二天见到其他员工的时候，我对她的理解更甚了：跨文化研究所这个智囊团中只有女性。

米德是这个团体的负责人。受人尊敬的人类学家罗达·梅特罗是米德的得力助手兼生活伴侣。玛丽·艾切尔伯格年近八旬，她是执行董事，也是米德五十年来的挚友和守护者。我的上司琼·戈丹负责档案管理及书目编纂。还有三位更年轻些的女士，都很活力四射，她们充实了工作人员队伍，并使研究所得以运转。我觉得自己就像个吉祥物一样。

正如戈丹所预示的那样，追踪米德的出版物及其引用情况的档案工作既机械又乏味。但当米德在晨间出现在办公室里的时候，事情就会变得有趣得多。她七十多岁，是个精灵般的女人，穿着脖扣紧锁的披风，挂着一根木质拐杖。她的脸很方，戴着一副框架分明的眼镜，银灰色的头发剪成了短短的波波头。她让我想起《艾凡赫》里的一个角色，所以，由她负责在城堡的塔楼上主持人类学研究似乎再合适不过了。我对她敬畏到了极点，连自我介绍都不敢，但她却主动找到了我，这让我觉得自己是这个大家庭中的一员。

戈丹告诉我，我的工作是帮助米德完成她的作品集编目。我想她可能是在开玩笑，因为这是米德花了半个世纪都还没完成的工作。她于 1926 年加入博物馆，她在那年结束了自己的第一次萨摩亚之行，并在打开行李箱后，写下了《萨摩亚时代的来临》（*Coming of Age in Samoa*）一书，永久地改变了人类学。

在那之后的几十年里，她那层巨大的储藏室就成为世界上最知名的阁楼之一。那儿收藏着她在萨摩亚、巴布亚新几内亚、马努斯和其他南太平洋地区探险时所获得的大量珍贵文物。这些文物中有数百件已在博物馆的太平洋民族厅展出，但戈丹告诉我说，后面还有更多汽船行李箱。

我第一次见到米德的时候，她和罗达·梅特罗在储藏室里待了好几个钟头。接着，梅特罗叫来了我和戈丹。她指着一个用金属和木材制成的汽船行李箱，叫我打开它，挑高天花板的房间中央排列着高高的金属架子，架子上挤着好几个行李箱，这就是其中之一。"那个应该是萨摩亚。"她一边说，一边核对自己的清单。

我用力拉起碰锁，掀开盖子，这盖子比看上去要重得多。我们三人探头一看，仿佛回到了 20 世纪 20 年代。最上面一层是整齐摆放着的书籍、椰壳，还有面具。梅特罗小心翼翼地将它们一件一件地取出来并逐一辨认清楚，这样我就能把它们记录到一张账簿纸上。戈丹则站在身后看着我。

琼·戈丹会对我刮目相看，一部分是因为我的笔记记得一丝不苟，还有一部分是因为我在一个周末给她的公寓刷了漆。玛丽·艾切尔伯格听说琼要改造公寓，就让我去替她刷漆。艾切尔伯格对粉刷效果十分满意。她高兴，米德也就高兴。

米德邀请我去她在达科他的公寓参加晚宴，出席的有博物馆馆长和人类学的杰出人物。我几乎一句话也没说。

我忙着研究她，研究她掌控全场的方式，即使在她一言不发的时候也不例外。在讨论完任何话题之后，围坐在桌子旁的六七个人都会沉默下来，等待她的裁决。她毫不留情地删去那些似是而非的想法，我几乎都要为那些被拒绝的人感到难过。这是一个不一样的米德，与我在办公室里逐渐熟悉的那个米德完全不同：一个会为团队的幸福而忧心忡忡的老母亲。

1978 年 5 月，当我告诉她我要去威斯康星大学学习时，她把我拉到她的办公室，问我学费有没有着落。我说还没有。

"还差多少？"她问。

"一千（美元）。"

"琼会给你开张支票。"

我大吃一惊。我从未体验过如此的慷慨，于是便连声道谢。她挥挥手，说她对我有信心。她的话是一剂良药。从叶史瓦回来后，我一直在努力寻找自己的方向。在哥伦比亚大学期间，我痛苦地意识到，自己要与那些准备得更充分的经济学和数学专业的书呆子竞争。要是玛格丽特·米德都认为我是匹值得下注的马，我又有什么理由不同意呢？

米德给的这份工作是兼职性质的。我还得在那个夏天找些别的工作来存点钱，我想到了谁能提供这些东西。

自从丹·法里内拉在六年前搬到伊利诺伊州以来，他就一直让我去亨利·霍纳营工作。但每次都被我拒绝了。打从车祸后的那个夏天起，我就再也不想去营地工作了。有时我走在街上，看到一辆和马特的蓝色庞蒂亚火鸟很像的车时，一股令人作呕的冲动就会将我的思绪拉回到过去：我在丹的密室里吹箫，又或是正凝视着艾拉·福斯幽灵般的肖像。接着，记忆就会消失，只剩下无尽的麻木。

高三那年，我拜托丹为我写一封大学推荐信。他立刻就回了信，说他的秘书正在打信，打好了会寄一份给我。然后他写道：

> 当我读到这封信时，我感到很难过，因为你已经不再是那个我在夏令营里认识的年轻人了。你现在是个青年人了，我想我的感觉和父亲看着儿子离去是一样的。虽然这有点难过，但该走的还是要走。

几天后，他的推荐信到了。这封信是这样开头的："这个年轻人是我见过的最优秀的人之一。"这让我很不安。我们都心知肚明，我从来都不只是个营员以及雇员。

大二那年，我和克莱尔打算去中西部和她的家人一起过寒假。我打定主意，觉得应该去亨利·霍纳营看看丹。

我想让他见见克莱尔。我相信克莱尔会让他印象深刻，我还要告诉克莱尔，丹在我的生命中是举足轻重的一个人。

到达营地的时候，丹粗声粗气地跟我们打了招呼，然后就完全不理克莱尔了。他像初次见面一样地和我聊了几分钟，然后带我们去了一间小屋。我想肯定是我做了什么事或者说了什么话冒犯到了他，但我不想问，也不愿大吵大闹。就算丹的粗鲁让克莱尔感到不快，她也没有表现出来。

第二天早上，克莱尔在营地厨房测试面包配方的时候，丹顶着严寒带我参观了营地。20分钟后，我们需要暖暖身子，于是他带我去了离营地中心不远的一间小木屋。"这是我的地盘。"他说。屋里的家具寥寥无几：床、书桌、抽屉柜。床脚放着一张小咖啡桌，上面有一台电影放映机，对面是我上一次在艾拉·福斯营看到的那种便携式下拉屏幕。

丹走到放映机前。"我这有些黄片，"他说，"你想看点什么吗？"

我的双腿开始发抖，两只手紧紧地抓住羽绒服的口袋。他直勾勾地盯着我，面无表情。我十三岁那年，在医务室的第一个晚上，他也是这副死气沉沉的表情。

"不用了，没关系。"我强颜欢笑地说。

"你想做什么？"他问。

"把营地参观完吧。"我回答道，边说边朝门口走去。

直到走到外面，冷空气扑面而来，直击我的肺部时，我才回过神来。那事没再发生，我想。克莱尔就在50码以外的厨房里。我想什么呢，怎么会把她带到这里来？

丹和我走到湖边，一句话也没说。我们站在码头上，双手插在口袋里，风拍打着水面，刺痛了我们的脸。对岸有聚集的加拿大鹅群。

"这里太冷了。"我说着，想打破沉默。

"是啊，欢迎来到中西部。玉米地里的冬天可真漫长。"

"这整个冬天你都干吗了？"我问。

"我一直很忙。要是不让自己忙起来，孤独和沮丧的感觉就会冒出来。我几乎每个周末都得带团来这儿。董事会、委员会、小组治疗会。什么都有。我去高地公园，在那儿做社会工作。"

"都干些什么？"

"哦，他们叫我去是因为意大利黑帮一直殴打善良的犹太男孩。我一直在给他们做心理辅导。我安排这两帮人共处一室。很有意思。意大利的那群孩子让我想起那个年龄的自己。明明什么都能做，却被认为自己'应该怎样'的想法束缚住了。他们的价值观都是在街头捡来的。真是可惜。"

"你身体怎么样？"

"还不错。胆固醇高。我劈柴，用这个方法来保持身材。我的体重似乎从来也没下降过。不过肌肉更紧实了。"他抓住自己的上腹部，以做示范。

"营地呢？"

"头一年还是挺难的。我得把一切重建起来。没有任何外部力量能支持我做自己想做的事。"

"什么事？"

"让白人孩子和黑人孩子同睡一个铺位，衡量这对他们的生活会有怎样的改变。没人这么做过。我去参加有关跨群体露营以及种族问题的会议。他们谈论的已经不是什么'大熔炉'了。过时了。现在他们都说，种族问题才是第一位的。都是胡扯。我一直跟他们说，每个孩子首先都是一个人。他们的基本需求都一样。然后才是种族问题。总之，头一年，我去参加了格罗辛格的大型会议，犹太福利委员会直接无视了我。但我在美国犹太人委员会碰到一位很聪明的女士。她出了些钱，资助了一个试点项目。项目进展得很顺利。我老了，也累了，斯蒂夫，但我还没有放弃。"

"意料之中。"

我们再度陷入了沉默。他说他要进城，所以我就去找克莱尔了。我发现她在营地的厨房里，正从烤箱里拿出两条热气腾腾的燕麦面包。闻起来超级香。

"我爱这个烤箱。"她对着自己的杰作笑逐颜开地说道。

"我爱你，"我说着，把她拉到我身边，"我想我们应该离开这，去找你父母。"

"你确定吗？我以为咱们要待到明天。一切都还好吗？"

"嗯，一切都好。我和丹谈了很久，看到了冬天的营地是什么样子。该做的都做了。"

在我们开车离开前，我给丹写了两行字。接下来的三年里，我都没和他说过话，也没见过他。我们通过几封信，他提醒我，说给我在营地留了一份长期工作。我从没拒绝过他的邀请。我猜他也没指望过我能给他回信。

在玛格丽特·米德办公室工作的最后一周，我萌生了为丹打工的想法。我和朋友乔希在他位于东村的公寓里消磨时间。他刚从纽约大学电影学院毕业，和我一样需要工作。那年夏天，我们喝着啤酒，绞尽脑汁地想出一些靠摄影赚钱的神奇方法，就在这时，我脱口说出了丹的名字。

"他是伊利诺伊州一家夏令营的负责人。我十几岁时在康涅狄格州给他打过工。他有个很酷的项目，是把芝加哥各个社区的孩子们聚集到一起——有白人、黑人，还有拉丁裔。他们共用一个铺位，学习如何相处。我们可以用幻灯片把这记录下来。"

"用视频更好，"乔希插嘴说，"这样我们就能采访孩子们了，甚至可以在他们的社区拍摄视频。"

"你太有才了。"

"跟我说说丹吧。他是干什么的？"乔希问道。

"他有一半意大利血统，一半犹太血统，在布朗克斯区长大，算是个心地不错的硬汉吧。他是学校的社工——你知道的，就是那种帮助问题孩子的人——夏天的时候，负责管理我们那个夏令营。那个营里大部分都是犹太人，但即便是那时，他也不避讳谈论跨种族营地的事情。他有点叛逆。"

我会在为玛格丽特·米德工作的时候冒出这个想法，这绝非偶然。这就像是对亨利·霍纳营进行的一场人类学实地研究。乔希根本劝都不必劝。能在暑假一起工作，还能得到报酬，这么美的事儿，不容错过。

我对我们的计划感到一阵不安，这感觉就像我在读丹的大学推荐信时一样。我莫名其妙地陷入了谎言之中，但我完全没法想象要是把事情的来龙去脉告诉乔希会有什么后果。最好的办法就是假装那些事从没发生过，然后继续生活。我现在已经是大人了，我过得很好。

丹很喜欢我们关于纪录片的创意。他说，现在是个好时机。他一直在想办法推广他的节目，而且，他会给我们一笔不错的报酬。更棒的是，乔希和我可以把工资全部存进银行，因为我们住在营地，没有任何开销。作为短期工来讲，这很完美。

当阿维娃询问我丹的背景故事时，我只跟她说了他对我童年的积极影响。他真是个有远见的人。我这么说道。

15

亨利·霍纳营由犹太青年服务委员会于 20 世纪初建立，其使命是为"芝加哥市的贫困犹太男孩"提供服务。它是伊利诺伊州版本的艾拉·福斯营。

营地位于该州的东北角，距芝加哥只有一个小时的车程。这里的大部分草原平地在很久以前就被开辟为玉米地和奶牛场了，但到了 20 世纪 70 年代末，这些农场受到郊区开发的冲击，逐渐消失了。亨利·霍纳营是最后的乡村前哨之一：175 英亩的树林和草地一直延伸到伍斯特湖上的一个小沙滩和一个 U 形大码头。这里的铺位多到足可容纳 140 名男孩女孩。每天早上，还会有 200 名露营者从附近的芝加哥北部郊区涌下巴士。

1978 年 6 月下旬，乔希和我开着他那辆淡绿色的庞蒂克勒芒从纽约出发，在历经 14 个小时的车程以后抵达营地。我们从亨利·霍纳营的标志下经过，那标志就悬挂在土路上方的一根圆木上。我立刻注意到，丹和贝蒂在郊区的牧场上建了一所大房子，就在入口处。现在，他们一年到头都住在营地里。

我们把车停在房子前，敲了敲门。我听到狗叫声，然后，丹出现了，身边跟着一只小小的混种狗。

"瞧啊，这不是我的两位纽约电影制片人吗，"他说道，"这是贝果。"他指着小狗补充说。

贝蒂欢天喜地地过来了。我已经有六年没见过她了。她似乎老了一些，不再是我十三岁初见她时那副少女的样子了。

"你父母还好吗？"她问我。

"他们很好。他俩让我好好问候你们。"

"我好想他们，"她很诚恳地说，"他们是我们在纽约唯一还保持着联系的朋友。"

我扫视了一下宽敞的客厅。"房子不错。"我对她说。

"要是让我住到荒郊野岭啊，斯蒂夫，我就得把房子设计成我想要的样子。"

"她确实做到了。"丹说着，摇了摇头，仿佛这一切都超出了他的想象。

"营地怎么样了？"我问他。

"按照常规，开营前总会发生一些灾难，不过今年我们可有好团队了，"他停下来打量乔希，"你俩能让我们火起来吗?"

"我不知道,"乔希回答,"但我们肯定会好好表现的。"

"我想听的就是这个。"丹说。

我一直很担心乔希和丹会喜欢对方。现在我可以放下心来了。

我们搬进了营地另一边的一间小屋,小屋坐落在一片茂密的橡树林里。它外表破旧不堪,但我们把这间宽敞的木制房间布置得像家一样,或者说,至少也像一间乡村风格的质朴宿舍。我把从研究生院带来的东西都装进了乔希的汽车后备箱。现在,我们将这些东西全都搬进了小屋。包括我收藏的200张黑胶唱片,还有我立誓要在暑假前读完的经济史书籍。

那天晚上,我们坐在用屏风围起来的门廊上,乔希抽着骆驼牌香烟,我们俩一起喝着一品脱吉姆·比姆啤酒,讨论着要如何记录营地的点点滴滴。我们带了35毫米相机和大量的幻灯片,但没有录像设备——因为太贵了。首要任务就是搞到一些设备。

第二天上午,我们参加了丹的辅导员宣讲会。这是一群不拘一格的白人和黑人大学生,大部分来自芝加哥,也有些来自遥远的欧洲。他们中的很多人都曾在亨利·霍纳营当过营员,并对丹的使命充满热情。

丹站在人群的最前面,双臂交叉,穿着他标志性的卡其色短裤和一件紧身的蓝色 T 恤，腹部和二头肌都一览无遗。"每个铺位上的每个孩子都是带着对其他孩子的成见来的，"他说，"到这儿的第一天，他们会想，'墨西哥人很懒，黑人都是罪犯，犹太人都爱钱'。活在高墙之后，就会有刻板印象，而高墙会导致无知。你们的工作就是打破壁垒，架起桥梁。"

为了实现这一目标，他建议他们退后一步，无为而治。"当你把九个孩子放在一张铺位上的时候，刻板印象会消失得比你想象中更快。他们自己就会发现，其他孩子和他们是一样的。"

丹向辅导员们简要介绍了我们的纪录片项目。会议结束后，我告诉他我们需要录像设备。他做了个鬼脸，然后让我们写一份简短的提案。他已经在心里想好了要找谁来捐赠。三天后，芝加哥大陆银行的一位职员给我们开了一张 2 000 美元的支票。乔希和我欣喜若狂，我们马上就出去买了一台广播级的视频设备。

很快，我们找到了四个孩子——一个黑人男孩、一个墨西哥裔美国女孩、一个犹太男孩和一个白人女孩——他们都很想谈谈自己在营地里的经历。我们拜访他们在芝加哥的家，见了他们的家人，参观他们的社区，聆听他们的生活故事。我们追踪他们在营地的生活，将他们所参加的活动拍摄成照片与视频。我们在一个月内拍了数百张图片和几十个小时的录像带。接下来的几周，我和乔希会将这些资料制作成幻灯片和演示视频，并在暑期结束时放映。

8月初，《芝加哥论坛报》刊登了一篇有关亨利·霍纳营的报道。标题极好地概括了我们这个项目的要义："多种族夏令营（让）孩子们的世界大不同"。这篇文章的主角是一个黑人孩子和一个白人孩子，他们来自城市的两端，在来营地以前，鲜有与异族人种打交道的经验。文章还引述了丹关于消除种族成见的观点。

在与犹太露营界的反对者们斗争了十年以后，丹终于迎来了自己的时刻。跨群体露营现在终于火了起来，或者至少也是引起了国内一家主要纸媒的关注。一百多个男孩女孩在食堂里围着那篇文章。自己的营地一夜爆红了，这把他们高兴得晕头转向。

午餐后，我想划着独木舟出去享受一下独处的乐趣。我朝着湖滨走去，打算穿过树林。但当我走到树林里时，有件事引起了我的注意。

丹就在我左边30码的地方，他站在自己小屋的后门，就是四年前他带我去过的那个小屋，他的色情片和放映仪都放在那里。整个夏天我都躲着这间小屋。现在，他正在用钥匙开锁，一个十三岁的男孩站在他身后。我认出了那个男孩：他是杰克，一个可爱的黑发孩子，我和他说过很多次话。他双眼盯着地面。

我看着杰克跟着丹进了小屋，门在他们身后关上了。我的大脑闪回到十年前，我正走进丹在艾拉·福斯豪宅藏身处的那个时候。我猛地吸了口气，弯下身子，就像肚子上刚挨了一拳那样。我被那个大个子和小男孩在一起的场景吓坏了，心中充满了厌恶和仇恨。我试图把这一幕推开，不让它发生。但我知道，杰克被困住了。不等丹把他给上了，他是逃不掉的。

我奔向我们的小屋，脑袋砰砰直响，眼睛死死地盯着小路。我必须收拾行李离开这儿。到达小屋的时候，乔希正坐在门廊上写信。我停下了脚步，大脑陷入了对艾拉·福斯营的记忆旋涡之中。我想我可能要疯了。

"我们得谈谈。"我说。

"好啊，谈吧。"他放下笔。

"别在这儿。咱们进城去吧。"

我和乔希来到圆湖的一家咖啡店，我选了角落里离街最远的一个隔间。店里没有其他人。我们点了咖啡。乔希耐心地、安静地坐着，很不像他平时的样子。

我到底能说些什么呢？又该从何说起？感觉就像我一直在梦中与丹过着另一种可耻、丑陋的生活，但现在我发现它是真的发生了。如果乔希不相信我怎么办？如果他相信我，但认为错在我，又该怎么办？

女服务生放下了我们的咖啡杯。我的精神几近崩溃，眼睛向下，凝视着无尽的虚空。

"关于丹，我有些事没告诉你。"我开始说。

"好吧。那现在告诉我。"

在桌子底下，我的指甲几乎要嵌进自己的大腿。

"在我还是个孩子的时候，他对我做了一些事情。性方面的。"

乔希的眼睛眯了起来。

"他猥亵过你？"

"我猜是吧。我从来不知道那算是什么。"

"你当时多大？"

"十三岁。他在淡季带我去营地。就在那时候开始的。一直持续到我十五岁。"

"他对你做了什么？"

"手淫，口交。我不明白发生了什么。我从来没跟任何人说过。"

"嗯，现在你不再是一个人了。"

我的身体开始松弛下来，在这之前，它仿佛已经紧绷到了快要断裂的地步。

"你看起来并不震惊，"我说，"我不知道你会怎么想，但我很肯定你会觉得震惊。"

"我在一所男校读到六年级，"他说，"这种糟糕的事情也发生过——不是发生在我身上，但确实发生过，相信我。"

我感觉好多了。我不是唯一的一个。我并不是个彻头彻尾的怪胎。

"那你为什么决定现在告诉我呢？"他问。

"因为半小时前我看见丹和杰克进了一个小木屋。他看起来和我十三岁那时候非常像。我敢肯定丹在骚扰他。"

"天呐，该死。"

"说不定还有其他人，"我说，"我是说，怎么可能没有呢，对吧？"

我想了想，想起了杰克那张铺位上的其他男孩。

"哦，我的天呐！"我脱口而出。

"什么？"

"我真是个白痴。"

"怎么了？"

"艾拉·福斯营肯定还有其他人。这么多年了。肯定还有别的男孩。我从来没想过。从来没有。我确信我是唯一的一个。我是丹的特别好友。"

"是的。我敢肯定他们都很'特别'。"乔希厌恶地说。

"我简直不敢相信这一切，伙计。我太震惊了。"

"你知道吗，我得说，暑假前，你向我介绍丹的那个方式实在是太奇怪了。你把他塑造成人类中的巨人，还说他会拯救孩子什么的。"

"我知道。我以为他是上帝的礼物。我想装作他从没对我做过那种事。但它确实发生了——而且现在正在发生。"

"你想怎么办？"乔希问。

"我不能待在这儿。这就像是一场醒不过来的噩梦。我是说，虽然以前也很糟糕，但那时候我搞不清楚真相。现在我知道了，这一切就发生在我面前。他是个恶魔。"

那是无眠的一夜。我仰面躺着，眼睛紧盯着天花板，双手抱着一只瘦骨嶙峋的白猫，它是我们在一周以前收养的。我在想杰克，想着他在丹的身边显得多么弱小。像曾经的我一样弱小，一样无助。

直到看到杰克接替了我的戏份，我才明白这一点。我还记得丹第一次带我去营地的那个周末——他把一盒奶油煎饼卷递给我妈，然后把我困在医务室里，让我想吃多少糖麦片就吃多少，接着他抓住我的老二，又带我去了那家不错的意大利餐厅。他时而友好，时而凶狠，往复循环。我时刻保持警惕，总是怕得要命。

在看到杰克的身体被丹吞没的那一刻，我明白了自己小时候无法理解的事情：好丹和坏丹是并存的。好丹知道我需要什么——关注、友谊和保护——而他之所以提供这些，是为了得到坏丹想要的东西：控制我的身体。他们共谋了这项计划。

我从床上坐起来，怀里仍抱着那只猫。这是我第一次看到这件事是如何发生的。丹曾带我在树林里散步，让我觉得自己很特别。他来过我们家，用愉快的谈话赢得了我母亲的信任。这一切都是骗局。只要他选对了对象——像我这样需要帮助的孩子——奸计得逞几乎是板上钉钉的事情。这太邪恶了。他很可能会挑那些"软弱的""没有父亲的""受了惊的兔子"下手，在我十三岁的时候，他给我贴的也是这样的标签。杰克不过又是其中之一。肯定还有其他人。

入睡前，我做了一个决定：我不会离开营地。我打算留下来，弄清楚丹在做什么，又是对谁做的。

我试着像个侦探一样思考。如果丹一直和某些男孩在一起，那么夏令营里就会有人注意到，就像艾拉·福斯营的厨房工作人员注意到他花了多少时间和我在一起一样。我可以从亨利·霍纳营的厨房小弟入手，但我和他们并不熟。辅导员们可能也会帮上忙，但他们中的大多数人似乎都很崇拜丹。如果我去找他们，他们可能会给丹通风报信。

我需要的是有独立思考能力的长期员工，而不是丹的走狗。我只能想到两个人：雷和文尼。雷负责管理滨水区。文尼则是维修工。跟他们谈有风险。如果他们直接去找丹告诉他我在打听他怎么办？可这个险我必须得冒。

午餐后，我去了船库。雷和文尼坐在外面的斜坡上。雷留着莫西干发型，蓄着八字形状的小胡子，穿着他平时穿的蓝色速比泳裤。文尼长得像只熊一样，头发卷得很厉害，留着浓密的胡子，下巴上还有一撮山羊胡。他们是亨利·霍纳营的喜剧二人组，很会工作，但同样也很会扫兴。

我在坡道上加入了他们。我感到喉咙发紧，双手湿漉漉的，几乎打算要放弃这次任务。

"嘿，斯蒂夫，怎么了？"文尼问道。

"我想和你们谈谈。我不知道该怎么问……"

"没关系，"雷说，"问吧。"

"好吧。你们有没有怀疑过丹在营地里猥亵男孩？"

这句话一出口，我就想收回。这听起来太疯狂了。

雷和文尼交换了一下眼神，然后他们俩都点了点头，表示有。

"怎么，你看到什么了吗？"雷问。

"是的，昨天吃完午餐后，我看见丹和杰克进了一间小木屋。"

"他的藏身之处？"文尼问道。

"你们管那地方叫这个？"

"是的。就是他带他们去的地方。"文尼说。

我简直不敢相信自己听到的。

"杰克绝对是丹尼的马仔之一。"雷补充道。

丹尼的马仔。

"你们知道这件事多久了？"我听见自己问。

"两年了。"文尼说，"那年夏天的维修工是另一个人。他觉得很奇怪，厨房小弟怎么总是和丹尼待在一起，尤其是那些有家庭问题的男孩。孩子们开始向他透露一些事情。他们说丹尼在给他们看色情电影。那年夏末，他就跟我说了。"

"那年我不在那儿，"雷插嘴说，"我回来后，文尼把一切都告诉了我。两个女辅导员也怀疑他。哦，我们都盯上他了。"

"天呐。你说什么了吗？"我问。

"没有，"雷回答，"我们没必要这么做。他知道我们知道。我们管这叫'墨镜之夏'。他一直戴着这种大墨镜。他会戴着墨镜在动物栏里闲逛，盯着动物们看。太奇怪了，伙计。他整个夏天都躲着我们。整件事让我心烦意乱，我就离开营地出去了两天。"

我试着去理清整件事的头绪，有哪些知情者，以及它发生得有多频繁。

"你们有想过要做些什么吗？我是说，阻止他之类的？"

"是的，我们这么想过，"文尼回答，"我们想过去找警察或犹太委员会。但他们只会说我们是一群疯子。"

"毫无疑问，"雷插嘴说，"没人会相信我们而不信丹尼。"

我想告诉他们我被虐待的经历。我本来没打算这么做，但我们现在是一条战线上的战友了，是同志关系。

"他也猥亵我了，"我说，"在康涅狄格州的艾拉·福斯营。"

他们俩都目瞪口呆地看着我。

"天呐。"文尼说。

"上帝啊。"雷说。

"只要能阻止他，跟谁说这事儿我都愿意。"

"这是什么时候的事，斯蒂夫？"雷问。

"截止到八年前。那时我十五岁。"

"我真的很抱歉，伙计，"雷说，"但那已经是陈年往事了。我不认为它对这里的问题会有什么帮助。"

"你怎么受得了？"我问。"你待在他身边，也知道他在做什么。"

"这确实很可恶，但这是他的营地，"文尼说，"我们不过是在这打工而已。"

16

我想过要去报警。但我该怎么跟他们说？说丹多年前在另一个州猥亵过我？他们凭什么相信我？他是当地的英雄，而我是个无名小卒。在这个过程中，整个世界都会知道我被性骚扰了，或者声称被性骚扰了，我将不得不面对公众的羞辱。

此外，我确信这是我的错，至少有一部分是。我从来没有反抗过，也没有说过要让他停手。更糟糕的是：我体验到了快感。我内疚到了极点，并为此痛恨自己。为什么我要在十几岁的时候去艾拉·福斯营给他打工？看在上帝的分上，为什么我现在还要为他工作？这虐待能有多严重？

至于杰克，我只能告诉警察，我看见他和丹进了一个小木屋。那又怎样？我甚至都不确定自己是不是想要通过举报我的怀疑来将杰克公之于众。我不知道这会给他带来什么后果。有一件事是肯定的：如果有人在我十三岁的时候这么做，我会把一切赖得干干净净，因为丹对我有着神一般的力量。

正当我为此苦恼的时候，当地报纸刊登了一篇文章，报道了一位学校的老师因猥亵一名女学生而被入罪的消息。我从没读过这样的故事。我一直在考虑的事情突然成真了：娈童犯要进监狱了。

我无法想象把丹关进监狱会是什么感觉。那个老师是个恋童癖，一个专挑儿童下手的罪犯。报纸上是这么说的。可丹·法里内拉不是那样的人。他改善了成千上万孩子的生活。不错，他会伤害很多人，包括我在内。他是个抱有恶习的好人。

我感觉自己就像拿着一根炸药。倘若点燃导火索，谁也不知道谁或什么东西会被炸飞。不管丹是否会被定罪，亨利·霍纳营都会完蛋。这件事将登上《芝加哥论坛报》的头版头条。成百上千的营员、辅导员和家长会排着队指责我毁掉了他们心爱的营地。那是我承受不了的。

但我也不能保持沉默。所以我想到了一个新主意：直接和丹对质。我会告诉他我盯上他了，让他知道他已经走投无路。这样就不会再有其他人被牵扯进来。

丹还是一如既往地躁动不休，但从艾拉·福斯营事件之后，他的脚步慢了一些。他不再徒步巡逻营地，而是开着一辆全地形车四处游荡，一辆带低压轮胎的红色三轮车。我知道他的作息时间。下午三点左右，他会咆哮着冲到海滨，穿着格纹泳衣，拿着一条毛巾下水。看着他和孩子们在湖里打闹，我的胃里一阵打结，我想象着他的手在水面之下做着什么，感到一阵恶心和无助。我在食堂里密切关注着他与厨房工作人员的互动。我监视着他的藏身之处，记录着哪个男孩来了，哪个男孩又走了。

在和丹碰面的时候，我试着表现得正常，但我很难记起要如何做到这一点了。这么多年来，我是如何假装他对我所做的一切从未发生过的？我没法再故作正常了。我太紧张，也用力过猛了。是他看我的眼神的确比平时更凶，还是这只是我的想象？难道他知道我知道了，就像他知道雷和文尼也知道了那样？

丹在我的脑海里挥之不去，我开始到处寻找他的踪迹：树后、门缝里、小屋外。我一直在推迟冲突的进程。

从来夏令营的第一天起，乔希就迷恋上了一位来自巴伐利亚的辅导员。她有着玉米丝般的头发，蓝色的眼睛，圆脸上布满雀斑，看上去很像当地农民的女儿。我们叫她"花生酱小姐"，因为花生酱是她最喜欢的美国食物。乔希一直在对她放电，而且已经有了一些进展。

但在8月初，他的弟弟托尼出现在了暑期公路旅行第一站的营地之中。花生酱小姐一下子就喜欢上了托尼，第二天早上还宣布要和他一起搭便车。乔希很不爽，但他选择了忍气吞声，还把他俩送到了94号州际公路。

回到小屋后，他开始疯狂地走来走去。我知道，一场头脑风暴即将来临。

"咱得弄点能让我们迷幻的东西来。"他最后说。

"你到底在说什么啊？为什么要这么干？"

"因为你从来没这么做过，而我需要换换脑子。"

我害怕那些东西。我不喜欢任何会让我感觉失控的事。他打电话给纽约的一个朋友，让他给我们弄些。整件事听起来根本就不靠谱。与此同时，乔希正忙着挖苦我，说我一副"刚从叶史瓦退学"的样子。

"你就差一顶犹太圆顶小帽了，"他做了个鬼脸说。"你可不能穿成这个德行去麦迪逊。相信我，就是不行。"

我刮掉了胡子，但他并不为所动。"我们得把这眼镜处理一下。戴着它们显得你很紧张。别再给头发打蜡了，"他吹毛求疵地说，"你得回归你在 1971 年夏天的那种以色列式装扮：要留长长的波浪卷发。"

一个小时后，我们去了圆湖的一家眼镜店，在货架上挑挑拣拣。乔希挑了三副镜架，放在了柜台上。我选了一副光滑的金边眼镜戴上。

"哇，原来你这么帅！"他假装惊奇地叫道。

我把镜子斜放在柜台上，眯起了眼睛。镜中那个比我酷得多的人也眯着眼睛回看了我。

就在夏令营结束前，乔希和我在食堂展示了我们期待已久的幻灯片和视频。演出大获全胜。当孩子们的照片在屏幕上一闪而过时，丹和其他人一起欢呼鼓掌。我知道自己第二天要做什么，却一点也高兴不起来。

第二天早上下起了大雨。到了下午三点左右，营地里一片狼藉，大家都在自己的铺位上躺着。我知道只要去丹家里或者他的藏身之处就能找到他。为了以防万一，我告诉乔希我要去哪里，然后朝营地中心的那块空地走去。

我发现丹独自站在行政大楼前，贝果坐在他旁边。他没穿雨衣，全身都湿透了。我习惯了看他动来动去的样子，但他却一动也不动，看起来几乎就像是在等着我来。

动手吧，我对自己说。当我走到他跟前时，他警惕地看着我，用手掌擦去脸上的水。

"我要和你谈谈。"我说。

他的神色变得很紧绷。他知道了，我想。

"到我车上去吧。"他说。

我已经为他可能出现的反应做好了准备，但还是没想到他会这么说。他转身朝他的蓝色旅行轿车走去，那条狗就跟在后面。

我脑子里有个声音在说，别上车！我看过很多次《教父》，那是丹最喜欢的电影，我知道突然而来的汽车旅行途中会发生什么。我不想像保利或卡洛那样被子弹打中脑袋或被勒死。丹知道一切都结束了，他什么事都干得出来。否则我们去的就该是他的办公室或小屋了。这是个圈套。别上车！

等我们走到他的旅行轿车旁时，雨下得更大了。丹打开驾驶座的后门让贝果上车。然后，他又打开前门，坐了进去。我从后窗往外看，想看看后面有没有人。只有那条狗。我站在车外，手放在前门把手上，雨水打在我的脸上。

现在别跑。被他杀了不要紧。为了做这件事而死也没关系。

我上了车，但没系安全带，我不想被束缚。一阵雷声响起，紧接着就是倾盆大雨，雨水敲打着引擎盖和车顶。丹发动引擎，倒车，沿着土路向营地入口驶去。我设想了各种状况，想着他会带我去哪。就在这时，汽车偏离了道路，向右拐去，开始在球场的草地和泥泞中横冲直撞。瓢泼大雨淹没了挡风玻璃上的雨刷，根本来不及扫雨。车顶上如瀑的雨声震耳欲聋。我的双脚紧紧地贴在汽车地板上。

我们朝树林走去，他似乎在加速。他是要与我同归于尽吗？我做好了跳车的准备，但在离树还有几码远的地方，汽车慢了下来。他把车开进树林，猛地停车熄火。雨水顺着每扇车窗滚滚而下，我们被围在了一个嘈杂的泡泡之中。

"所以呢？"他直直地盯着前方问道。

"我知道你在干什么。"我说。我的身体因肾上腺素和恐惧而颤抖不已。

"是吗？"

"你得停止。"

他不回应。

"你在伤害孩子们。你得停下来。"

他还是不回应。

接着他说："我知道了。"

他一脸沮丧，败下阵来。

"我要离开营地了。"他轻声说。

"然后呢？"

"我会找一份文职工作。你看，我都五十岁了。我的心脏不好。我太老了，不适合干这种破事儿了。是时候了。"

我没想过他会投降得这么彻底。我非常想相信他。

"我会看着的，丹。我要你离开营地。"这些话发自我的内心深处，而我的虚张声势让我大吃一惊。

"我走，"他说，"我走。"

我想告诉他，他对我做了什么，但我说不出话来。而且，他刚刚什么都认了。

我们在泡泡里静静地待了一分钟，大雨倾盆而下。

"好吧。"他说。然后他发动汽车，挂上了倒挡。

我感觉自己就像从飞机上跳下来却又死里逃生了一般。

夏令营的最后一天，我收到了一个从纽约寄来的信封，里面装着一颗白色的小胶囊。

"这是什么？"乔希不安地问。然后他转向我，"不管它是什么，对方已经出招了。该你了，我的朋友。现在你是这间屋子里的头等大事。"

我怀疑地看着胶囊。

"我不会让你离开我的视线，"他说，"我保证。"

我从和丹的对峙中活了下来。我是不是害怕那颗白色的小药丸？嗯，的确。但当我在那个满嘴谎话、虐待儿童的反毒斗士眼皮底下第一次服下它的时候，我看见了诗意的正义。

"什么时候？"我问。

"明天。我们得离开这里。这里的气氛太沉重了。我们要去自然保护区。"

"好吧，"我说，"不过别忘了，阿维娃明晚八点到。"我得去奥黑尔机场接她，然后把她带回营地。接下来的一天，她和我要开车去麦迪逊，她会帮我在那找个住处。

"没问题，船长，"乔希说，"你六点吃药的话，十点能起效。"

我们吞下药片后，在自然保护区等了整整一个小时，我没有任何感觉。乔希说要再等半小时，我们就等了。当他站起来要离开的时候，我突然大笑起来。

"怎么了？"他问。

"我的手，"我说，"它们活了。"我把手掌放在离脸一英尺远的地方。它们变成了两张规律搏动着的亚马孙盆地的地形图：陡峭、肤色的峡谷被湍急的蓝色水域穿流而过。

"控制中心，我们已经起飞了。"乔希说着，他现在心情好多了。

我走进一片树林，并产生了一种令人汗毛直立的感觉：我的思想越来越不受身体的控制了。

"我想回营地。"我说。

那是我八小时内说的最后一句话。

亨利·霍纳营里的营员和工作人员都走光了。当乔希带着我来到湖边时，我的身体神奇地完成了它的使命，它穿越了一篇无序振动着的场域。我把自己丢到木码头上，我脑海中的伍斯特湖喷涌出美丽的蓝色浪花，浪花继而又翻滚起来。

胡言乱语也随波逐流开来："对神学–政治困境的两种回应：迈蒙尼德与斯宾诺莎研究。"我转向乔希，想知道他是否也听到了。他拿着一个橙色的活页夹，背诵着那些字，坚持说是我写的。"哇，这东西可真让人上头啊，伙计，"他说，"里面的情感去哪了？"

是啊，它们在哪呢？我也想知道。我把问题扔进湖

第二部 逃离

里，任其沉溺。

丹出现在码头上，站在我面前。从我平躺着的视角来看，他就像感恩节游行中一个巨大的充气气球，头和躯干比腿要大上五倍。

"嘿，我得和你谈谈。"他叫道。

"斯蒂芬发过誓，什么都不会说。"乔希解释说。

"你在说什么？"丹没好气地问。

"他今天不讲话，"乔希耸耸肩回答，"明天再说。"

丹皱起了眉头。我应该怕他的，我想。我理应感到恐惧。但他怒容满面、胸膛高耸的模样，加上那硬汉式的谈吐却使他显得滑稽可笑。他这出表演逗得我咧嘴一笑。演得不错。演技真到位。他转身离开了。

几个小时后，我躺在小木屋的床上，和那只猫聊天。乔希从门廊上消失了，而我听到了其他人的声音：托尼和花生酱小姐的声音。但这根本不可能。

"搭便车的人回来了，"乔希这会儿跪在我身边说，"你感觉怎么样？"

我努力回想"搭便车"是什么梗。

"还在当哑巴呐，啊？听着，我不想打扰你的幸福，"他指着我胸前的猫说，"但你两小时后就应该要到奥黑尔机场了。这代表你现在就得起身了。我建议你洗个热水澡。"我的身体跟着他来到浴室，他打开了水龙头。我一进去，他就不见了。我听到他和他弟弟在为棒球打赌的事情争吵。

我闭上眼睛，沉浸在温暖的水流之中。过了一会儿，我感到有人出现了，于是睁开了眼睛。花生酱小姐正和我一起洗澡，一丝不挂。

"我厌倦了那两个人。"她低声说。

我把她拉向我，直到她站到了水柱下面。上天指派她来引领我的灵魂回归到身体之中。花生酱小姐紧紧地缠绕着我，像一只温暖的、跳动着的章鱼。一股愉悦的电流穿过她的触手，从万千个接触点上传来微妙的刺痛。

从早上起就无拘无束漂浮着的意识开始渗入那些振动的节点，一如气体凝结成液体，继而填满器官的裂隙。那个有机体——那个带着好奇心观察了一整天却丝毫感觉不到它属于我的有机体——正在逐渐融入我的身体。这就是活在皮囊里的感觉吧，我想。

我抚摸着这只体态优美的章鱼的侧腹，它又变回了满头金发的水仙。"性"这个词在我脑中一闪而过。但其机制却复杂得无药可救——难以捉摸。"性"何以素来如此重要？

"吃那些东西是什么感觉？"花生酱小姐睁大眼睛问，"跟我说说。"

"对我们来说，就是只剩下意识，"我说，"别的什么都没有。"

她笑了。接着我指挥我的手去把水关掉。我的手回应了。我倒下了。

阿维娃在机场差点没认出我来。我忘了提醒她，我刮了胡子，留长了头发，还戴了新眼镜。我们一离开营地后，往麦迪逊开的时候，她就说想听听这个夏天发生了什么。我说，乔希和我合作得很好，可丹却成了一个十足的浑蛋。她吃了一惊。我只字不提杰克的事，对雷和文尼的重磅炸弹也避而不谈，更没说我在丹的旅行轿车里是如何被吓得魂飞魄散。我也没提自己在童年受虐的经历。

我已经搞定了丹的问题。但没必要跟任何人说。

17

不对劲。

我的计量经济学教授站在教室前面，手里拿着粉笔，对着他在黑板上展开的一连串数学符号比比划划。他用很快的语速讲着多元线性回归和无偏估计问题。坐我右边的那个男孩正忙着奋笔疾书。左边那个女孩写得更快。而我自己的笔记本则一片空白。

三周以来，我一直专注地听着教授讲课，他的声音就像从敞开的窗户吹过来的春风一般在我耳边回荡。起初，我以为问题在于应对这些全新的、令人生畏的学习材料。我会继续坚持，我的数学脑子肯定会开动起来。可到了第二周，除了产生焦虑与不安之外，我的大脑毫无起色。方程式对着我招手，只不过那距离根本遥不可及。现在已经是第三周了，我开始慌了。

我从没在学习上遇到过问题。我的注意力非常集中。在叶史瓦的时候，我经常沉浸于《塔木德》，连饭都不记得吃。到了哥伦比亚大学，我选修了四门经济学和数学课程，我为玛格丽特·米德工作，还要在夜间完成大量相当于研究生水平的作业。也许我是个有反社会或者自杀倾向的人，但我绝对是保持专注的高手。那是我的超能力。可现在，在我最需要这种能力的时候，它却消失了。

绝望之余，我和导师商量，找了个学习伙伴，然后把自己关进了经济学图书馆的书堆里。但这也无济于事。到了第六周，每上一堂课对我而言都是困惑、沮丧与羞耻的折磨。我开始思考某些不可想象的事情：或许我不得不退学了。10月下旬，我不再去上课了。我没勇气面对教授和院长。

接着，11月的某一天，我拿起《纽约时报》，看到这样一则标题，"玛格丽特·米德因癌症去世，享年七十六岁"。这怎么可能呢？6个月前她看起来还好好的。我站在人行道上读着讣告。讣告上说，她"与癌症进行了长达一年的斗争"。我直到现在才懂，她为什么那么急于整理自己的作品集。

我走到门多塔湖边，坐在一块岩石上，任由寒风拂面。我用双手捂住脸，希望能减轻刺痛，并掩盖自己的羞愧。米德相信我，支持我。这样想的人并不止她一个。经济学的教授们也会鼓励我，还有我父母，他们也认为我投身学术是明智之举。但让我压力最大的还是我父亲，他想要的应该是自己的退伍军人福利能担保我的成功，而非导致我的失败。

我去见了院长，告诉他我要退学。他听了很难过，但也没有试图劝我。我打电话告诉父母这个消息。我能看出他们非常震惊，因为他们都没问我下一步打算做些什么。

从研究生院毕业后的几个月里，我感觉自己被跟踪了。我不确定是谁干的，也不知道是怎么回事。但我的神经系统确实警铃大作、高度戒备。我只能不停地动来动去。我独自在威斯康星州冬夜的街头徘徊，内心满是对自己的厌恶。每一周，我循环往复，对着相同的东西孜孜以求：萨克斯风、木器、摄影、焊接，还有曼陀林。我在学生会的面包店打凌晨四点的工。但我实在太焦虑了，根本坚持不下去，只好草率作罢。

我冒着暴风雪搭便车去了太平洋西北部，一路上都睡在牛棚里。在西雅图的时候，我和一个大学同学的女友偷过两天情。当她向他坦白后，我搭车去了他在密歇根的家，他出拳揍了我一顿，这让我感觉好过了几个钟头。我逃到怀俄明州，在一个新兴的石油小镇里刷石膏墙，搭车去蒙大拿州看日全食，然后参加了反对在布拉克山开采铀矿的抗议活动。一路上，我随身携带一个装满迷幻蘑菇的纸袋，当渴望从紧紧攫住我身体的无尽恐惧中解脱出来时，我就咀嚼那些干瘪的菌盖和菌柄。

　　正因如此，当我因入店行窃被抓的时候，我一点也不觉得惊讶。一名保安在我从麦迪逊大学书店出来的时候抓住了我，因为我包里塞着从店里偷来的宝丽来相机。不知怎的，我好像一直在盼着他来抓我。

　　当时，我住在一个叫诺丁汉的住房合作社里，与其说它是栋房屋，不如说是一种生活方式——一种受朋克摇滚驱动的无政府主义生活。三十多个住户中的大部分都是在读的大学生。但他们首先是诗人、反核活动家、碰撞舞者、长寿战士、女权主义脱衣舞娘、女巫还有疯子。我看到"有房出租的住房合作社"广告，出席了每周一次的例会，说服了法定人数的住户，让他们相信我对毒品的态度宽容，而且愿意每月为 30 个人做一顿饭。

　　房子本身就很巨大：一栋四层的地中海复兴式建筑，

砖墙，有几十个房间。我才在这住了几个星期，就深深地爱上了离我仅有三间房之远的女孩梅丽莎。她十九岁，来自堪萨斯州，是个说话轻声细语的美术系学生。她有着深棕色的眼睛，笑起来总是面露狡黠。她穿着牧马人牛仔裤和手工缝制的牛仔靴，靴头尖到我无法想象她怎么能把自己的脚套进去。

我会坐在她家的地板上，靠着一张折叠在角落里的日式床垫，全神贯注地看着她在速写本上画画，看她用铅笔勾勒出漩涡、尖刺和螺旋等充满活力又抽象无比的景致。她用另一只手抽着纽波特牌香烟。帕蒂·史密斯则在盒式磁带里发出声嘶力竭的恸哭："离开社会，那才是我想去的地方。"

小偷小摸是诺丁汉朋克精神的一部分。我这辈子从没偷过东西，但我很快就学会了，快得惊人。我偷过大包小包的杂货、各种各样的家居用品，还有数不清的相机胶卷。但偷得最多的，还是丙烯颜料。那几管颜料是梅丽莎梦寐以求的东西，它们贵到离谱。我第一次看到大学书店高耸的展示架——一排又一排奇异的钴色、朱红色和品红色的时候——就被迷住了。我从上面取了好几十管颜料，价值数百美元。我一把一把地将它们装进背包，跑到画室，兴冲冲地将它们倒在梅丽莎的工作台上。她欣喜若狂地对着每一管颜料发出惊奇的赞叹，像个在圣诞节早上打开礼物的小孩子。我从来都没有给别人带来过这样的幸福感。那感觉令我着迷。

被捕之后，我签署了一份《暂缓起诉协议》。协议承诺，只要我加入初犯学校，从事"合法职业"，并且一年之内都不惹麻烦，我的犯罪记录就可以一笔勾销。协议还规定我"只能与守法的人交往"——这根本就不可能，除非我与麦迪逊所有认识的人断绝关系。在这一点上，我决定敷衍了事就好。

我的生活离我的过去越来越远。我收到了堂兄戴维的结婚请柬，他要在纽约结婚了。我本该自然而然地答应出席，但我拒绝了，我说自己事情太多，腾不出手。很难想象还能有谁比我更忙。我知道我的缺席会伤害到他，但这又有什么关系呢？童年的情谊在我们十五岁那年的夏天被破坏殆尽，自那时起再也没有得到过修复。再说了，我也没法当着 50 位亲戚的面，向大家解释自己为什么要从研究生院退学。

后来，我收到了阿维娃寄来的一封信，信上写着"去你的"，她气我没勇气对她坦诚梅丽莎的事情。她是从别人那里知道的。之后不久，我又收到了克莱尔寄来的一封航空邮件。作为一名正统犹太人的她现居耶路撒冷，在一所宗教女校当家庭教师。去年秋天，她曾给我写过一封言辞友好的信件，但我没有理会。如今，她用了一种更为挑畔的方式：她无法想象宗教体验的力量会在我身上逐渐消失无踪。"可我的话对你来说又有什么用呢，"她在信中写道，"你是这样矛盾的一个人，既关心又冷漠；既追求又逃避；既向往真实，也拥抱谎言。"

我试图弄清她说的是谁。她说的是什洛莫，那个会每天向上帝祈祷三次，研习革马拉直至深夜的人。他在哪儿呢？雷蒙斯乐队的《毁灭之路》（*Road to Ruin*）响彻外面的走廊，门下盘绕起一团芳香四溢的烟雾。我遍寻什洛莫的踪迹，却到处都找不见他。

克莱尔说我在精神上迷失了方向，这让我倍感恼火，但更令我痛心的是她对我残酷而冷漠的指控，因为我知道，她说的都是真的。

我将她的来信放到一边。我知道，自己永远都不会回信了。

我已经尽全力将丹·法里内拉从我脑中抹掉了。每当他从我意识中浮现的时候，我就会把他推到一旁：我已经搞定这件事了。是时候继续往前走了。

然而，一天早上，当舒服的暖意退去，朝阳悄然而至的时候，我不得不承认，时间不多了，接踵而来的将是夏日，可怕的夏日。我不再天真了——丹还是会全年无休地猥亵男孩，就像他对我做的那样。但他总会在夏天锁定新的受害者，而仅剩不到 2 个月，夏令营就要开营了。如果他还在管事，还在伤害孩子们呢，我觉得自己有责任阻止。

我应该马上给他打电话，去伊利诺伊州，再找他对峙。可这件事为什么要由我来干？亨利·霍纳营的其他人从没与他发生过对抗。或许他们根本就知道，要阻止他终将是一种徒劳无功。也有可能他的行为并不像我所想的那么可怕。也许他们都很理智，而疯了的人是我自己。

我真正想要和渴望的，是永不再见丹·法里内拉，也再不和他说话。

秋天刚开始的时候，我父母从芝加哥回家，途中在麦迪逊停留。我带他们去了当地的一家小餐馆，一边吃着我的蓝莓煎饼，一边听母亲隔着一个红色的胶木卡座开始了对我的审问。

"告诉我，这有什么事情是你在纽约做不了的。"她开口说道。

"过日子啊，妈妈。"

"哈？在纽约也能过日子啊。数百万的人都是那么做的。"

她换了个话题，把对话从困难模式调到了地狱模式。

"我们见到丹和贝蒂了，"她说，"丹说今年的夏令营办得好极了，前所未有的好。"在告诉我这个消息的时候，她显得非常高兴。

我并不意外。我知道丹对我撒了谎，但我当时只顾着崩溃，根本什么也没做。他识破了我的虚张声势，接着我便束手就擒。母亲继续说着我和乔希制作的那档媒体节目，说着丹是何等激动地四处放映。自己辍学的儿子能取得这一标志性的成就，这让她异常高兴。

"我还没来得及给丹打电话，"我说，"我太忙了。"

在一个闪着光的秋日，我和一个朋友去了诺丁汉。对于他为什么会来诺丁汉，我一无所知。大一的时候，他是北欧金童……来自威斯康星州的一个小镇、金发碧眼、身材健壮，还是个足球运动员。在合作公寓住了几个月后，他就出柜了，他穿粉色的连衣裙。他是个出色的旅伴，对周围的一切都极为敏感，总是活在当下，从不慌里慌张。

我们步行几英里到了大学的植物园——一个由草原、森林与湿地组成的千亩原始之地。当我们漫步在茂密的树林中时，一阵强风吹过，变换着落叶的鲜艳色彩。大自然母亲把自己翻了个底朝天，将她红色、橙色和金色的内脏洪水般洒满了森林的地面。我们一头扎进这色彩之河，在其中畅游了好几个钟头。

夕阳西下，我们离开了伊甸园，直奔文明世界：一列有着上百节车厢的货运列车正从米尔斯街的十字路口穿行而过。我们坐在草地上等着。在接下来的几分钟里，与其说我是看到了一列货运火车，不如说是见证了美国铁路的整个历史：被铁马征服的美洲土著部落；为修建铁路而牺牲的成千上万的华人契约劳工；还有被铁路公司用铁链锁住，随之一同向南扩张的黑人。我从这一辆又一辆的车厢之中看到在人类的鲜血与苦难之上建立起来的美国企业，看到成千上万的幽灵在噩梦般的全息图中苟延残喘。

对我来说，我的身体并不比货运车厢里那些幽灵般的俘虏更加真实。我想，我也是他们中的一员。打我记事起，就有一双手扼住了我的喉咙。我始终处在要被掐死的边缘，却从不知道真正的刽子手是谁。

谁才是始作俑者？我被这个问题困扰多年。一股不可阻挡的力量正在将我拖向遗忘。无论凶手是谁或是什么东西，我都无力反抗。

现在我终于找到了答案：凶手就是我自己。一直都是我，但直到这一刻，直到这辆货运列车从眼前开过，我才弄清。从意识到这份厄运以来，我就一直在等待这列列车。我一直在躲避一种避无可避的命运，而现在，这个不可避免的时刻，终于来了。

我趴在地上，扭动身躯，像一只蜥蜴一样朝着铁轨爬行而去。我并不害怕。生死命运在我面前上演。我是这场电影的制作人，然而其中却出现了某个出人意料的元素，一种对启示的应许。这正是我所追求的：我要看到结局，我要痛苦结束。我离火车只有五六尺远的距离了。当我冲向铁轨的时候，货车发出了震耳欲聋的轰鸣声。

一只大手狠狠地抓住了我的胳膊。我的朋友穿着柔软的粉色连衣裙蹲在我身旁，在广阔天空的衬托下，他稚嫩的脸庞和金色的头发显得格外耀眼。我试图挣脱他的手，可他的力气太大了。他微笑着看我，像是父母在管束蹒跚学步的孩童。接着，火车就开走了。

18

我知道我是在什么时候怀疑自己已经变成一具行尸走肉的。那是 1979 年的 12 月初，我在麦迪逊的第二个冬天。

我得再偷一台宝丽来相机。我不想再去大学书店冒险，于是便乘公交车去了城郊一家购物中心的杰西潘尼百货商店。找到想要的相机之后，我把它塞进我那笨重的羽绒服里，穿过沉重的玻璃门走了出去。

刚走出去五六步，我就听到警铃的响声，一个保安追了过来。我扔下相机，向着商场后面的农场跑去。我跑得很快，保安根本追不上，但他叫来了一队警察，与此同时，一架警用直升机从我头顶呼啸而过。我在玉米田里的一台农用设备下面困了两个小时，直到太阳落山，夜幕降临时才得以逃回家中。

当我把这事告诉一个朋友的时候，他不安地笑着说，"斯蒂芬，你看起来就好像一心想进监狱，你是想受罚吗？"

我一定是出现了某种恍惚。我并不想进监狱，但又似乎无法控制自己的犯罪行为。我就像是刚看过的电影《白魔鬼》（*White Zombie*）里那些无脑的不死生物，它们所做出的机械行为都受到其邪恶主人的指挥。那天晚上，我梦见联邦调查局因偷窃相机罪而逮捕了我。他们还挖开了门多塔湖，在我工作的餐馆里找到了一把黑柄刀具，将一桩我毫无印象的罪行赖到了我的头上。

醒来时，我花了几秒钟才意识到我根本没有被捕。我还是自由的，于是我下定决心，不再偷窃。不过，这个梦还是令我感到不安。我不敢确定警察前一天有没有在购物中心里认出我。没准他们正找我呢。我得保持警惕，采取点基本的预防措施。

两秒钟后，前门传来了敲门声。我的心提到了嗓子眼儿，人也被吓僵了。敲门声又响了一次。我蹑手蹑脚地走进客厅，从窗帘中间探出头往外看。楼下停着一辆车，或许那是辆没有标志的警车吧。我胡乱套上几件衣服，翻出后窗，沿着街区冲向一个朋友的家——就是前一天警告我会蹲监狱的那个朋友。

"刚才是我敲的门，"他说，"没人跟踪你，伙计，除了我，因为你看起来疯了。"

我甩了他，步行来到市中心，走进大学书店。我拿起一本名叫《卡佩塔尼奥斯》（*The Kapetanios*）的平装书，它讲的是 20 世纪 40 年代希腊内战中反法西斯游击队的故事。当时的我正好在狂热地阅读有关欧洲革命运动的书籍。

我把书塞进外套，穿过旋转门，但连入口处都没能走到。一名保安在等着，不一会儿，警察也到了。我平静至极、无动于衷地看着梦境在自己眼前铺开。那感觉和我匍匐着爬向货运列车时并无二致。

我被提审了，我交了保释金，预审听证会也安排好了。这起盗窃行为违反了我的《暂缓起诉协议》。我知道，这具躯壳——我的躯壳——无论它是不是行尸走肉，都有可能被判入狱。某家律所的律师愿意以 250 美元的价格为我进行预审辩护。我算了一下这个价能买多少可卡因，然后拒绝了。之后，法院为我指派了一名公辩律师，他只收 50 美元律师费，听起来划算多了。他在听证会上设计了一项认罪协议。我交了罚款，这下用不着蹲监狱了。

就这样，我有了案底。但比被定罪更真实可触的，是一种全新的、更为本能的恐惧。我无法再进商店了，任何一家商店都不行，只要走进去，我就会产生一种紧张的感觉，感觉我的身体会试图顺走什么东西。我总是畏畏缩缩，就等着我那只僵尸一样的贼手有所行动。

我决定离开这个国家。反正我一直都在逃亡，几乎从我到达麦迪逊的那一天起，我就是在逃离那些或人或鬼的权力的追捕。待在原地不动，只会再次被抓。我试过往西走，但结局不太好。而且，那也不够远。我必须走得远远的，远到不会再有任何东西能勾起我的过往：没有研究生院的人，没有关于丹·法里内拉的喜讯，也没有让我想偷东西的灯火通明的商店。

我必须相信，只要拉开这样一段距离，我就能够鸟瞰自己人生里的遭遇。我要看看到底是哪出了问题，我要找到埋葬已久的线索，破译心中的未解之谜。

离开梅丽莎不是件容易的事。在我发了疯的数个日夜之中，我俩的爱是唯一保持不变的东西。她了解我需要从头来过的决心，于是便鼓励我去逃离，我们约定来年春天要在海外的某个地方重新相聚。

现在只剩下一个问题了：我到底要去哪?

母亲和肯从东梅多搬到了曼哈顿的一套租金稳定的公寓。我飞回从小长大的家中，清理我的卧室。打开壁橱，我看见底部放着两箱父亲的遗物，那是我在九年前留下的。

我盘腿坐在地毯上，打开装有两本厚厚的相册的箱子。在此之前，我更热衷的是拥有这些相册，而不是去探索它们。现在，我拿出一本，用手摸了摸它棕色的皮革封面。

第二页上，有人用白色墨水在黑色装帧纸上写着一页漂亮的字：

本书旨在按时间顺序，图文并茂地描绘我的海外生活。遗憾的是，书中仍有几个不足之处。首先，相机、胶片以及相关的机会都不足够。故而，我无法向你们展示全部的"所到"之处。但更重要的是，无论多么专业的作家或摄影师，都无法传达一个大兵所经历的各种情绪，也无法再现他所闻到过的任何气味：腐烂的尸体，阿拉伯的茅屋，被摧毁的意大利城邦，印度的街道，清晨寂静的中国稻田，还有医院里消毒水的味道。

谁能重现这些声音？伤员的惨叫，大型炮弹发出的"嗖嗖"声，炸弹的呼啸，还有人在脱鞋时发出的舒适的叹息。不，尽管我已尽全力，这些尝试仍旧不足为道。

那一页上用白色墨水签了个漂亮的名字："斯"。我一页一页地翻阅着照片——崎岖的山口、熙攘的阿拉伯式古堡、P-38 战斗机上的机组成员——所有这些都伴随着父亲滔滔不绝的讲述。他所在的中队是"军事移民"，会像游牧民族一样穿越非洲沙漠。他的朋友们"不修边幅，蓬头垢面，肮脏不堪"。他写道："因枪击、地雷、炮弹或溺水而亡的昔日战友被扔进乱葬岗之前，都已被摘下了狗牌。"

他的旅程横贯北非，穿越了摩洛哥、阿尔及利亚和突尼斯等地。他的中队为入侵西西里岛的战事提供空中掩护，然后向北推进到那不勒斯。之后，他们被部署到印度的一个空军基地，再然后是中国，他们在那里与中国国民党联手抗击日军的占领。

1944 年 7 月 8 日，他写道："基于医疗原因，返回印度。"里面有几张他在加尔各答第 263 总医院与病友拍的合照，但并未解释他为什么会在那。2 个月后，他被转到了纽约波林的陆军航空兵康复医院。一切都很神秘。

父亲登陆北非的时候只有二十四岁，和现在的我同岁。他被命运和美国武装部队选中到前线作战。我的生活则深陷毒品、轻微犯罪以及妄想症的泥淖之中。难不成他天生就是领袖，而我天生就是个浑蛋吗？现在，我决定自己的旅行就要从北非开始，从他出发的地方开始。

在最后一次离开我童年的家之前，还有件事要做。我爬到书桌底下，看到桌子后面的钉板上有我二年级时草草写下的名字"斯蒂芬·米尔斯"。我的父亲再也没有回来，而二十年后的今天，我仍在此处漂泊。

我的父母正坐在新公寓的阅读椅上，我决定把我的旅行计划告诉他们。我想，这么做会迫使我采取行动。毕竟，开弓没有回头箭。

"我真是惊呆了。"肯说。

"我不惊讶，"母亲插嘴说，"你做什么都不会再让我吃惊了。"

她抱怨说，这份声明无非只是他们对我一连串的放纵之中的又一次而已。她念叨我那些来来去去的女朋友，念叨我进入叶史瓦的种种经历，念叨我考上了研究生院却又退学的这一举动。一切都在毫无预兆中发生，却又在无声无息中消失。他们只能凭借想象，来猜测我那自私到出奇的脑中到底在想些什么。

她鼓了鼓勇气，说真正的问题在于我根本就是个浅薄、以自我为中心又不成熟的半吊子，我看不上那种只有工作、爱情和承诺的简单生活。

母亲问我要怎么付这笔钱。我告诉她，我会动用父亲的退伍军人福利，就是父亲去世后她为我存的那几千块钱。这下好了。我打了他们的脸,让整个家族蒙了羞。

接着,肯又加入了批评的队伍。他说我曾在追寻自我的虚无过程中践踏了许多善良的人。他所采用的佐证,竟是我对待法里内拉的方式。他们听说我不再和他联系了。

"丹为你和我们这个家付出了那么多,你怎么能如此麻木不仁?"他愤怒地问道。"你怎么能用这么卑劣的方式去对待一个好人?"

要是你知道丹是什么人就好了,我想。要是你知道他对我做过什么,现在仍在对其他男孩做着什么就好了。但我什么也没有说。

我的头在抽痛,身体被恐惧所淹没,那种恐惧就和丹在我十三岁时第一次猥亵我之后再把我送回家的感觉一样。我发誓,绝不能让他们知道我和他之间发生过什么,否则我的人生就完了。

十二年过去了,我仍在为此痛恨自己。但我更恨他们。

回到麦迪逊,我买了一套名为《你能学会阿拉伯语》(*You Can Learn Arabic*)的黑胶唱片,每天早上听一节课。我告诉朋友们我很快就要去北非了。几周过去了,梅丽莎担心我永远都不会动身,只是嘴上说说而已。

一天晚上,汤米既不在洗碗间,也不在更衣室。厨师说他吸食了过量的毒品，但人还活着，在圣玛丽医院。他的家人会送他去戒毒所。这是个巨大的、闪烁着的离场信号，我从未见到过这样的信号。可是，我还是没有订机票。

几个月前，乔希和我聊过要一起旅行的事情，但我觉得那只是个幻想，毕竟他已经和女朋友在一起了。现在他从纽约打来电话："我准备好了，"他说，"我们去东南亚吧。"

"我也准备好了，"我回答，"但我要去的是北非，我父亲战时待过的地方。"

"为了你父亲，这我能理解。但北非呢？那儿的女人都戴面纱，毒品交易都不合法。在我认识的人里面，你是唯一会觉得那地方有吸引力的人。"

"你看，我正学阿拉伯语呢。所有的唱片我都买了。"

"你还买了唱片？"老天爷啊。听我说。亚洲是个好地方。那儿有巴厘岛、曼谷，还有加德满都。再说了，你不是跟我说你父亲最后去的是中国和印度吗？"

"是的，但是——"

"我们可以把他漫长而惊险的旅途倒过来，先去亚洲。完事儿以后，你可以继续你的北非之旅。"

其实乔希一打来电话，我就意识到自己为什么迟迟没有动身了：我很害怕，不是怕肠道寄生虫或武装匪徒，也不是我在第三世界旅行指南中读到过的任何其他的危险。不是的，我真正害怕的是自己。我害怕自己会冲向火车，害怕臂弯里的铁轨，害怕在保安面前的惊慌失措。我被自己渐趋血腥的梦境吓坏了。或许我已经变成了一具没有思想的行尸走肉，但我知道，我还是需要有人来照顾自己。

一个月后，在纽约的一家酒吧里，乔希和我一边喝着波旁威士忌，一边规划着穿越东南亚的路线。

"我得弄清楚我的生活，"我说，"这是我涤荡过去，消除所有精神痛苦的机会。我不知道这些痛苦从何而来，但我必须在今年把它们消除掉。如果我不这样做，我就没法回来。我就是做不到。"

乔希喝了一口波旁酒，难以置信地看着我。

"你打算在这次旅行中找点乐子吗？"他问。

"不。"我回答。

19

到了尼泊尔之后，我预备放弃我的心灵净化之旅。6个月来，乔希和我从巴厘岛出发，沿着一条老路一直走，这条老路迎合了嬉皮士的口味，有便宜的旅馆、香蕉煎饼、棉质精灵裤。这样廉价的游牧生活简直就是为了要清算内心的人而量身定制的。

为了更好地思索我的个人历史，我在巴厘岛空旷的月光海滩上吃了大量的迷幻蘑菇。到了苏门答腊岛北部，我们在一座传统的巴塔克民居里住了一个星期，这座房子突兀地矗立在多巴湖上，就在一座淹没了的超级火山的顶部。我进行了一次心理上的深潜，我在笔记本上涂写满了文字、箭头与图画，将生命中遇见的所有人和事的根源都追溯到我父亲身上。最后得到的结论也并不新鲜：我处于恶性循环之中已有很长一段时间。

我开始质疑这种对人生的挖掘是否有意义。也许只要我活在当下，继续前行，所有的旧痛就会自行燃烧殆尽。有那么多的火山要爬，那么多的恍惚舞蹈要看，还有那么多的印尼炒饭等着我去吃。记忆来袭的时候，就该换趟车坐了。也许享乐主义能帮上我的忙。我试着在泰国北部丛林的季风季节里与一个满头指甲花的德国人进行催眠性爱。但她一周后就和我分了手，她说我太严肃了，不懂为了快乐而快乐的道理。

在尼泊尔，我又恢复了近乎持续的焦虑状态：要解开自毁的动力之谜，留给我的时间已经不多了。我们绕着安纳普尔纳山脉徒步旅行，在这个季节的第一场雪中穿越了海拔近 18 000 英尺的索龙拉山口。下山的时候，梅丽莎的一封信正等着我们。她在信中说，她爱上了我们的一个朋友。

在我们再次徒步穿越靠近西藏边境的琅塘国家公园时，她的这番坦言就像乌云一样紧紧缠绕着我。在导游的建议下，我和他一起跳进了哥圣康德，这是一个被高山环绕着的冰川湖，是印度神话中的神圣住所之一。我跌入冰冷的蔚蓝色湖面，有那么一瞬间，我还以为自己的肺已经衰竭了。当我从冰水中浮出来时，我体验到了失重，感觉失去了束缚。我意识到，梅丽莎切断了我和美国最后的联系。我再也不必回去了。

可待在亚洲，我到底又能做些什么呢？我一直给我们花的钱记账，现在钱也快花光了。我把这个消息告诉了乔希，当时我们就在加德满都奇异街小王子派店的一张桌子旁面对面坐着。剩下的钱还够我们飞到印度，在那儿待上六周，然后就得分道扬镳了。乔希说，他会在纽约和女友团聚，然后去找份工作。

说到这里，他把手伸进牦牛毛背心的口袋里，取出一小团葡萄大小的鲜绿色的东西，放在我俩之间粗糙的桌面上。这是我们那不怕死的导游昂给我们的礼物。

"假如我们要飞去印度，就没机会抽这种烟了，"乔希沮丧地说，"而且我们也不能冒险带着它过海关。"

我俩盯着这团略带神性的东西，它似乎也在盯着我们，宛如一只失了神的眼球。

"我们可以把它给吃了。"乔希喃喃自语。

天知道桌上有多少让人神魂颠倒的东西。可我又能有什么损失呢？生活已经让我走投无路了。我回不到过去，也担不起未来。我点头表示同意。乔希将那弹珠一般的东西切成两半，溶进了我们午餐时点的两碗咖喱米汤里。30分钟后，我们驶出了奇异街。

我已经完全忘记了胃里的这盘大杂烩，就在这时，我开始因为周围并不真实存在的嘉年华而发笑：街头小贩正兜售廉价的印度神像；欧洲人身着橙色、绿色和红色的精灵服装；藏族母亲们肌肉发达的背上背着褓褓，脖子上挂着硕大的绿松石与珊瑚。那些牛又是从哪来的？

我靠在窗台上，短促呼气之间的笑声变成了喘息。胃部的刺痛一直放射到胸腔，压迫着我的肋骨，一阵又一阵的恶心感不断袭来。我不是起身下车，而是像火箭一样冲了出去。我的脚湿了。一个小女孩蹲在我旁边，正在解手。尿液在鹅卵石间流淌，在我的人字拖周围汇集成一条小溪。她抬头冲我甜甜地笑了笑，我也回以微笑。奇异街就像被针扎了一下的气球一样坍缩成一个二维空间。整个马戏团，连同它所有古老的道具、有着彩虹般色彩的杂技演员和笨重的动物，都像一张长达一英里的繁忙壁纸一般，毫不真实。

接着，我的视野转向了更为原始的立体主义，就像是一只巨手随手倒下了一堆拼图的碎片，并激将我去理解它们。很快，眼前就只剩下了色彩、面孔和情感能量。基于过往的糟糕旅程，我对这一阶段的进程已了如指掌。药物已经劫持了我的大脑，并让我像个逃逸的疯子一样头晕目眩地驾驶着这支火箭。

我告诉乔希我需要躺下，他带着我上了一辆出租车。回到旅馆后，一位会说英语的医生为我把了脉，并命令我们去医院。乔希带着我，拽着医生一起出了前门。到了医院，我躺上了轮床，我们的医生则用尼泊尔语与他们的医生起了争执。

我试图找到自己身体的位置，并有意识地控制每一次呼吸。我的视野被一片黑暗的海洋包围，但这片黑暗正缓慢而坚定地缩小着。保持清醒，我想。保持清醒啊。我努力回想起某个名字或地点，回想任何能帮我确定方向并阻止我的意识消散的东西。乔希的脸浮现在我面前。我认出了他：他和我一起来的亚洲。但我不记得是为什么了。

他的面孔消失了，而我正盯着一个男孩赤裸的身体在轮床上伸展开来。那就是我。我必须进入那具躯体，可我越是尝试，它就离我越远。我仿佛一阵满载着恐惧的龙卷风——心跳加速、呼吸急促——四处挣扎，寻找着什么可以依靠的东西。世界四分五裂。在这一片混乱的中央，闪烁着一道白光。当最后一点光也熄灭的时候，我也就完了。它闪了又灭，灭了又闪。我不想死。

有人强迫我坐起来。我待在一个阴暗潮湿的房间里，天花板很低，没有窗户，只有肮脏的水泥地板，中间还有个排水口。一个女孩把一只橙色的塑料杯放到我嘴边，让我喝水。我想知道这些液体会流到什么地方。远处的角落里站着一个男孩，手里拿着拖把。乔希跪在地上，扶着我的头，女孩从一个大桶里倒了满杯的水，然后又把杯子放到我的嘴边。

　　在意识到源头何在以前，我听到了自己第一次呕吐的声音。呕吐物的喷射力迫使我向前冲去，我的身体抽搐起来。男孩推了推拖把，将一条宽大的、褐色的河流引向地板上的排水口。我感到蛋蛋火辣辣地疼，就像被电流猛击了一下。我用力压住乔希的肩膀，翻了个身，试图忍住那股冲击。

　　巨大的压力在我骨盆中积聚，仿佛一柱需要逃逸的蒸汽。它涌过我的腹部与胸腔，接着从我脸上喷射而出，形成一道长长的瀑布，在地板上流成一条小河。这是我的生活。我想。男孩再次用他的拖把攻击了那团秽物，将它引向黑洞。

　　接着，我陷入了一种类似昏迷的状态。

　　我睡了 16 个小时。做了许多光怪陆离的梦。醒来的时候，房里的窗户是开着的。微风轻拂我的脸庞，窗外传来莺歌燕语。嘈杂的声音和刺眼的灯光让我感到痛苦，这感觉就像我的神经系统被炸毁了，然后又在子宫里被重置再生了一般。

乔希站在我身边，看到我还活着，他显然非常高兴。

"我不明白。"我说。

"什么？"

"我们都吃了同样的大杂烩。怎么会这样？"

"你需要排毒，"他说，"我不用。"

"你触底了，哥们儿。那绝对是谷底。"

"那里有什么？"他问。

"死亡。它把我撕成了碎片。但我内心深处还是想活下去。我绝对是想活下去的。"

离开印度之前，我给父亲的哥哥，米尔特伯伯写了一封信。战争期间，他与他们的母亲一同住在布朗克斯区，两个弟弟离家服役的时候，他工作养活母亲。他和我父亲每隔几天就会给对方写信。我问他父亲为什么会被转到加尔各答的陆军医院。三周后，我在新德里的一家邮局收到了伯伯的回信：

> 你父亲在亚洲时精神崩溃了。他们诊断出他有情绪紊乱的问题，并将他转移到了位于波林的陆军航空兵康复医院的神经症病房。那个病房简直就是

军队医学的垃圾桶。所有的疯子和未确诊的病例都会被扔到那里。你父亲确信自己快要疯了，他遭遇了身体和思想的双重背叛。

我觉得自己也像个疯子。我的大脑还没有从先前的死亡之旅中恢复过来，无法过滤掉印度那个地方给我带来的感官骚乱。我处于一种梦幻的状态，周围万花筒般的戏剧显得缥缈并且虚无。

在我睡着的时候，那个行尸走肉般的自我服从了某种精神力量的命令，炸毁了我的家人或整个地球。这些梦境使我精疲力竭、焦虑不安。我有一种可怕的感觉，我是在模仿父亲的崩溃，一如一个幽灵对另一个幽灵的追踪。如果不吃一两片甲喹酮片，我根本就睡不着觉，这是一种镇静催眠药，一开始是我在印度药店的柜台上买到的。它们更广为人知的名字是安眠酮，非常适合因长途火车旅行而备受折磨的人使用。

当乔希和我穿梭于印度各地时，越南战争的余波正占据新闻媒体的头版头条。1975年，随着美军的撤离，美国的使命已经结束，但这场战争直至1980年仍余波荡漾。越南入侵了柬埔寨，成千上万的柬埔寨人被迫逃往泰国边境，在那里的临时营地勉强维生。再往南，一波又一波被称为"船民"的人正在逃离越南，当中大多数人都挤进了泰国和马来西亚海岸的难民营里。

我决定好钱花光以后要做什么了：我要去泰国的一个救援组织当志愿者。这样我就能留在亚洲，兴许还能将志愿服务发展成长期工作。但我需要恢复体力。在拉贾斯坦沙漠，我除了休息什么也没干。几周后，我的身体感觉好多了。我被更多地嵌入了我的体验之中，不再置身事外。

乔希和我在我父亲住院的地方——加尔各答终结了我们的旅程。我遍寻陆军第 263 总医院，但无人听说过。我们漫步在这座繁华都市的大街小巷，欣赏它殖民时期的建筑，也为它声名狼藉的贫穷而心惊胆战。乔希买了回纽约的机票，而我则准备飞往曼谷。

我扔掉了我那破旧的背包，买了一个硬壳行李箱，带上了我那点可怜的行头、几本日记、十几卷胶卷、一小袋西藏绿松石和大量的安眠酮。箱子还是半空的。离开嬉皮之路的时候，我比刚来时轻盈了许多。

20

在泰国找份志愿者的职位比我想象得要更加困难。我走访了曼谷的大型机构——救助儿童会、国际救援委员会、红十字会——但他们不知道该怎么看待我这样一个突然出现在他们家门口的人。他们说，你这样可不行。

有几个管理人员很同情我，他们低声告诉我，有个人可能会帮上忙。他的名字叫杰瑞。他们每个人都把自己的电话号码草草地写在一张小纸片上，并在我离开时塞给了我。

我给杰瑞打了电话，我们在酒吧见了面。他四十多岁，是个来自内布拉斯加州的金发农家男孩。

"你这个电话来得可正是时候。"他笑着说。

杰瑞是基督复临安息日会的牧师，负责教会在泰国的救援工作。他急需志愿者前往靠近马来西亚边境的宋卡。那里是最大的收容越南船民的营地之一。

我问我什么时候可以开始。杰瑞从口袋里掏出一张火车票，递给了我。

经过18个小时的旅行，我来到了沿海城市宋卡，遇到了我的新室友：一群有男有女、健康、年轻的基督复临信徒。他们向我解释了他们的规矩：不吃肉、不喝酒、不抽烟、不看电影，不进行婚前性行为。其中一个十几岁的女孩告诉我，她从没读过小说。我试图引发她对我那本《罪与罚》的兴趣，被她婉拒了。

我要和三个人同住一个房间，睡一张支着蚊帐的双人床垫。一个泰国女人负责做饭，洗衣服，并确保每个人都有雨衣可穿。在经历了7个月的嬉皮之路后，这个基督复临论者的公寓看起来简直就像是里兹酒店。吃饭时，我的新朋友说我会被安排去教英语，并为难民在美国的重新安置做好准备。

第二天早上，我对着镜子看了看自己，这是我很久没有做过的事情了。在加德满那次情绪突然失控后，我恐惧至极。我的脸、脖子和胳膊都晒黑了，但下巴却很苍白。我刮掉了喜马拉雅山一样的胡子。漂过的棕色卷发散落在我的额头和耳朵上。我把头发向后推了推，然后惊恐地发现自己的发际线后移了不少。我的右腕上戴着一块卡西欧手表，这是我在曼谷市场上花五美元买来的。我想我得用它来看时间。

我看起来还算体面，但我越是深究镜子里的这个人，他就越不真实。几个星期以来，我一直靠服用安眠酮来入睡，这让我感到精神恍惚。野蛮的梦境在夜间刺激着我的神经。那天早上，当醒来发现身边躺的是陌生人，而不是乔希的时候，我感到非常不安。现在我只能靠自己了。

我们乘坐一辆小型敞篷卡车去往宋卡难民营。当时正值季风季节，土路上车辙累累，泥泞不堪。我们在海岸线上向左急拐，前方隐约可见一座木制岗楼，那是营地的入口。泰国妇女们在一个由临时摊位组成的小市场里出售农产品和鱼，也因此而放慢了我们朝一扇白色金属大门走去的速度。两名戴着飞行员墨镜、挂着半自动步枪的泰国宪兵挥手示意我们通过。

难民营的主广场三面环绕着木制营房，其中最大的一个营房悬挂着联合国难民署的旗帜。一群来自各国大使馆的官员在外面举行临时会议，针对申请人的情况进行着对比。越南难民排着长队，手里拿着皱巴巴的文件，堵在门口，等待可能会将其送往美国或其他西方国家的面试。

一位基督复临信徒递给我一本破烂的棕色《英越常用语手册》，说我要去浸信会教堂教书。"去找营地中间那座大型的开放式建筑。"她说。

我开始沿着一条土路往前走，这条土路将我右边的海滩和左边有着金属屋顶的营房分隔开来。巨浪在 30 码外猛烈拍打着海面，数百人在路上堵着。有两个人扛着竹子和其他建筑材料。妇女们穿着颜色各异、花卉图案不同的衣服，手拿塑料袋，当中装满了水果和蔬菜。赤脚的孩子们把空锡罐拖到每个营房前面的消防栓旁。人群散开，一个女孩端着一锅热气腾腾的面汤售卖早餐。我深深吸入了一口柠檬草和生姜的香味。

每个金属屋顶的营房看起来都像一个小型棚户区：杂乱晾晒着的衣服、瓦楞金属、绿色油桶，以及浮木制成的桌子上成堆的编织篮子。破旧的蓝白油布为理发师、女裁缝和其他工匠们遮风避雨。

浸信会教堂是一座巨大的露天竹制建筑，屋顶是茅草制的，紧挨着天主教堂。我在泥泞里站了一会儿，想弄清楚自己卷进来的到底是个什么地方，然后就走了进去。里面有十几排没有靠背的长凳，坐满了百来号人。更多的人站在边上的过道里，还有些人站到了教堂外面，从敞开的框架里伸长着脖子张望。前面的两个女孩正把黑板挂到一根竹栏上，我以泰式手势双手合十，向她们表示感谢。

我的大部分学生看起来都只有十几、二十岁，但也有怀抱婴儿的母亲、胡子稀疏的干瘪老人，以及牙缝稀疏的老奶奶。小学生们盘腿坐在我面前的地板上。每三到四个学生共用一本棕色的短语书——不算理想，但尚可应付。挑战更大的，是海浪汹涌的轰鸣声。

"早上好，同学们！"我大声喊道。

"早上好，老师！"他们喊得更大声了。

基督复临信徒曾提醒过我，说照搬教案根本没用。每周都有成百上千的人进出宋卡，所以班级的流动性很大。那一张张脸庞全神贯注地盯着我，似乎渴望听到英语的声音，仿佛一个单词就能决定他们在美国的命运。我随意选中了一页。

我在黑板上潦草地写上"Shopping at the Supermarket"（去超市购物），旁边标注着它的越南语译文。大家忙不迭地在粉红色的笔记本上奋笔疾书。越南语是为数不多的会使用罗马字母书写的亚洲语言之一，这项语言的问世由 16 世纪的耶稣会传教士发起，并在 20 世纪初由法国殖民者强制推行。我用这两种语言写出来的东西班里人人都能看得懂。

How much is the rice？（大米多少钱？）我在当天的主题下面写下这句话，接着缓慢地大声复诵了两遍。

"How much is the rice？"他们异口同声地说道。

"Please give me two pounds."（请给我两英镑。）我尖声喊道。

十几岁的孩子和年轻的成人无所畏惧地用他们的嘴巴发出奇怪而崭新的声音。老人们的嘴唇却几乎没有动过。他们怅然若失地看着我，也许是预见到了即将横亘在面前的巨大的文化鸿沟。坐在前面的孩子们则像是地道的美国原住民一般，鹦鹉学舌地重复着每一个短语。

这节课结束后，我又教了两节课。三节课下来，我饿得不行了。一个十三四岁的男孩拉着我的手，把我带到食品配给窗口，工作人员递给我一个纸碗，里面装着一团米饭和一小罐沙丁鱼。我跟着我的新朋友来到海边，在一艘 30 英尺长的破旧船只旁坐了下来，这是一艘饱经风霜且坚固耐用的船，6 个月前，它曾将 110 个人运送到了营地的前门。

假如不知道宋卡难民营的存在，你是永远都发现不了它的。这是一条 200 码长的海滩，两端设有铁丝栅栏和泰国哨塔。后面是茂密的丛林，前面是泰国湾。考虑到海流的影响，泰国已没有任何地方能比这里更接近越南渔村了，而这些渔村正是人类历史上前所未有的海上大逃亡的主要出发点。

越南社会主义共和国成立后，约有一百万男男女女以及儿童登上了并不适宜航海的船只，开始穿越遍布越南炮艇、凶残的海盗、咆哮的台风和巨型鲨鱼的海上地狱之环。原本只需三天的航程往往会延至一周甚至更久，而且其中大部分时间里都没有食物和水源。二十多万绝望的朝圣者没能成功抵达彼岸。幸存者们则会在宋卡附近的海岸登陆。

想象着 5 000 名饱受心理创伤的纽约人挤在一个足球场大小的收容营里，排着队共用 20 个流动便桶的场景，我不禁感到心惊肉跳。越南人设法将这些恶劣的环境变换为了一个秩序井然的村落，并赋予其令人难以置信的正常气息。孩子们拿着自制的拉杆玩具在沙滩上嬉戏；青少年们踢足球、打排球；妇女们蹲在营房里，缝缝补补或在小小的铁制火盆上做饭；男人们在海滩上的迷你咖啡馆里喝茶，一根接一根地抽烟，谈论着游击队的最新传闻。日落时分，一小群思乡的灵魂聚集在海滩上，隔着海湾远眺祖国。

这群幸存者令人吃惊地热情与好客。在营地里，我每走 20 码就会收获灿烂的微笑、真诚的感谢，以及有关美国——他们所谓"自由国度"——的随机提问，再不然，就是让我共进午餐或是晚餐的邀约。每一天，我都会接受一两次这样的邀请，然后在某户人家狭窄的房间里，盘着腿在胶合板地板上坐上几个钟头，一面狼吞虎咽地吃着自制的食物，一面听他们用放下戒备后的坦诚，分享那些令人动容的故事：有关战争和濒于饥饿的故事、让人心碎的分离与欣喜若狂的团聚、公海上的悲剧以及上帝之手的援救。

我在宋卡待了整整两周，才意识到自己没有在日记里写过一个字，没有想过梅丽莎一次，也没有因为自己的过去感到过痛苦。我不用吃安眠酮也能入睡，噩梦也消失无踪了。当我忆起自己的梦境，当中全是营地里的人和事，就好像我已经在那住了一辈子一样。自打去叶史瓦念书以来，我还从未如此沉浸于生活无尽的洪流之中，这种强烈的感觉似乎抹去了我的回忆。我精力充沛，心情愉悦。

但不到 2 个月，我的心智又恢复如昨，行尸走肉在我家中横冲直撞的梦境再次复苏。噩梦令我寝食难安，我恐惧入睡，于是再度依赖上了白色药片。紧随其后的便是焦虑的感觉，而且我还出现了一阵又一阵的严重的胃痛。

我的朋友明很担心我。他是一位小说家和哲学教授，每天给我上越南语课。他四十岁，眼周布满皱纹，留着稀疏的胡子，身材健硕。明曾在战时遭到关押，战争结束后又被关进了监狱。我向美国移民局为他争取，但移民局拒绝了他的申请。

"哦，斯蒂芬，我的救世主！"他总是略带戏谑地和我打招呼。

"我可不是谁的救世主。"

"这叫什么话？你们可是拯救所有人的专家，"他笑着说，"但你要是继续瘦下去，就帮不上我的忙了。"

比起我的体重，明更担心我的梦境，并坚持让我去算算命。我很惊讶，一个哲学教授竟然会去请教算命先生。

"我首先是个越南人，然后才是教授，"他解释道，"你得马上去见范太太。"

我们在范太太的房间里找到了她，她正用她那双粗糙的、饱经风霜的手洗着蔬菜。我猜她五十多岁了。她长长的黑色头发从中间分开，挽成一个紧紧的发髻。我踢掉我的人字拖，坐在她的竹席上。她跪在我面前，握住我的手，研究我的手掌。她的声音很轻柔，明帮我做翻译。

"你很悲伤，很孤独，这对你的工作有影响。有个女孩。她不再爱你了。最好还是忘掉她吧。"

"我在努力。"我说。

范太太将注意力转向我的右手掌根，手指划过一块凹凸不平的皮肤：那是我在巴厘岛骑摩托车被撞后留下的疤痕。伤口化脓了好几个星期，我还没找到抗生素的时候，它就已经发展成丛林皮病了。

"是场意外。"我主动说。明翻译了一下，范太太变得更激动了。

"不，不是意外，"明接着说，"手上的这个位置代表你的心。你心里伤得很重。"

"是的，我知道。我女朋友。"

"不是你女朋友，"明坚持道，"范太太说这是道老疤痕了。从你还是个孩子的时候起，它就一直在你心上，但现在它太大了，所以你能从手上看到它了。"范太太继续说着，明的脸因为担心而皱了起来。

"怎么了？"我问道。

"她说有邪灵在追你。你想逃跑，所以才会从摩托车上摔下来。"明看出了我的困惑。他说："我们越南人是相信鬼魂和邪灵的。你得把这个邪恶的东西赶走，我的朋友。"

"好吧，"我说，"问问她怎么做。"范太太凝视我两只手掌上纵横交错的线条，然后开口了。

"是好消息，"明说，"她说你父亲会救你的。"

我很惊讶。我从未对明提起过我父亲，更别说对范太太了。"她是怎么说的？"我问。

"她说你父亲去世了。但他还在保护你。我们的祖先就是这么做的。"

在宋卡的一天，我注意到许多女孩和年轻妇女的头发都剪得很短。"泰国海盗。"当我问及此事时，她们就事论事地告诉我说。越南女孩们为了准备这次远航，剪掉了头发，穿上了男孩的衣服——这是一种欺骗袭击者的障眼法。这种袭击并非意外，而是惯例。在我到达的那个月，80%以上的船只都遭到过袭击，其中大多数还被袭击过多次，攻击者是自由从事海盗活动的大型渔船，这是泰国湾的一种古老传统。

掠夺的海盗会冲上船，把男人丢下船或直接杀死，轮奸妇女以及女孩，抢走所有值钱的东西，接着离开，有时还会撞沉脆弱的船只。成千上万的越南人就这样死去。我不止一次遇到过那种从一艘载有50或100人的船上活下来的唯一的幸存者。难民营的孤儿院已经人满为患了。

接着是柯克拉岛。第一次听到这个可怕的名字是在我询问麦的情况时，她是我们班的一个十几岁的女孩。麦坐在后面，一脸茫然，机械地说着英语。我从未见过她和其他女孩说话。有一天，我向一位年长的妇女问起她。

"柯克拉岛，"她说，"她在地狱里。"

我了解到，柯克拉岛是个远离海岸的小岛，泰国海盗把它变成了一所丛林里的监狱，他们在那折磨和强奸越南妇女。数百人在柯克拉岛丧生，其中许多人是被强奸致死的。还有无数人被卖到渔船上或被直接送去卖淫。麦是被勇敢的联合国外勤人员救出的受害者之一。

很快，麦就完全不来上课了。有一天，我刚到明的营房时，就碰见她正要离开。明解释说，他和他的女朋友翠一直在为麦提供咨询。她陷入了绝望。我第二次见到她时，她独自一人在海滩上，凝视着远方。

一天下午，我正和明与翠一起吃午餐，营地里的扩音器用越南语播报了一些新闻。翠用双手捂住自己的脸，明则低下了头。

"他们说麦自杀了。"他说。

"我很抱歉。"我说。

"都是我的错，"明呜咽着说道，"她向我们求助。我辜负了她。"

"不，不，别这么说，"我说，"你已经尽力了。"

我在泰国市场买了几瓶大啤酒，然后我们三个人连续喝了几个小时的酒，抽了几个小时的烟。明悲痛欲绝，他细数了自己在战争和航行中失去的朋友。夜幕降临，我错过了回基督复临会的车。明坚持要我睡在他的吊床上，他就躺在我旁边的地板上。我睡得断断续续，心头一直被麦的事情所萦绕。

黎明前，我做了一个关于丹·法里内拉的噩梦，这是我第一次梦到他。梦中的他半人半兽。他没有手，却长着熊的爪子，又长又尖。他绑架了几个婴儿，正撕扯他们身上的肉。我被迫成为他的帮凶，我想要阻止他，却站在一旁，不知所措，束手无策。

当我从梦中醒来时，我的身体紧紧地蜷缩在吊床里，我挣扎着辨认方向。我在宋卡难民营，在明的吊床上。一想起丹折磨孩子的情景，我就浑身发抖。

我从吊床中挣脱出来，从明身上跨了过去。清晨的第一缕阳光把地平线染成了粉红色，营地里一片寂静。我光着脚踉踉跄跄地走到海滩上，跌进了退潮线附近的沙子里。

每天早上，我到达营地时，都会看到一个和我年龄相仿的僧人一动不动地站在泥泞的小路上，闭着眼睛，双手抱着一个乞讨用的木钵。周围人流如织，而他仿佛一尊雕像。他藏红花色的长袍裹着自己瘦小的骨架，露出铜色的右肩和瘦削、发达的二头肌。那张脸上颧骨高耸，杏眼圆睁，耳朵略微拉长，轮廓分明，稚气未脱。

每隔一段时间，就会有人上前施舍——比如说，一位母亲带着她的孩子，大家都先鞠躬，然后用芭蕉叶包裹的熟米饭或其他食物放进木钵里。接着，他会沿着小路走一小步，停下来。然后再走一小步。再一步。

有一天，这位名叫释慧越的僧人邀请我和他一起去佛寺里教英语。之后，他又请我去他隔壁的竹屋喝茶。这是去往哨塔之前在营地的最后一站。

僧侣的住处很小，大概八英尺乘十英尺，里面设有一个木制睡台，两根竹柱之间吊着一张白色的绳索吊床，还有一张小桌子和椅子。其中一面墙上挂着一块黑板，上面写满了越南语。没有地板，只有沙子。一扇没有玻璃的窗户勾勒出波光粼粼的蓝色海洋，宛如明信片上的景致。

总而言之，这与你想象中僧侣的住处一模一样，除了一点：这里住着两只大狗和七只猫，这使这间小屋在满员时好似一个狗窝。我进来的时候，九个寄宿生都排着队，等待着下午的米饭和豆腐粥。

"他们是严格的素食主义者。"僧人笑着说。

就像在狩猎季节里隐居的鹿一样，这些猫和狗已经发现，僧人的小屋是一个非军事区，是避难所中的避难所。在它们的角度，营地里的其他地方肯定就像是一口正在寻找肉食的大锅。僧人将这些动物当做自己的孩子或庙里的见习生一般来溺爱。看着他用一根小棍子轻轻敲打一只猫的后脑勺，我感到十分不解。

"我是猫咪老师。"他说。

"你教它们什么？"

"教它们在屋里待着。"他耐心地回答。

他用四块木炭生起了火，泡了一点正山小种。我坐在桌旁，一只猫跳到我的腿上。另外两只猫匍匐在我面前，狗则趴在我脚边。

"我亲爱的朋友，"和尚说，"你知道泡茶最重要的材料是什么吗？"

我知道不可能是茶或水。这答案太明显了。

"不知道，是什么？"

"时间。你需要足够的时间来准备，然后以平静、清醒的心态喝下去。"他一边说，一边用修长的食指敲打着前额的右侧。"让我们一起享受这美妙的茶水吧，把所有的想法和担忧都抛开。"

他倒了两杯茶，在我对面坐下。我们缓缓啜饮片刻，猫在我们中间闲逛。茶很好，很浓。

然后僧人开口了："请告诉我，我的朋友，你为什么来宋卡？"

"你指什么？"

"人们告诉我，你是个好老师，你倾听他们的烦恼。这真是太好了。但你拿不到报酬。你也不是传教士。那么，你是为了什么呢？"

"我不知道。待在这里有家的感觉。也许我只是被苦难吸引了。"

"哦，那么或许你也是个僧人？"他顽皮地笑着问。

"是的，我可能是。一个犹太僧侣。"

"犹太人吗？"他又惊又喜地说。"我读过关于你们民族的故事，但我从未见过一个真正的犹太人。你们已经流浪了几千年了，是吗？"

"没错。"

"那么，我认为你可以教给我们的东西有很多。越南人的流亡才刚刚开始。我们必须向犹太人学习，才能在美国保持自己的传统。请向我传授犹太历史，让我知道你们是如何生存下来的。"

"好吧，"我说，"但前提是你得教我佛教。"

"哦，这个简单！"他微笑着说。"我亲爱的朋友，佛陀只会教我们两件事：苦的因和苦的灭。就这些。"他指了指窗户。"苦难无处不在。它就像沙子一样，这在宋卡并不难找到。但苦难的终结，呵，那要稀罕得多。这需要练习。"

"我很擅长忍受痛苦，"我说，"但不太擅长终结痛苦。"

"那我们就一起修行吧，佛教僧侣和犹太僧侣。这间茅屋就是我们的修行院。"

每天上完最后一节课后，我都会回到慧越的小屋，接受冥想指导，并分享犹太人的生存故事。我们经常被敲门声打断：悲痛欲绝的家长，苦恼不休的少年，饱受创伤的新人。慧越会在他的小桌子上接待求助者，奉上茶水，认真倾听他们吐露心声。

我什么也听不懂，但从客人们表示感谢的表情和充满感激的鞠躬中，我可以看出，他们总归是卸下了一些负担。我很惊讶，一个这么年轻的修行者，而且是一个从十三岁起就开始隐居生活的人，竟能在这样极端的条件下如此自然地传授教义。

小屋里也有些访客是为我而来的：前政府官员、佛教信徒领袖、人权活动家。他们带着笔记本和笔来，希望与"那个犹太人"谈谈要如何抵制美国的同化。

他们怎么能确保自己的孩子会一直使用越南语言，并保持越南习俗？为什么美国的离婚率如此之高？男孩和女孩真的会在公共场合牵手吗？有时他们会大声地表达自己的忧虑，担心他们的鬼魂将注定要永远流浪徘徊，远离祖先的圣地。

慧越与我正在寺庙里一起上课时，我的声音突然变弱了，我感到头晕。我害怕自己会昏倒，就请他来接替我。我去了隔壁，将身体一股脑倾倒进僧侣的吊床之中，加德满都事件的回响再度袭来：我的视野摇摆不定，仿佛我正从这世上退却一般。我把冥想的注意力集中到了扑面而来的海浪上。

下课后，慧越建议我在他的小屋里过夜。我躺在木制睡台上，没过多久，就陷入了可怕的战斗梦境之中。天亮的时候，我听到扩音系统里响起了一首越南情歌，我看到慧越正在海滩上指导十几个年龄在十五到七十岁之间的学生练太极。

我拜访了无国界医生诊所的一位法国医生。她怀疑我感染了病毒，并给我开了些药。但眩晕的症状依然存在，同时伴有肠道疼痛与恶心。我不再睡在基督复临会的房子里，而是搬到了慧越的小屋。我的身体越来越虚弱，但我还是坚持每天教几节课。

联合国宣布将向基督复临会提供 4 000 美元，用于在营地修建图书馆。杰瑞从曼谷打来电话，问我是否愿意放弃下个月的教学工作，去监督图书馆的建设和运营。我同意了，但没有透露我虚弱的身体状况。这正是我所希望的：一份长期的、带薪的工作。

但我的身体并不配合。每隔一周左右，我就会在课堂上头晕目眩，并不得不提前让学生下课。我受困于慧越的吊床，手脚麻木，眼睛和耳朵都感到一阵流动的疼痛。更令人不安的是，我从内心里对其他人产生了厌恶，害怕与人接触，害怕看到别人的面孔，除了我完全信任的慧越之外。世界似乎正在消失，而我置身其中，也不能例外。

我回到法国医生那里，他给我开了抗寄生虫的药，但情况也没有任何好转。我的病情——"the teacher's stomach"（老师的胃），通常发轻声"ch"音——成了营地里最值得关注的话题。算命师范太太坚持要给我算命。我光着上身躺上她的竹席。她发现了邪灵，在我胸口涂上棕色的泥巴，并为我诵经。

我很感激，但这样的关注让我觉得尴尬。就在见到她之前，我得知我的两个学生——一个十七岁，一个二十一岁——怀了海盗的孩子。姐姐打算堕胎；小一点的那个决定留下孩子。回到我们的小屋后，慧越正与一个他称之为"无心之人"的人一起喝茶——这个人在海上失去妻儿之后曾试图投河自尽。

在这场连绵不绝的灾难之中，"老师的胃"似乎成了一个拙劣的笑话。但是越南人是苦难的行家，他们不做这样的区分。一个学生会在路上拦住我，向我转述一些新的恐慌，然后面不改色地询问我的胃，仿佛同情心一旦被唤起，就会源源不断，直至充盈所有的血管。

晚上，当猫在小屋外寻找老鼠的时候，我因自己的状况而感到了痛苦。我是不是得了什么罕见的热带疾病？是癌症吗？

"你的精神怎么样，兄弟？"慧越在学习巴利文佛经的间隙问道。

"我想我可能要疯了。"我说。

"哦，脑子太大！想法太多。请再愚笨一点吧。"

我想起了伯伯对父亲的描述：你父亲确信自己快要疯了，他遭遇了身体和思想的双重背叛。

我来宋卡已经好几个月了，我的泰国签证快到期了。我得去马来西亚沿海的小岛槟城续签。乘火车和轮渡需要三个小时。等到了那儿，我会在永景酒店享受几天急需的休闲时光，这是乔希和我一年前发现的一家超便宜的中国酒店。我在一个小背包里装了几件衣服、一本日记和一些安眠酮，然后把剩下的东西藏在了慧越的睡台下面，说了声再见。

两个小时后，我在前往槟城的出发点下了火车，加入了涌向渡轮的人群。踏上船时，我不得不靠着栏杆稳住身体。一阵剧痛从我的肠子里扩散到胸部。潮热灼烧了我的脸。我试图把注意力集中到槟城的海港前沿，但它的木制码头和五颜六色的帆船正逐渐消失。我从背包里掏出日记本，撕下一张白纸，用大写字体写道：我感觉不舒服。我没有吸毒。我不知道怎么了。

渡船的喇叭刺耳地响了一声，我们突然在波涛汹涌的海面上颠簸起来。一阵狂风把我的纸条吹到海里去了。我晕了过去，上半身越过栏杆干呕了起来，接着重重地跌上了甲板。

到了槟城，我跌跌撞撞地下了渡船，爬上了一辆黄包车，车夫是个赤脚的小个子男人。"永景酒店。"低声说完之后，我便瘫倒在了软垫座位上。等红灯时，车夫警惕地打量着我。

"求你了，别死在这儿。"他说。

"带我去医院。"我回答。

到了那里，一名护士检查了我的生命体征，然后来了一位医生。顾医生是个看起来很好学的年轻人，戴着一副银框眼镜，在美国接受过培训。他看了看护士的记录，然后问我吃了什么药。没有，我坚持说。他问我在马来西亚做什么，我告诉了他宋卡的事情。

"头晕、麻木、呕吐和潮热都是恐慌的继发性症状，"顾医生说，"我们会给你服用安定，再做一些检查，看看是否有导致肠道不适的潜在问题。"

吃了安定后，我放松下来，接着第一次打量起这个房间。房里另有四张床，睡的都是老人。吊扇以催眠般的速度缓慢转动着。骰子在杯中翻滚的"咔嗒"声，伴随着中式情歌的悲号，从楼下的巷子里飘了过来。我陷入沉睡之中，不时被噩梦打断。

早上，顾医生来看我。

"血检和尿检结果都正常，"他拿着化验结果说，"这并不意味着没有问题，但要找到问题还得再多做几项检查。"

他拉过一把椅子。

"我很高兴安定起了作用,"他接着说,"这证实了我的预感。你在经历恐慌。你这样有多久了?"

"几年了。但现在越来越严重了。"

"你注意到是什么引发了这些症状吗?"

"没有。我只是会突然感觉出离自己的身体,飘到别处。我会害怕人,害怕死亡。"

"噩梦?"他问。

"很可怕。"

"是关于什么的?"

"我在被僵尸追赶,或者正在打仗。"

"你是退伍军人吗?"

"不是,为什么这么问?"

"因为你的症状听起来很像创伤后应激障碍。"

他看得出我从来没听说过这种病。

"这是对灾难性事件的重新体验,"他解释说,"常见于士兵身上。它刚刚被添加到诊断手册里。"

"我从来没当过兵。"我说。

"好吧。我只是想确认一下。你应该做个肠胃检查。我们可以在这里做,但我建议你回家做。难民营现在可能不太适合你。"

他走后,我审视了一下自己的处境。我并不担心热带疾病。我更害怕的是,我在加德满都吐出来的东西又回到了我的身体里。我知道从医学角度来说这很荒谬,但感觉就像是我被某种心理毒液 —— 范太太所说的"邪灵"——控制了。它越来越强,而我却越来越弱。什么样的胃肠道检查能诊断出这种情况呢?

我打电话给在纽约的乔希。他惊慌失措,催促我坐飞机回家,但在此之前,他先和他的父亲 —— 一位神经外科医生谈了谈。霍维茨医生问了我几个问题,然后说我需要去看"纽约最好的热带疾病专家"。他会安排的。

有那么一瞬间,我曾考虑乘下一班火车回宋卡,到慧越的小屋里躲起来。不过我知道那是安定的作用。我得在美国接受治疗,然后尽快回到营地。我的朋友们会理解的,尽管我无法摆脱那种抛弃他们的感觉。毕竟,在没有正式文件的情况下,其他人都没有随意离开的特权。

在预定了单程机票后,我从槟城的医院办理了出院手续,坐上了飞往东京的飞机,然后又搭乘另一班飞机去往纽约。第二架飞机在阿拉斯加的安克雷奇停了下来,飞机在那里加油,我们通过了美国海关。我在走近海关官员时,看到墙上挂了一幅罗纳德·里根总统的装裱肖像,这让我吃了一惊。那是 1981 年 3 月。我不在的日子里发生了变化。

海关官员欢迎我回家。求你了,别拿走我的安眠酮,我默默地恳求他。他看了看我的背包，歪着头，好像在说，就这些吗？然后，他挥手示意我过去。我去了男厕所，吃了一片白色药片。

12个小时后，我走进父母的公寓，拥抱了他们每一个人。之后，我爬上他们客房里的沙发床，服下最后两片白色药片，睡了大半天。醒来时，我迷迷糊糊，过了一会儿才意识到自己身在何处。沙发旁边的书架上放满了我父亲的《现代文库》经典名著。我挑了一本福斯特的《印度之旅》（*A Passage to India*），打开一看，发现上面有一张贴纸，写着"西摩·米尔斯所有"。和我父亲一样，我在二十五岁时染上一种神秘的疾病，从亚洲被运回了家乡。

书架上有一本日历，我撕掉前一天的那一页，露出正确的日期：3月3日，星期二。我眨了几下眼睛，确保自己没有看错数字。那天是我父亲的忌日。他的两个箱子放在壁橱里，离我仅有几英尺远。箱子里有我想要的东西。

我在前一年放置它们的架子顶层找到了它们，把它们拿出来以后，我在里面翻来翻去，直至找到父亲的陆军航空队戒指。我把它戴在右手的无名指上，上面有凸起的五角星和展开的翅膀。戒指非常合适。

第三部

清算

21

回到纽约的第一周，我虚弱得无法下床。我的肠道时常发生剧痛，还有两次被送进了急诊室。要是没有睡好，我就会在醒来时感到头痛、恶心以及头晕，就像宿醉一样。梦中的暴力场面让我惊恐万分，醒来时，我会发现自己大汗淋漓，气喘吁吁。

我知道这里面有身心失调的因素。顾医生在槟城就告诉过我。但主要问题还在我的胃肠道，这一点很清楚。我所要做的就是诊断出这种热带病、癌症，或天知道是什么的病，开始治疗，让我的身体恢复健康，我都快不记得健康是什么感觉了。

我的第一站是乔希的父亲推荐的热带病专家主任。他研究了一下我黄疸状的眼睛，在我肿胀的腹部周围戳了戳，怀疑我得了肝炎，或者肝脏里有变形虫。当化验结果出来，显示这两者都不是的时候，他让我去看看胃肠科。

医生检查了我的上消化道，诊断出我患有十二指肠溃疡。

用药后，溃疡有所缓解，但我的症状却没有减轻。新一轮检查又发现我体内有贾第虫，它已经侵入了我的小肠。我开始服用阿托品，这是一种用于治疗肠道感染的恶心药品，令人不安的是，它还能治疗农药中毒。

一个月后，贾第虫消失了，但我依然饱受折磨。我的下一站是下消化道专科医生。他检查了我的大肠，发现有结肠炎。"可能是由你在亚洲感染的细菌引发的。"他说。他给我用了磺胺类药物，这让我一连在床上躺了好几天，头疼欲裂，浑身酸痛。有一天早上，我再也无法忍受，于是将药片冲进了马桶。

截至此时，我回家已有几个月的时间，感觉比先前病得更重。但更糟的是那些能够想见又永无止境的循环：新的医生→新的诊断→希望燃起→严苛的药物治疗→希望破灭→绝望。我感觉自己患上了某种狼人综合征，无药可解。与此同时，肠道的疼痛还伴随着视力的模糊和眩晕。

"你得去做一下多发性硬化症的检查。"母亲面无表情地说。我怀疑她有这种担心已经不是一天两天了。多发性硬化症并不属于遗传性疾病，但基因风险是可遗传的，所以我比普通人更有可能患上这种疾病。但说是多发性硬化症又不太像，甚至有点牵强。可我就像父亲一样，在亚洲出现了身心的双重崩溃，而他会出现这种状况，本身就很说不过去。

随着对父亲人生的镜映，我发现自己渴望他，想更深入地了解他。我紧紧抓住那为数不多的几段难以磨灭的记忆：当叔叔们在后院里谈笑的时候，我坐在他的腿上，他搂着我；我看着母亲用他轮椅上的黄色托盘喂他吃饭；还有入夜的时候，她将他从床上抱起时，我透过一团薄荷醇的蒸汽窥视他的场景。我能在脑中勾画出父亲在布朗克斯区度过的田园诗般的童年时代，哈罗德叔叔曾在我小时候与我分享过那些场景。我一遍又一遍地翻看他在战场上拍下的照片，那些他精心编制、填满了整本相册的照片。我却无法将这些记忆的碎片拼凑成一个有血有肉的整体。

装有他战时记忆的那箱沉重的信件召唤着我。我从壁橱里拿出纸箱，把它放在沙发床上，侧向一边。几十捆信从里面滚落了出来。在取下捆绑了它们四十年之久的陈旧的绿色橡皮筋后，我将信件分门别类，首先按年，接着按月、按周、按日。

从一开始，我就很快发现父亲并非我想象中的那种健壮、热爱户外活动的人，打从哈罗德叔叔告诉我他曾是他们童子军的领袖之后，我便有了这种质疑。他总爱在信中对他的母亲提及自己童年时的疾病——贫血、肺部斑块，还有慢性耳痛——及其毫无必要的担心。当陆军航空队授予他上士军衔的时候，他以一种已经获得了救赎的口吻在信中写道：

> 你以我为傲，这让我感到无比自豪。我可以站在你面前，带着我所有的军阶条——每只胳膊四条——对你说，看呐妈妈，这是你的胜利。这是你照顾了二十一年的小病秧子；是你认为无法通过军队体检的孩子；是你在十八个月零两天以前无奈放走的孩子。嗯，今天我感觉自己比以往任何时候都要健康，也更自信。我别无所求了。

我知道父亲及其弟兄对他们的母亲都很忠诚，但信中所流露出的深情对我来说仍很陌生。他热烈而坦诚地对她说："这封信是专门写给你的，因为它记载了我一直以来想说的话，只想对你说的话。"他在母亲节那天表达了自己的感激之情：正是母亲那颗"坚如磐石"的心，让他和他的兄弟们得以承受"整场战争的血腥"。当他得知自己的中队即将出征时——"下一步行动：前往非洲"——他对自己的哥哥表达了担心，害怕这个消息会"几乎要了她的命"。

与父亲对他母亲的崇拜不相上下的，是他对自己父亲的愤怒。我从信中了解到，祖父已经离开家，和另一个女人住在一起了。被遗弃的经历深深刺伤了父亲的心，他在描写自己的父亲时充满了愤怒与嘲笑，"他就像一只圣诞火鸡一样满嘴喷粪——他是个极度自怜，又极度自恋的人。叫他深吸一口气，把这些东西吹得远远的吧。"

另一方面，他对两个兄弟与对母亲一样珍视，他也会同样自由地表达对他们的感情。哈罗德叔叔比他小五岁。他经常给戴维和我放一些旧唱片，这都是他在战后创作和录制的流行歌曲，当时的他还梦想着成为一名歌手。事实证明，我的父亲也心怀同样的热爱。在他写给哈罗德的信中，满是他从军队里学来的歌词，以及他自己的渴望：

> 你永远不会知道，孩子，我有多想念你。当有人唱起歌时，我都会想起赫希绕着他们跑圈的样子。我们陷入歌声的狂欢，却少了你的帮忙。但我指的并不只是唱歌。要是有你来做我的副机长该多好啊。我从不相信"距离产生美"，对女性而言尤为如此。但与你和米尔特分离的确让我们三个走得更近了。我常常想起我们选择妻子的时候。我希望我的妻子能像我一样爱你们。

父亲写给米尔特伯伯的信同样充满爱意，但唤起的却是一种截然不同的渴望：那是对知己、对导师的一种倾诉。米尔特伯伯比我父亲大五岁，他是父亲在文学、音乐、政治和弗洛伊德心理学方面的北极星。

> 米尔特，你无法体会你的信对我有什么意义。的确，你会焦急地等待我的来信，但在你周身，依然存在着某种程度的安慰和理智。这里就不一样了。没有安慰，也不存在理智。是邮件将我与我的旧世界和旧生活生动地联系在了一起。

这些信件中充满了对丁尼生诗歌、福斯特小说以及阿伦特哲学慷慨激昂的批评。这是一场关于书籍和宗教的无休止的对话，也是一次对军队生活坦率而不加修饰的叙述。父亲才在海外待了几个月就遭遇了刻薄的反犹太主义，这对他的影响远远超出了他在布朗克斯区所经历过的一切事情：

> 我经常陷入喜怒无常、无法自控、缺乏耐心的状态。阅读土生土长的法西斯主义者的作品是导致我近来抑郁的原因之一。我的某个帐篷同伴说过一句经典的话："有时候我觉得我们杀错了人。"米尔特，我不止一次感受到了种族主义的威胁。我明明已经尽了自己最大的努力，却不止一次地感觉我

的愤怒上升到了沸点。现在我真想踹自己一脚，因为我没有走得更远，再远一点。这个人变得这么愤怒，他想知道为什么他要冒着生命危险，身居污秽，远离所爱之人，只为听到别人说这是一场犹太人的战争。

作为我父亲的顾问，米尔特还为他找了一些女性笔友，为他的归国生活储备可能的恋爱对象。米尔特曾面试过一位名叫埃莉诺·加兰特的年轻女子，这位女士想在他工作的哈莱姆图书公司谋个秘书职位，米尔特把我父亲的地址给了她。她常给父亲写信，但当她和另一个大兵坠入爱河之后，埃莉诺便将任务移交给了她最好的朋友——我的母亲。当时母亲还不到十八岁。"你会喜欢他的，"她被告知，"他是个很好的作家。"

这些信件清楚地表明，写作并不是他唯一的天赋。他最快乐的时候，就是扎进人堆里的时候——他既随和又健谈，他在自己的王国里相识满天下。当时，由日裔美国人和夏威夷人组成的第100步兵营在北非沙漠安营扎寨，父亲的部队就在旁边，尽管他的中队对"日本人"有着条件反射式的怀疑，但他还是立刻就与对方打成一片。他是那样地着迷于军营里的音乐，尤其是士兵们的歌声，他帮他们买小提琴、曼陀林和吉他，然后制作并主持了一场为其所在部队的军官们举办的表演。

这个性格外向、善于交际的人生性多思，常会写些文章来描述生活的无常，并在不经意的时刻被这些文字打动：

> 晚上，我们去看了一场露天营地电影。一个愉快的夜晚却以痛苦终结，因为返程时要途经一排意大利人的坟茔。黑暗中的白色十字架闪闪发光，那在突然之间确立了我们居于其间的现实主义。有三座墓上用意大利语标注着"逝者不详"。

父亲很快就承认了他的恐惧。在描述他的部队夜夜遭受德国空军的惩罚时，他写道：

> 我们在 25 天内被轰炸和扫射了 36 次，但幸运女神眷顾了我们。"你的英雄"被吓坏了——不是那种空想出来的恐惧，就是最普通的那种害怕。在看着那些银色机翼上的黑色十字架立志要锁定你的时候，还有在听到炸弹的呼啸声后抱着地面祈祷的时候。接着，一切都会结束，你会嘲笑自己，直至眼见弹坑和弹片，或者下一次攻击的来袭。你会意识到每块肌肉变得有多紧绷，而一个人的幽默感又是如何逐渐消失的。

1943 年 5 月，他的母亲高兴地告诉他，他在地标性建筑前景剧院主办的比赛中获选为"布朗克斯区最受欢迎的大兵"。父亲保存有一张照片，照片上记录下了祖母和我的叔伯们代替缺席的父亲从一位军官手中接过奖章的场景。但是这个奖并未使父亲振奋起来——事实上恰恰相反：

> 要开这个口很难，因为我不想伤害您的感情，也不希望被您误解。当然，我对这则剪报的第一反应是自我膨胀，但我还没有自大到会信以为真的地步。相反，它造成了一种精神衰退。最让我伤心的是他们用了"英雄"这个词。这让我有点生气。这是一群平民在为他们素不相识的士兵的勇气投票。不久前，我参加了一个追悼会。我们面前摆了排成一排的 90 多个十字架——对于守住一个重要的阵地来说，这是一个极其微小的代价。但在他们身后，有 90 位母亲、父亲、妻子和儿女在哀叹这 90 个英雄的丧生。可那些孩子并不想死，我也不想，我们当中的任何人都不想死。

在这封信寄来的 4 个月后，米尔特写信告诉我们，因为患了淋巴瘤，祖母快不行了。"我快疯了。"父亲对他的兄弟和母亲说：

> 相信我，我会千方百计，不遗余力。今天是犹太新年的前夜，仪式已经安排好了。我参加仪式的决心大大增强了。当迫在眉睫之时，人必须求助于比自己更伟大的东西。我不只是会求助，而且会让自己低到尘埃里求助。求你了，妈妈，等等我，求你了。

病情恶化对于他的母亲是一场痛苦的折磨，因为吗啡不够，情况变得更糟。我从叔伯们那里得知，在患病期间，她曾两次试图自杀。米尔特不愿让我父亲知晓现实最残酷的一面，但他仍能从字里行间读出来：

> 米尔特，今天收到你的信时，我哭了——毫无羞耻心地哭了。我的眼泪为你而流，也为母亲而流。我意识到你在过去的一年里经历了怎样地狱般的痛苦，你因为我们、连同我们大家一起承受了怎样的痛苦。母亲将不久于人世，对于这一事实我已完全接受了。我只希望能在约定的时间之前回家看看母亲，不管她的身体状况如何，我都想让她稍稍安心。其次，我希望尽可能多地补偿你们。等这一切结束

之后，军功章上理应有你们的一份，因为战斗的惨烈程度甚至都不及你们的一半。

父亲紧急告假，但当时正值意大利入侵期间，军队拒绝了他的请求。2个月后，在于那不勒斯城外驻扎期间，他收到了母亲去世的消息：

我没有哭，米尔特。我不能哭。但我的心一直在流泪，直至痛彻心扉。坦白说，我的想法已变得病态、夸张并且自怜。对我来说，没有了那个我们习惯称之为"母亲"的朋友，"家"会是什么样子？

在这封信里，父亲第一次暗示他生病了，他向米尔特透露，在入侵意大利之后，他就住进了医院：

在过去的几个月里，尽管偶有轻松的时候，但生活仍然宛如地狱。12月1日至5日，我住进了一家医院，医生含糊地将我的病症诊断为"精神神经症"。那些人永远不会让我忘记我在"疯子病房"待了五天的事。虽然这里没有暴力，也没有武装警卫。有的只是一群厌战的大兵。

坏消息接踵而至：父亲得知海军在一年前征召哈罗德入伍后，又要求征用米尔特。他用五个简短的步骤描述了"我们家族的彻底沦陷"——父亲的离开，母亲的去世，三个儿子各自被迫为国效力。也许正是这种阴暗的心境促使他坦白了自己的状况：

> 出了点事。我们中队的医生总结得可真好，说我"越来越无法保持平衡"。所以我才在医院住了五天。当时，他们给我做了一些"心理"测试，并坚称是过度敏感、妈妈生病的消息等导致了我的异常。不过，不管当时我受到了什么打击，现在肯定都已经烟消云散了。我又去看了医生，并预约了医院的检查：全面的神经学检查和眼部屈光度检查。我有充分的理由相信，问题可能出在我的眼睛上，只要戴上眼镜就可以矫正。同时，别担心。我也不担心。我最担心的是有人会走掉，把我扔下。

父亲的身体出了问题，而医生们也不知道为什么。他的眼部和神经系统的检查结果都很正常。他写道："医生判断不是器质性病变。"他的症状显示出一种"绝对不会危及生命"的失调。但他再次被送往其中队所驻扎的卡拉奇当地住院治疗，并接受观察。"所以，我现在在神经病房里，报复性地过着轻松的生活。"

米尔特肯定还没有放下心来，因为他给我父亲在中队的一个朋友写了信，我找到了那个朋友的回信：

> 一切问题似乎都出在斯的眼睛上。这让他深受其扰。他还抱怨会头痛和失去平衡感。我经常看到他站着不动的时候也会前前后后地晃来晃去。但他现在完全好了。没什么好担心的。

中队从印度调到了中国成都，每天早上，父亲都要走上半英里的距离才能从食堂走到机库，累得筋疲力尽。他需要躺下休息。他的上司指责他装病，说他是因为"妈妈"去世了，所以想被遣送回国。我父亲把他拉开，狠狠揍了一顿。

上军事法庭几乎已成定局。然而，基地指挥官不顾父亲的反对，坚持说他是"精神病患者"。

> 我终于放弃了抗争，顺从了他。我接受了一个"催眠测试"，关于这个测试我能透露的不多，因为他们告诉我要忘掉这测试里的一切。两天后，他们让我准备好去印度。现在，我已经在印度的一个中转站被困了好几天了，正等着被送去综合医院。我

搞不懂这代表什么。或许这预示着我要去休养营、住院甚至回国。他们立即就派了一个人监视我。如果我不是这么累，我一定会为自己这种隐秘的力量而深深陶醉。这出悲剧真是充满了幽默色彩。

他被送到了加尔各答的陆军第 263 医院，就是我和乔希苦苦寻找的那家医院。他在给米尔特的信中写道："我正充分利用这一令人遗憾的状况。住院并不是件愉快的事——太多限制了。"但另一方面，他也有很多能帮他转移注意力的事物，包括他的新室友。"有了你的心理学背景，我能更深入地了解各种神经症患者、痴呆症患者、偏执狂和慢性酒精中毒患者。但是，像你这样的人是不会沦落到这种地方来的。"

医院的精神科医生得出结论，说这是他对长达 16 个月的战斗产生的延迟反应，此外，他也对那两名拒绝让他休假去看望他垂死的母亲的军官出现了"强烈的、内耗式的仇恨"。医生说，他还对自己父亲的新婚生活心怀怨怼，并且，他难以接受"这世上存在着会盲目地、带着恶意去厌憎他人的人"——父亲称之为吉姆·克劳主义。"我面对的是一个毫无准备，甚至令人恐慌的未来。"他向米尔特吐露道。

这是个奇特的恶性循环：我对精神的关心导致了躯体上的损伤，而当我关注自己的身体，精神状态又会更加糟糕。这些问题并非无解，但只是去想它们也于事无补——反而让我更加痛苦。

　　事实令人心碎：当他藏在散兵坑里躲避德国空军的俯冲轰炸机时，真正杀害他的罪魁祸首——多发性硬化症——正悄无声息地纠缠着他。到 1943 年，他的免疫系统对神经系统发起了偷袭，保护神经纤维的髓鞘遭到侵蚀。这些新近受损的纤维破坏了他大脑和身体之间的信号传递，导致了视力模糊、头晕和疲劳的症状，而这些都是这种疾病的早期特征。军医们对这场神经系统的内战视而不见，而是继续进行着弗洛伊德式的徒劳的追逐。

　　我父亲开始在信上署名"你的精神神经症患者"。住院治疗眼看就要结束了，他很想回家，他给米尔特的信件内容全都是关于即将到来的团聚：

　　　你知道，我对你的忠诚与爱是无限的——正是因为有了它们的存在，我才有可能写出这样一封信。我信守了承诺，对你知无不言，但从没允许自己过度沉湎于各种可能性之中。现在，因为你的疑问，我必须破例了……医生已经跟我说了，让我完成自己的治疗。这个决定无疑是一张返回美国的机票。命运的齿轮开始转动了。振作起来，伙计。最后，那孩子一定会回来的。

一个月后，他的调任文件来了，他被完全置于军队医疗委员会的控制之下。"三年半后，我与中队的关系彻底断绝了。"他冷酷无情地写道。

父亲写给米尔特的最后一封信是 1944 年 10 月 26 日，从纽约波林的陆军空军康复医院寄出的。他们决定把我父亲遣送回国。

我从父亲在波林结识的好友格里·雷曼那里得知：到了波林后，父亲被安置在精神病病房，"与精神病患者和情绪不稳定的人住在一起"。父亲会不时出现许多的躯体症状——腿部痉挛、跛行、复视、膀胱痉挛——但精神科医生却专注于"稳定"他的精神。格里觉得这很讽刺："你父亲是我认识的最稳重的人。但就连他自己也相信这一切都是他的幻觉。"

故事的剩余部分是米尔特伯伯告诉我的。在波林待了 5 个月后，父亲并没有好转。1945 年 3 月，他已经具备了退伍的资格，但他非常担心自己会被归到第八类人群中——精神不健全——这代表他将无法得到退伍军人的福利。

在波林的最后一天，他去做了出院体检。那天精神科主任不在，所以为他看诊的是一位年轻的神经科医生，他检查了他的眼睛，让他在房间里走一圈再走回来。过了整整五分钟后，医生对精神科的工作人员喊道："把这个人弄出去！他有多发性硬化症。"

"那医生真是个天使，"米尔特伯伯告诉我，"如果那天早上他没有出现，我们的生活会大不相同。事实上，你可能就不会在这里了。军队将他的身份改为了'全残'，这意味着他余生都能获得经济支持。"

父亲回到布朗克斯区的公寓，与他的兄弟们住在一起。他不想再学工程学了，这也是他选择陆军航空队的原因。相反，他决定主修英语，当一名作家。他被纽约大学录取了，尽管他的残疾越来越严重，每天放学后，哈罗德叔叔都要背着他爬四层楼梯。但对这对兄弟来说，重聚是令人喜悦的事情。忆起往事，米尔特伯伯当着我的面伤心落泪。

至于哈罗德叔叔，他告诉我，在我的成长过程中，他断断续续地抑郁了十年。在接受治疗后，他意识到这是季节性抑郁。每年 3 月的第一个星期，也就是哥哥去世的那一周，他都会被阴郁的情绪所笼罩。

通过父亲的文字，我偶然发现了他们弟兄几个感情如此之好的原因。他的去世给这个家庭留下了巨大的创伤，现在我明白是为什么了。米尔特和哈罗德的出生年龄相差十岁，长子对幼子而言，与其说是兄弟，不如说是父亲。是斯，这个站在中间的人，把他们弟兄三个联系在了一起，不只是弟兄，还有整个家族。这就是在我出生的头几年里，大家都围着他转的原因。

叔伯们说，那么多的家人和朋友之所以一直前来拜访，并非出于义务，而是因为大家在一起真的很开心。我的父亲，这位社交大使，把他们凝聚在了一起：他中队里的人，波林的伤残人士，战后照顾他的护士。即使瘫痪在床，他仍需要与人交流，需要欢笑，需要去爱，他的慷慨精神使他深得爱戴。我从出生的那一天起，就一直被这种家庭的温暖所包裹着。到他去世以前，我都始终感受着这种浓浓的亲情及归属感所带来的安慰。

但我从来没有机会听到父亲的声音。现在，在我读过他的几百封信，有时甚至为此彻夜不眠之后，我不仅听到了他的声音，还了解了他，感受到了他的存在。

我发现他就像我的叔伯们一样，温暖、得体、风趣、富有同情心——是个品德高尚的人。但他以一种独特且令人难以置信的方式融合了兄们的特质：他是个忧郁的外向者，对人类持悲观态度，却又会不可抗拒地被他们所吸引；他有脾气，无论是种族主义者还是自己的父亲，都能点燃他的怒火；他对文化充满热情，无论它们是高尚还是低俗，是熟悉还是陌生。更重要的是，他把所有这些矛盾，所有关于他是谁的东西，都融汇到了水晶般透明的散文写作之中，即便是在伤人的时候，也保持着不加掩饰的坦诚。

我爱他，钦佩他。在我二十七岁的时候，我第一次看到了我们之间原本可能存在但又从未存在过的纽带。这是一种全然不同的丧失，不是像死亡那样的单一灾难，而是一种有增无减的终生缺席。尽管如此，我还是安慰自己——我一直被这个了不起的人所拥抱和珍视。我是他的儿子，我的身体里承载着他的精神。

一直以来都是这样——我只是忘记了。当我七岁时，父亲的存在对我来说就像自己的心跳一样真实。就在那一年，我看了电影《旋转木马》，并从中了解到，父亲实际上一直在守护着我。我会坐在卧室的地板上，唱着《你永远不会独行》（*You'll Never Walk Alone*）——在这部影片中，这首颂歌总会在黑暗时期传达出安慰、希望与复原的力量。20年后的今天，我发现自己再度唱起了这首歌。

22

医生告诉我，我没有患上多发性硬化症。这么一来，从医学上讲，我的人生轨迹已与父亲分道扬镳，但我仍然虚弱不堪，不知道自己得了什么病。我再次给乔希的父亲打了电话，向他重述了我所经历的一连串检查、程序和治疗。

"从你告诉我的情况来看，斯蒂芬，听起来你像是患上了精神方面的问题。"那位神经外科医生说。

"你是指什么？"

"你的症状是真实存在的，但倘若没有器质性疾病，那么我们就要治疗恐慌，并试着让你感觉好一点。"

"好吧。怎么治？"

"我想让你看看肯·格林斯潘。他是最好的精神科医生。专长是生物反馈疗法（biofeedback）。要是说有谁能帮到你，那非他莫属。"这是我最不想听到的。他是要把我放逐到精神神经症患者的王国里，那个我父亲一直在苦苦挣扎的国度之中。

做了一些功课后，我了解到，格林斯潘博士是哥伦比亚长老会医学中心压力相关障碍中心的主任，他是生物反馈领域的先驱之一，并使这项技术成为主流的医学治疗手段。他成功地治疗了从高血压到偏头痛，从慢性焦虑症到痉挛性结肠的各种疾病。不过，他依然是一名精神科医生。

我一直拖着没给他打电话，直到渴求压倒了绝望，才约了个时间。坐地铁到达他位于上西区的诊所之后，我的身体瘫倒在坚硬如石的长凳上，靠在涂鸦玻璃上的脑袋也嘎吱作响。

格林斯潘在他宽敞的、可以俯瞰 79 街小港的滨河大道公寓里迎接了我。这个四十多岁的高个秃顶男人昂首阔步地朝我走来，咧嘴一笑，伸出手，充满自信。在自我介绍之后，他把我领进了他的办公室，这是个小小的房间，里面有一张桌子，两把真皮休闲椅，还有一排高高的电子设备，上面闪烁着灯光，挂着一堆乱成一团的彩色电线。

我讲述了过去几年的经历，描述了我的症状，而且，因为他是一位精神科医生，我还分享了几幕在我梦境中不停上演的恐怖场景。然后我停了下来，等待医生的裁决。

"你来对地方了，"他说，"我很高兴你看了那么多医生。要排除任何潜在的疾病或状况，这是很重要的。但我现在可以告诉你，你得的是炮弹休克症（shell shock）。"

"我不明白，"我说，"炮弹休克症不是战争造成的吗？我从来没打过仗。"

"也许是这样，但你现在沉睡在一场战争当中。"

"你是指什么？"

"你会闪回到某些令人难以承受的死亡经历里面。当到了晚上，你的防御能力下降，它就会被触发，再让你的神经系统陷入过度警觉、压力、肠道疼痛、疲惫和抑郁的恶性循环。你在战场上陷入了沉睡。难怪你的系统没法正常运作了。你处于高度戒备状态，就像一个认为自己随时会被枪杀的人一样。"

"我只经历过一次濒死体验，"我说，"就是我跟你说过的在尼泊尔过量服用药物的事。会不会是这件事导致的？"

"有可能，"格林斯潘回答，"但我们现在并不需要知道确切的原因。首先，我们得让你放松下来。压力会要了你的命。我们会给你的大脑重建一条新的回路，教给你一种与世界互动的新的模式。"

他叫来了助手，把一些彩色电线连接到我头上、胸前和手上的小型传感器上。当她离开后，格林斯潘向我展示了如何通过对机器的反馈做出反应来减缓呼吸、降低心率，甚至提高皮肤温度。

我很快就掌握了放松反应的窍门。这种减缓机器的蜂鸣声、让其亮起好的信号灯的挑战让我觉得很享受。在治疗结束时，我可以感觉到自己的紧张和焦虑正在消退。

在我离开他的办公室之前，格林斯潘给我开了一张氟西泮（Dalmane）镇静剂的处方，以帮助我安然入睡。他说，没有它，生物反馈也是白搭。然后他递给我一盒磁带，一面写着"主动放松"，另一面写着"被动放松"。

"每天听其中一个，"他说，"还要做些运动，跑步或骑自行车都行。让能量流动起来是治疗抑郁最好的解药。我每天都骑自行车。事实上，我现在就要去骑车了。性生活也是一剂良药，"他热情地补充道，"运动和性。这些都是天然的抗抑郁药。"

我开始每周去看格林斯潘两次，接受生物反馈治疗，同时，氟西泮带来的安稳睡眠也让我十分满意。每天早上，我会强迫自己绕着史岱文森椭圆球场跑一圈，或是骑着自行车穿越东村。当我的一个旧情人来镇上做客的时候，我遵照医嘱，连续一周每天都和她做爱。她也想尽自己的绵薄之力来帮助我康复。

格林斯潘对我的进步很是满意。我的身体仍然很虚弱，焦虑也很容易发作，但我终于觉得能够面对这个世界了。此外，我别无选择：我破产了。

我去了美国红十字会担任救灾专家。我开着他们的一辆白色旅行轿车，在遭到轰炸的南布朗克斯区处理夜间发生的火灾，清点损失并将受灾家庭疏散到临时住所。在过去十年里，南布朗克斯区已经成为全美城市衰败和破坏的象征，整个街区都被烧成了一片废墟。

第一天晚上，调度员把我拉到一边说："听着，我的白人朋友，无论你做什么，千万别脱下那件红十字会的夹克。没了它，不到十分钟你就会被枪毙。"肯定有压力不那么大的赚钱方式吧，我想。尽管如此，我还是觉得自己这辈子都是个救灾方面的行家。至少现在我能因此而得到报酬了。我从父母那里搬了出来，转租了姐姐在史岱文森镇附近的公寓。

3个月后，我逃离了红十字会，因为当时我的健康状况开始急剧恶化。安眠药已经不起作用了，夜惊的症状再度卷土重来。我的梦境生动而无情：全副武装的警察把我拖去严刑拷打；劫犯闯入我儿时的家，将我的家人开膛破肚；年轻的士兵因烧伤、截肢和弹片伤而发出痛苦的尖叫。每晚睡前，我都会恳求上天赐我一个小时的安眠时间。但我从未如愿。

如果我还在布朗克斯区忙活的话，旧病复发或许还说得通，但我现在是一家非营利筹款机构的文案，这是我通过母亲找到的工作。我不知道筹款文案是干什么的，也不在乎，只知道这听起来比在枪林弹雨中追逐四级火警容易多了。

刚开始工作，我就在想自己是不是犯了错误。在红十字会的时候，我所要做的就是出现在现场，勘查被烧焦的公寓残骸，然后把受到创伤但心怀感激的一家人领回到他们的临时住所。自从四年前协助玛格丽特·米德之后，我就再也没有从事过真正的办公室工作了。现在我又回到了专业人士的行列，感觉生疏了，也没有了信心。

"胡说八道。"当我分享这些恐惧时，乔希这样说道。

"你天生就是做这种工作的料。你有强迫症，是个完美主义者。"他没说错。我从亚洲回来时，带着一份细致入微的会计账簿、一卷精彩非凡的幻灯片和一打厚厚的日记本。我需要这份工作来填满我的脑子，否则我肯定会发疯的。

但几周之后，当结束漫长的一天工作，走进公寓时，我已经累得连饭都吃不下了。我连衣服都没脱就瘫倒在了床上，并向我无休无止的残酷梦境缴械投降。一天早上醒来的时候，我的身体因恐惧而变得僵硬。一个小时过去了，妄想症还不肯放过我，所以我打电话请了病假。

不过，我还是遵守了与格林斯潘的约定。他的助手照例给我接上了一排电线。我紧紧地靠在皮椅上，心跳加速，浑身发痒，拼命地想从那儿逃走。这是一次全面的恐慌发作。格林斯潘却无动于衷地打量着我。

"如果可能的话，我更倾向于不使用谈话治疗，"他说，"它往往会唤起你更多的思考，但坦白说，你并不需要思考。"他的口气开始靠近那个越南僧人慧越了。"但在你这种情况下，我们别无选择。"

格林斯潘拔掉了我身上的电源，我们聊了40分钟——关于我的梦境、职业生涯，还有人生历史。不过大多数时候，我们谈论的是我的恐惧：对人的恐惧，对死亡的恐惧，最重要的是，对自己身体的无尽恐惧。结束之后，他给我开了三环类抗抑郁药丙米嗪（Tofranil）和另一种安眠药。他说："丙米嗪能在治疗抑郁症方面给你一些帮助。"

服药仅有几天，那种持续的恐惧就消失了。我体验到极为古怪的疏离和冷漠，但它确实让我不再绝望。晚上，我仍然会做噩梦，但梦境的强度有所减弱，早上起来也不再觉得浑身乏力了。我又能做生物反馈了。每当我做不到的时候，格林斯潘就会解开我身上的设备，与我讨论我的梦境。

"所有这些暴力都是被压抑的愤怒，"他说，"你太愤怒了，斯蒂芬。多年以来，你要么把它转化成自己的学业成就，要么就压抑它，将它发泄到自己身上。你现在就是这样。"

"我从不生气啊。"我反对道。

"就是因为这样。"他说。

抗抑郁药让我恢复了工作能力。原来我是个天生的筹款文案。我对弱势群体很感兴趣，也喜欢讲述他们的故事。几个月后，我被提拔为纽约公民自由联盟和美洲原住民权利基金会的客户代表。我沉浸在他们的宣传活动中，对那些议题和项目驾轻就熟。

我又开始和朋友约会了，还和一个女同事发生了婚外情。她性欲旺盛，生活在一个心理治疗邪教组织当中，是那种只能在曼哈顿上西区才能找到的人。事情进展得这样顺利，以至于那年夏天我就不再见格林斯潘了。何必还要花这个钱呢？

这段时间的心理死缓不过是昙花一现。我很快就崩溃了，并在突然间患上了广场恐惧症，在地铁和电影院里都会惊恐发作。我的梦境乱成一团，我一直在哭。性生活也成了禁区。那个女同事对我的吸引力消失了，取而代之的是我对这个赤身裸体的陌生人的厌恶。我渐渐对过去半年苦心经营的生活失去了控制。

终于，一个梦境将我推到了崩溃的边缘。我在战场上，穿过地下隧道追击敌人。当我将他们逼入绝境的时候，他们自焚了。我惊恐地看着他们的面庞消融殆尽。接着，我被俘了。他们的士兵用心理战把我给打垮了。我试图坚持自己的身份，但无济于事。他们准备阉割我，把我变成他们的笑柄。不过几秒钟的时间，我就会变成一个没有思想的白痴，完全忘掉自己曾经是谁。

我在剧痛中醒来，仿佛全身的骨头都断了。我头晕得坐都坐不住，确信自己可能已经被阉割了。还是说，我终于疯了？

随着梦境的松动，我变得沮丧起来。距离我从亚洲回来已经 18 个月了，我自欺欺人地以为自己已经比以前好多了。但事实并非如此，我还是不知道是什么在纠缠着我。我知道第二天会是什么样子，也知道之后的每一天都不会有变化。何必还要延长这种痛苦呢？

我抓起那瓶安眠药，拧开瓶盖，往手掌里倒了几十颗。我搜索着标签上的警告信息，想确定这个分量是否足以致命。

"该死的格林斯潘。"当我看到瓶子上的他的名字时，我大声说。他从来没有说过我到底有什么问题，只是说了一些关于愤怒的废话。如果我动了自杀的念头，也是因为他欠我一个诊断。我把药片放回瓶子里，拨通了格林斯潘的电话。他的助手接了电话。我告诉她事态紧急，她就安排我当天下午过去。

格林斯潘微笑着欢迎我，就好像他一直在等待我来求救。我讨厌他的沾沾自喜。他挥手让我去他的办公室，但我不为所动。

"我不是来做疗程的，"我说，声音有些颤抖，"我不会再回来了。我的情况很糟。我只想知道你的真实想法。我知道心理医生不会这么做。但这就是我想要的。"

"今天早上发生了什么事？"他问。"你为什么打电话来？"

我把梦境的内容告诉了他，说，"我很确定我快疯了。自从尼泊尔事件之后，我还从没这么恐惧过自己的身体。

这一切都要追溯到这件事,不是吗?"

"不,不是的,"格林斯潘摇着头说,"你的问题与在尼泊尔发生的事情毫无关系。"

"那它们又与什么有关系呢?"我问。"告诉我吧。求你了。"

"听着,斯蒂芬,我不知道你的童年埋藏着什么,但那里存在一些深刻的羞耻感。你非常害怕被曝光,害怕被抓住,就好像你做了什么天大的坏事,下半辈子都不得不躲着这个世界。所有这些看着别人被火焚烧的梦境,都是关于你自己的,关于你身体的毁灭。你是在亲眼看见自己的死亡。所以那些梦境才这么可怕。"

"但为什么是现在?"我恳求他,"为什么现在情况变得更糟了?"

"因为你的工作。你在难民营或南布朗克斯区会感到安全,是因为你在情感上与那些世界保持了距离。可是现在,你回到了你的世界,和你的同伴,你圈子里的人待在一起,当他们靠得太近时,你就会害怕与他们产生联系。你会退行到羞耻感中,回避真正的情感交流。所以你才会再度体验到空虚和绝望的感觉。"

他听起来是那么冷漠无情。但这是我自找的。

"我不知道,"我说,"有几个月,我感觉我的身体好多了。"

"因为生物反馈和药物为你争取了时间，但不管你吃多少药，也不足以杀死你身上的恶魔。"

我摇摇晃晃，突然无法站稳，接着，我便发现自己跌坐在了他的沙发上。

"我放弃了，"我轻声说，"告诉我该怎么做。"

"我能做的都已经做了，"他说，"你需要接受一些强化心理治疗。这会很痛苦。你的梦境会在一段时间内变得更糟。但如果坚持下去，你就能克服它。我知道你可以。可你必须下定决心寻求帮助。如果不这样做，你就只会自取灭亡。"

他的语气不再冷漠，有的只是担心。这位医生告诉我，我在情感上受到了伤害，但我有能力帮助自己。这是我以前从未想到过的。我体验到了一种奇怪的、全新的感觉：希望。我答应格林斯潘第二天就给治疗师打电话。

那天晚上，我躺在床上，为了医生所说的"深刻的羞耻感"而绞尽脑汁。明明没有什么明显的原因，可我何以会痛苦至此？

一年后，当我读到这段时间的日记时，我惊呆了。他们就差把丹·法里内拉的名字挂在霓虹灯上闪个不停了。我梦见自己被阉割了。我梦见我被一个暴徒玩弄，他就像一只戏弄老鼠的猫一样把我打死了。我梦见自己一边打飞机，一边向一个无情的法西斯独裁者敬礼，还试图把自己藏进一群谄媚的人里。

我并没有把所有这些梦都告诉格林斯潘，但他就像福尔摩斯一样，仅凭手头的证据就推断出我恐惧背后隐藏着的创伤与羞耻。然而，案件本身仍未侦破。那就好像我在研究着一整排的嫌疑人，却无法找出那个就站在我面前的凶手。

23

治疗刚开始的时候，我的梦境的确变得更糟了，这与格林斯潘的预测是一致的。这些梦同样充满杀机，但现在它们都发生在同一个地方：我儿时在东梅多的家。噩梦的主角是我母亲和肯。他们夜复一夜地向我咆哮，攻击我，把我赶出家门。母亲还曾在某个可怕的情节里把我给生吃了。在这些梦里的我始终在后院挖着坟墓，试图埋葬某具尸体，但这一举动只是加剧了母亲的愤怒。

"你还没有完全埋葬你的父亲。"当我告诉我的新治疗师关于夜间挖墓的事时，他干巴巴地说道。完全埋葬？我什么时候开始埋葬的？

我是在面询过几个心理医生之后，默认选择眼前的这位。其他人看起来要么太过冷漠，要么太像个预科医生，再不然就是太老了。我不知道我在找一个什么样的人，但至少我能和这个人产生共鸣。他在长岛的某个离我不远的地方长大，是我很熟悉的那种人物，就像高中国际象棋俱乐部里那些聪明的犹太孩子一样。他三十出头，长得很像年轻时的爱因斯坦：黑发浓密，胡子很多，两眼深邃，戴着玳瑁眼镜。我之所以深入这个每周两次的探险，是为了寻找致使自己深度蒙羞的原因，而对这趟探险而言，他似乎是个可用的向导。

近来的证据都指向我母亲。她再婚后，我越来越害怕她那难以预测的、有时涉及身体的虐待行为的爆发。我们彼此之间曾经存在的亲密感消失了，取而代之的是我对她的愤怒以及拒绝的恐惧。七岁那年的我还在等待父亲的归来，而她却表现得好像父亲从未存在过一样，她否认了我们共有的过去。

现在我突然想到，在照顾父亲多年以后，母亲可能已经麻木到毫无知觉了，悲伤更是无从谈起。为了应对这场磨难，她把这件事从意识中抹去了。这就难怪，当我在梦境中拖着她前夫的尸体四处走动的时候她会被激怒了。她知道我一直在读父亲的信，在和叔伯们聊天，在更多地了解他的生平。我触犯了她的禁忌，重温了她的过去，挖出了那些对她而言难以启齿的事情。我知道这种情绪的疏通很痛苦，但将其淹没只会延长这种痛苦。

"我想问你一些关于我父亲的问题。"有一天，我趁肯去上班的时候，顺道去了她的公寓。

她的脸色变了。

"斯蒂芬，我不明白你为什么对这事这么着迷。我的意思是，你是不是也要和肯谈谈，了解一下他的家族史呢？"

"不，我不要，"我试着保持冷静，"肯有自己的一双儿女。但如果我都不记得我父亲，你还指望谁能记得？"

"我一直不明白你为什么这么抗拒爸爸。"她说的是肯。

"我从来没有抗拒过他，妈妈。我一直很喜欢他，但我需要和我的生父建立联系。到了今天也一样。你怎么就不明白呢？想想你自己的父亲吧。"

"你在说什么？"她问道，脸上露出一种又伤又惊的表情。

"他可是在你十二岁的时候就死了！"我说着，提高了音量。"那是什么感觉？你怎么就能轻易把他给放下了？"

她的面部扭曲，下巴颤抖着。我想我做得太过分了，因为母亲将自己封闭了起来。过了几秒钟，她抬起头来，很受打击。

"他第一次中风时，我才九岁，"她说，"我母亲在家照顾了他一年。但她患有肺结核，身体也很虚弱。每天早上，她连给他穿衣服都很困难。父亲卧床不起。当他开始大小便失禁的时候，母亲就把他送进了一家犹太养老院。"

"你去看过他吗？"我问。

"去过。太可怕了。他是个好人，那么和蔼可亲。他只想坐在窗边的摇椅上读他的希伯来语书。但养老院的人因为他信教而羞辱他。我无法忍受他们那样对待他，所以我不再去了。我母亲每周日都去。她回家时总是哭。"

"他在那儿待了多久？"我问。

"两年。他的死是件大事。我父亲是一个受人尊敬的人，博学多才。拉比们都来守灵。他们让我在集会上念犹太祷文。"她惊愕地摇了摇头。"你不知道这有多不寻常。让女孩来念犹太祷文，简直闻所未闻，而且我只有十二岁！但我一直在学习《妥拉》。他们知道，我是他从未拥有过的儿子。"

"你念了犹太祷文？"

"是的。持续了一个月，每天的集会上都念。"她陷入沉思，叹了口气。

"怎么了？"我问。

"虽然我念了犹太祷文，但我想，我从来没有真正悲伤过。我们太穷了，我母亲又生病了。我们只是想活下去。"

"这种艰难真是让人难以置信。"

"你知道，斯蒂芬，我经常在想，我的第一次婚姻和我父亲的病有多大关系。"

"你的意思是？"我问。我完全明白她的意思，但我很惊讶她会承认这种关联。

"我父亲是个病人。我丈夫也是个病人。我只知道这些。"

卸下防备之后，母亲告诉我，在经历了战时与父亲的通信之后，他们是如何在朋友的聚会上相遇，展开一段闪电恋爱，并在 2 个月后结婚的。"在那之前，我一直活在保护之中。他为我打开了一个全新的世界：他的兄弟，他的朋友，还有那个庞大的社交圈。他们做什么都在一起。我突然拥有了一个部落。"

我问她是什么时候知道他生病的。

"他很早就告诉我了，"她回忆道，"我去了图书馆，仔细研究了一下，但我真的毫无头绪。我们宣布订婚时，你伯伯米尔特来了我的办公室。他是个好人，他想让我知道我要面对的是什么。退伍军人事务局的医生告诉他，斯只有 2 到 14 年的寿命。我对米尔特说：'如果这两年我们能在一起，对我来说就足够了。'"她会意地笑了。"我那时候真年轻，真浪漫啊。"

他们结婚以后，我父亲再也不能开车了，所以母亲辞掉了法律秘书的工作。退伍军人事务局给了她一笔津贴，让她送父亲去纽约大学接受物理治疗。一年后，父亲没法走路了，她开始用轮椅推着他上学。当父亲的手再也没法打字的时候，母亲就开始为他听写。

"他在写故事和广播剧，"她告诉我，"其中一些是纽约大学广播电台制作的。有两位教授非常支持他。其中一位常在西村请我们吃饭。他认为斯写的那些关于战争的故事非常精彩：剥夺、偏见，以及所有那些精神科医生。他的作品很黑暗，但也很有趣。"

"那些作品你还留着吗？"我问。"我很想读一读。"

"没有了。我也不知道它们去哪了。我们一定是把它们落在路上的什么地方了。"

我的遗产——就这么没了。我如鲠在喉。

他们的一个好朋友一直在为那个时代最受欢迎的喜剧节目《艾伦秀》写剧本。他答应让我父亲进入这个圈子。但等到父亲毕业的时候，他已经没有能力继续工作了。我父母祈求世上出现灵丹妙药，但没有一种新药能缓解他的症状。

"我知道，你小时候我不告诉你这些事，这让你很反感，"母亲说，"但这些事很难启齿。即使到了现在也不容易。我是做了一些丢脸的事情，但我们依然拥有完整的尊严，因为我们从不抱怨和呻吟。我会感到生气，然后独自离开。那是我的骄傲，与你父亲无关。我爱他，但我有一大堆的愤怒，还有许许多多的沮丧。我处理得不是很好。我们从未谈论过他的病情。从来没有。但正因如此，我们才能渡过难关。"

我的治疗师向我保证，我是真的有进展了，他将我的愤怒和羞愧追溯到了与母亲的不和谐关系及丧父之痛之中。但我还在被噩梦惊扰，在梦中，我被一个面目模糊、死性不改的敌人盯上了。当他抓住我的时候，他会用棍子打我，肢解我，或者活活烧死我。

从这样的噩梦中醒来以后，我会从床上跳起来，在房间里搜寻虐待者的踪迹：壁橱里、床下面，还有门后。我一遍又一遍地检查，直到确定没有危险，然后又会陷入同样的恐惧循环。

正如格林斯潘的观察，我的神经系统会在夜间崩溃，并对我的身体造成严重的破坏。天亮的时候，我觉得自己好像在笼子里蹲了好几天：手和脚被绑在原地，头部遭受重创，脖子绷得紧紧的。全身发麻，动一动都很痛。我会疯狂地尝试将可怕的图像和想法塞回它们的藏身之处。我花了两三个小时才走出梦境、恢复意识，知道天已经亮了，接着便跟跟跄跄地去坐地铁。

在一个糟糕的早晨，什么都帮不了我了——无论是言语、药物，还是祈祷。我锁上门，躲在被子里，直到攒够勇气去请病假。我竟然曾经认为自己的病情存在某种生理性的原因，这似乎很可笑。我眼睁睁地看着恐惧变成严重的头痛，接着是肠道不适，然后是严重的疲劳，最后是彻底的绝望。

每天早上，我都要花越来越长的时间才能驱走恶魔，恢复常态。要假装自己没事变得越来越难。

一个星期天，我来到母亲逼仄的厨房，她一边烤曼德尔面包，一边向我介绍姐姐的婚礼计划。她列举了要出席的亲朋好友的名字。

"我有没有提到丹和贝蒂？"她从搅拌碗里抬起头问道。"我们肯定要请他们的。"

听到这个令人震惊的消息，我的脸顿时火辣辣的。自从在亨利·霍纳营的那个夏天以来，我已经设法避开丹五年了，而且我已经能够驾轻就熟地摆脱对他的思念，以至于我也把他从我父母的生活中抹去了。

"不，你没有提到他们，"我说着，尽量让自己听起来不那么惊慌，"你觉得他们会从伊利诺伊那么大老远的地方赶过来吗？"

"哦，他们已经不在伊利诺伊州了。我不是告诉过你吗？他们去年搬到匹兹堡去了。"

匹兹堡。看起来很接近。我的胃开始翻腾。

"他为什么离开亨利·霍纳营？"我这么问着，心中仍残存着一丝希望，希望他还是离开了营地。

"哦，他得到了一份很好的工作，在匹兹堡的犹太社区中心管理青少年项目。他是他们夏令营的负责人。"

我惊呆了。亨利·霍纳营的所有人都知道丹在做什么，而他却只是换了一份新工作，还换了一群新男孩。但我还有一个更想问的问题。

"贝蒂给你回信了吗？"我问。"他们会来吗？"

"请柬这周才发出去。但我想他们会想来的。丹一直很喜欢唐娜，而且他会愿意见见你的。"

我离开了母亲的公寓，简直快要发疯，我想象着丹来到婚礼上，握手、微笑，假装我们是朋友。我感到一股酸水涌上喉头。我停下脚步，将一口绿色的胆汁吐在了人行道上。我的身体不允许我和丹·法里内拉共处一室。有他没我，而且，我可不想错过我姐姐的婚礼。

第二天，我打电话给匹兹堡的查号台，得到了犹太社区中心的电话号码。然后，我在卧室的小桌子前坐了几分钟，右手紧握着电话，目光空洞地盯着外面光秃秃的树木。

多年以来，我一直害怕这通电话。回到麦迪逊的时候，有那么几个早晨，只要一想到这个电话，我就会直奔汤米家，往胳膊上扎一针，然后心满意足地失忆一阵子。但是现在已经没有退路了。给丹打电话是很可怕，但见到他本人更不可想象。

我鼓起勇气按下了那串号码。接电话的女人告诉我丹会在一小时后回来。我向她道了谢，挂了电话，然后瘫倒在床上，把脸埋在枕头里。当我再次拨通电话时，接起的还是那个女人，她问了我的名字，然后把电话转到了丹的办公室。

电话那头传来"咔哒"一声，接着便是熟悉的布朗克斯区硬汉口音。

"嘿。你好吗？"

我脊背发凉，仿佛又回到了十三岁。

"我挺好的。"

"我听说你病了，"他说，"你妈妈告诉我的。"

"是的，我是病了。但是我感觉好多了。听着，丹，我母亲告诉我她邀请看你和贝蒂来参加唐娜的婚礼。"

"是的，我们刚收到邀请。这是个好消息，对吧？"

"听着，你们来参加不好。就是不合适。"

他沉默了几秒钟。

"别担心，"他最后说，"我会找个理由不去。"

"好的。谢了。"

我想提醒他别忘了答应过我不再去营地了。我想说，我很震惊他又找了一份和孩子们打交道的工作。但我看不出这么做有什么意义。反正他也不会停下来。再说了，光是打这个电话，就已经把我榨干了。

"我不想让你为难。"他说。

"好吧，"我这么说着，试图结束对话，"保重"。

"嗯，你也是。"

在之后的一次治疗中，我一上来就向治疗师分享了我
最近一次的恋爱滑铁卢：在一次约会中，我躲在浴室里，
产生了实打实的幻觉。当我终于能和对方做爱的时候，我
却做不到了。这个夜晚以一个受到阉割的梦境收尾：我的
阴茎枯萎了，它在我手里断了。

在讲述这个故事的过程中，我不经意地提到我和"这
个家伙"说过话——那个我曾在十几岁时和他有过一段
混乱的性关系的人。然后，我就像突然提出这个话题一样
地突然转向了下一个话题。

"在这停一下，"我的治疗师打断了我，眉毛向上挑了
挑，"你能重复一下刚才说的话吗？因为我能确定，这很
重要。"

我又说了一遍，并提供了更多的信息：丹的名字、年
龄和职业。我仔细观察治疗师的脸，想看看是否有任何证
据显示他要对我发表什么评判。

"这件事开始的时候你多大？"他问道，手中的笔在
黄色记事本上划个不停。

"十三岁"。

"这听起来可不像是性关系。像是别的什么东西。"

他让我从头说起。我断断续续地说着一些记忆的碎片，盯着自己攥成一团的拳头，不时抬起头来看看他的反应。大约十分钟后，我沉默了。我绷紧了身体，做好了战斗或逃跑的准备，半信半疑地期待着我的治疗师会从椅子上跳起来攻击我。但他只是点了点头，做着记录。

在之后的那次治疗中，当我挣扎着想要多说点的时候，他建议我试试躺到他的沙发上。这简直不可能，我想。那东西看起来就像弗洛伊德博物馆里的某件臃肿的遗迹。要是我躺了上去，我的防备就没了。我再次检查了通往他家门口的逃生路线。然后说，好吧，只要能摆脱在椅子上那痛苦的 45 分钟，怎么着都行。

那沙发就像有魔力一样。从我躺下的那一刻起，我的治疗师就退居幕后了。他既在那儿，又不在那儿。我闭着眼睛或盯着天花板，允许自己倾诉。

我讲述了认识丹第一年时发生的事情。讲述这些故事的感觉就像是揭开了一个用隐形墨水书写的故事。从未有人阅读过它，也从未有人讲述过它，但现在它具有了现实的形状和分量。这不是些事不关己的事情，它们真真切切地发生在我身上。

这么多年来，我花了太多的精力来否认这些记忆，以至于我都忘记了自己曾经是谁。但他就在那里，等待着我：一个失去了父亲的十三岁男孩，与母亲不和，渴望爱与关注的男孩。

"他把我困住了，"我低声说，"接着撕碎了我的心。"

有一瞬间，我被对丹·法里内拉的愤怒吞噬了。他扮演了父亲的角色，然后把我当作用完即弃的物品来利用，以满足他扭曲的性需求。

"我要杀了他，"我说，"我一定要杀了他！"我的话语中充满了暴力，过了一会儿，我才补充道，"你知道最变态的是什么吗？我内心有个声音在说，'斯蒂芬，你怎么能这么想？他在乎你啊。你知道的。他是个好人。每个人都知道，丹是个好人。'"

在 1983 年那个时代，人们对于该如何从童年性侵犯中康复过来还没有头绪。创伤和创伤后应激障碍的语言体系还没能渗透到传统的心理治疗实践当中。是在 20 年之后，全美的媒体才开始报道天主教会性虐男童的事件。

我被冲上未知的陆地，我得在一位治疗师的指导下，与他一同探索这片土地，找到自己的出路。我鼓起勇气开始描述丹的所作所为。我会让自己去体验他的背叛所带来的刺痛及其所导致的白热化的仇恨。

在接下来的几个月里，我逐渐意识到我对丹的恐惧并非只存在于过去。每当我躺上治疗师的沙发，我都会被恐惧攫住，被面前这个和蔼可亲的小个子男人吓呆，仿佛他也是我的施虐者，只是在假装帮我。他迟早会在我最意想不到的时候做出令我无法抵抗的事情。

但我反其道而行之，开始信任他，这反过来又促成了其他变化。我经常对他说，我就像是在观看一部有关我生活的电影，而不是真正地活在其中。我置身事外，当了太久的看客——孤立无援，无能为力——完全没有掌控感。现在，我开始尝试驾驭自己的命运。

我喜欢我的工作，但工作场所本身已经变得不正常了。在此之前我从未想过要换工作。但在 1983 年的秋天，我向非营利组织放出风声，说我有这个意愿。美国国家环保组织自然资源保护委员会打来了电话。他们想聘用我去搭建他们的会员和公共教育项目，我答应了。

我开始结交新朋友，在家里玩扑克。我的噩梦不再那么频繁地出现，身体上的症状也有所缓解，尽管它们依然存在，但不至于让我丧失活动能力。我与一位二十八九岁的女士交往，她经营着一家环保基金会。

然而，在和新女友相处了一年之后，我开始寻找逃离的出口，并突然中断了这段关系。在这段时间里，我从未提起过丹·法里内拉。这并不是一个有意识的选择。我从没思考过这个问题。我的身体已经做好了决定，认为向她坦白并不是一项安全之举。

24

我三十岁了，但还从没有一段恋爱关系能超过一年。要是你问我为什么，我会说我还没有遇到自己的真命天女。

可事实则要简单得多：我从十三岁起就过着双面人生。那个会出门约会，戴着正常人的面具，假装自己可以的人，其实只是被困在灵媒地堡里的那个小孩的幌子。但当时的我还不明白这一点。我只是觉得自己很不擅长挑选女人。

一天晚上，我打电话给一个好朋友。"你看，我总是找错人，"我对她说，"告诉我该和谁约会。"她笑了。"我是认真的。"我说。

她让我见见这个叫苏珊的女人："她在叛逆者剧院工作。她漂亮、有艺术气息，而且风趣。你俩一定很配。"我得尽快行动。苏珊很快就要动身去法国待一个月。

她同意两天后和我见面喝一杯。到了约定的时间，我走进了东村一家名叫"夜以继日"的波希米亚咖啡馆，扫视了一下座无虚席的室内空间。吧台附近一抹红色唇膏的闪光吸引了我的目光。我打量着那个涂着口红的女人：一个身材高挑的爱尔兰黑人美女，高颧骨，杏仁眼，浓密的深棕色头发向后梳成马尾。她一个人站着，俨然一副闹市佳人的模样。

我的朋友说过苏珊很漂亮，但我不知道她有这么惊为天人。如果这个人就是苏珊，那我可就惨了：我配不上她，她是那种在第七大道上回头率都很高的女人。当我介绍自己时，她似乎很惊讶，好像她一直在等着的应该是某个自信满满的宇宙之主，而不是我这种人。

但当我们开始交谈时，我意识到她并不是惊讶，只是紧张。苏珊来自布鲁克林湾脊区的一个爱尔兰裔德国家庭，家里有七个孩子。她父亲是个屠夫，母亲是个数学老师。她上的是天主教女校，然后又去了斯基德莫尔学院学习舞蹈。回到纽约后，她曾在时尚界工作，后来辞职投身表演和她参与创办的剧院。

在文化差异的背后，我们其实有很多共同点：中下层阶级出身，喜欢传声头乐队和猫王，与家人疏远，并且接受过严肃的心理治疗。但更重要的是，我们对当代戏剧有着共同的热情：奥古斯特·威尔逊、约翰·帕特里克·香利、卡里尔·丘吉尔、阿瑟·富加德。

当我谈论一部戏剧时，我会像研究《塔木德》一样对文本进行解析：剧作家的意图是什么，文字如何传达这种意图。苏珊则不然。她会钻研人物：他们的动机，他们的行为，他们说了什么，尤其是他们没说什么。她追求的是情感上的真实。她会像布鲁克林人一样挥动着双手，语速飞快，几乎是以自由联想的方式探寻着人类内心的秘密。当那些秘密被揭开时，她的喜悦是彻头彻尾的，像个孩子一样。

我弄到了山姆·谢泼德《饥饿阶级的诅咒》（*Curse of the Starving Class*）的票。之后，我们走过了 80 个街区，一幕接一幕地剖析这场戏，然后继续探究我们自己的家庭创伤。为了给她留下好印象，我向我的堂兄——一个摇滚乐制作人——要了蒂娜·特纳下一场演出的特写席位。蒂娜的表演让人如痴如醉，我们随着她的演出不停地舞动，在那个夏天最闷热的一夜里，当我们在舞台的聚光灯下旋转了几个钟头之后，我们在苏珊家的地板上脱下了衣服，做了爱。

几天后，苏珊在动身前往法国之时递给我一本《要说的话》（*The Words to Say It*)，这是法裔阿尔及利亚作家玛丽·卡德纳尔的自传体小说，讲的是一个女人从精神疾病中康复的故事。接下来的两个星期，我都在如饥似渴地阅读这本书。读到一半，我看到了这样一句话："在分析的第一部分，我赢得了健康和身体的自由。现在，我将开始慢慢发现我自己。"

卡德纳尔的话是我生活的一面镜子。三年来，我每周接受两次心理治疗。毫无疑问，这个过程帮助我从一个废柴变成了一个正常人。但是，我感到在自我本应存在的地方仍有一片空白，它仿佛仍被束缚在格林斯潘多年前就已指出的那个看不见的战场上。

读完《要说的话》时，我已经做好了准备要冒险进入那个神秘的领域。我不知道要如何到达那里，更不知道会发现什么。但我感觉到，这个我刚刚爱上的女人，这个给了我这本非凡之书的女人，可能就会是我在这段旅程上的同伴。

苏珊回来后不久，我们就躺上了我的灰色天鹅绒沙发，一年以前，为了表明自己不再是个流浪汉了，我装了那么个方形斯堪的纳维亚沙发。我们的身体交缠在一起，脸庞相距仅几英寸的距离，我们各自坦白了自己的性史，这是两个恋人之间例行的一种信息交换。

"你和男人睡过吗？"她问。

我紧张起来，想要消失。

"我不确定。"我喃喃地说。

"你不确定是什么意思？"

我的每一个细胞都在呐喊，别告诉她丹的事。你会把一切都毁了的。"我不知道，"我结结巴巴地说，"我当时很年轻。发生了一些事。我不确定那是什么。"我强颜欢笑，希望她能放过我。但苏珊是一只搜索情感秘密的猎犬，她捕捉到了某些东西被深埋心底的气息。

"你有什么事瞒着我?"她用一只胳膊肘撑着身子问道。

"我在做实验。你知道,这是一种成人仪式。"

"嗯,"我离开时她说。"感觉你已经不在这里了。"

什么也瞒不过她。她哄骗我说出来,就像一个侦探在犯罪现场询问一个战栗的受害者:然后发生了什么?他说了什么?你感觉如何?

我在治疗中分享了这件事的大部分情节。但要把它告诉一个女人,还是这个女人,感觉太煎熬了,就像她要直接钻入我的羞耻之泉。我破碎了,不可爱了,她肯定会甩了我的。但她的声音里没有评判,只有坚持与同情。

结束后,她说:"我不敢相信他对你做了什么,斯蒂芬。他是个掠夺成性的人。得有人阻止他。"

自亨利·霍纳营事件以来,我就有过很多次这样的想法,但从来没有人把它大声说出来过。这听起来太……明确了。这没给丹这个好人留一点余地。我知道她是对的,但我几乎都没办法让自己谈起丹·法里内拉。看在上帝的分上,我又怎么才能鼓起勇气去阻止他呢?

然而,世界没有毁灭。苏珊并没有尖叫着跑出房间。她紧紧地抱着我,我漂浮在一个陌生的、全新的现实之中:她知道了我的至暗之耻。

苏珊的前男友是个化学家，他是纽约一家顶尖癌症研究所的研究员。他提到他的同事正在实验室里制造二亚甲基双氧苯丙胺（MDMA）——就是摇头丸——并问我们是否想要一些。"这会帮你敞开心扉。"他保证道。

我知道摇头丸，这是一种精神活性药物，在 1985 年，也就是我和苏珊相遇之前，它已经被禁用了。一群心理治疗师说，二亚甲基双氧苯丙胺使他们的病人更容易接受治疗，但罗纳德·里根的食品及药物管理局则认定这种药物"不存在公认的医疗用途"，并将其与海洛因和可卡因一同列入了附表 1。不过，谁能不想敞开心扉呢？

我们后来去旧金山旅行。在和朋友们一起住了几天后，我俩找了一个更隐蔽的环境，开始了这次敞开心扉的旅行。我和苏珊开车在镇上转了一圈，剔除了十几家酒店——不是太俗气、太企业化、就是太暗了——最后在太平洋高地找到了一栋白色的三层维多利亚式巴洛克风格的酒店。我们选了一间配有四柱床、私人阳台和大浴缸的房间。

接着，我们着手营造了一个最宁静、最浪漫的"茧房"。我们穿上在壁橱里找到的白色毛毡长袍，拉上窗帘，在壁炉里点燃熊熊炉火，然后洗了个热水澡，喝了一大口香槟酒，躺在床上。

45 分钟后，我的身体沐浴在了温暖的光辉之中。每呼吸一次，我的心脏中心都在与宇宙同步扩张。从苏珊放大的瞳孔和她脸上的笑容，我可以看出她也有同样的感觉。她呻吟着，开始按摩我的肩膀。她的触摸给人一种超然的体验。从她的双手、她的存在，以及她的能量之中，我似乎感到在无形之中与她融为了一体。当你有了这种宇宙般的爱情泡沫时，谁还需要性爱？我周围的一切都变得晶莹剔透，仿佛我第一次看到了现实的光明本质。以前我怎么就错过了呢？

"哇。"我说。

苏珊起身倒了些香槟酒，然后开始整理房间，把我们的小窝布置得恰到好处。弄好之后，她面对着我坐了下来，一会儿把头往这边一歪，一会儿往那边一歪，就像一只在研究虫子的鸟儿。我说不出话来，和过去类似的情形一样，我被身体里的强烈感觉吓得不知所措，突然害怕失去控制。

"你去哪儿了？"她问。

我感到一阵疑神疑鬼：她是不是发现了我内心的死亡地带？我的前女友们都说我是个彻头彻尾的陌生人。即使在相处的最后一天，她们对我的了解也并不比第一天多。而苏珊刚刚以迅雷不及掩耳的速度抵达了那里。

"我不想被人看见。"我说。我仿佛吃了吐真剂。

那天我们并没有提到丹·法里内拉。要是提了，未免太多，也太快了。我第一次学会了信任，而我们彼此也都必须让自己熟悉这个脆弱的新领域。在接下来的几个月里，我和苏珊一次又一次地重复这些。在我们的"茧房"里，所有需要公之于众的事情都会浮出水面。我被某种智慧的功能所接管，它将我新长出来的、讲真话的能力对准了那些被埋葬起来的、有关我过往的碎片。

第二次，我开始追忆我和丹的过去。这就像在一个又一个闹鬼的房间里穿行，但感觉却无比宁静。我不知道下一扇门后会有什么在等着，但只要我进入一段记忆——比如说，我的堂兄戴维走了进来，看到我半裸着待在丹的床上——我就觉得有必要重温一下这段记忆。我会重复这个场景，在我的心智允许我继续前进之前，挖掘恐惧和羞耻的深渊。

这和治疗完全不同，至少与我做过的任何治疗都不相同。大部分的过程都发生在我的脑海里，苏珊就坐在我对面。有时候，她只要待在那就足够了。其他时候，我会以口头形式与她交流，分享我的见解，并请求她的回应或拥抱。反过来，我也陪伴着她，因为她也有自己的领域需要探索。

两个多小时后，我走进了一个房间，并认出它就是"原点"：艾拉·福斯营的医务室。我回到了十三岁，仰面躺在床上，牛仔裤被拉下，床上的金属线圈在我身下吱吱作响。一个巨大的身躯挡住了我的视线。丹粗暴地搓揉着我的胯部。你放弃了吗？你放弃了吗？

我是一只小小的软腹动物，被一个半人半兽、有着锋利爪子的人紧紧抓住——这是我在宋卡曾梦到过的怪物。那野兽在玩弄我，准备杀了我。我无助极了，僵在了原地。一股内啡肽涌入我的大脑，将我的灵魂从注定要灭亡的身体中解放了出来。大自然在让我尽可能无痛地死去。我在空中盘旋，等待着死亡的降临。

从那个回到医务室的下午开始，我就一直责备自己为什么不叫丹停下来。为什么我什么也没说？答案显而易见：身处那个情境之下，没人能说话。我已经休克了。我的前额叶掉线了，语言能力也丧失了。我那十三岁的身体做了它该做的，身体有了反应，而我那脱离了肉体的自我则在上面看着，像被麻醉了一般地等待着毁灭。

但是，我们在此触及了问题的核心——死亡从未到来。三十一岁的我仍在等待，仍在为遗忘的来临做着准备。格林斯潘的话又回到了我的脑海里："所有这些看着别人被火焚烧的梦境，都是关于你自己的，关于你身体的毁灭。你是在亲眼看见自己的死亡。"在那个秋高气爽的日子里，在艾拉·福斯营的医务室里，在吉姆射杀湖龟的几个小时前，丹·法里内拉占据了我的灵魂。

是啊，我跌跌撞撞地往前走着。我的身体从狭窄的铁艺床上爬起来，继续着斯蒂芬的生活。我和丹在意大利餐厅吃晚饭，假装他没有毁了我。第二天晚上，我回到家，装作自己还是两天前被父母送走的那个完好无损的孩子。我去学校，扮演学生和朋友的角色，急切地渴望回到自己的生活中，但我已经意识到了，我做不到。

日复一日，年复一年，这个魂不守舍的人就这么走着过场。他的存在只为一个目的：确保真相永远不为人知。丹没有必要让我发誓保密，更没有必要威胁我。事实上，我根本就没有保守过什么秘密。它一直在纠缠着我，用恐惧使我动弹不得。

我没日没夜地逃避毁灭，还要防止混乱的情绪蔓延。这两个领域都是法里内拉说了算。晚上，他是刽子手，是在梦里跟踪我的杀手。白天，他是我疯狂犯罪、滥用药物和冲向铁轨的幕后黑手。当恐惧变得太大，混乱和恐慌再也无法控制的时候，我的身心就会停止运转。

越南的算命先生范太太说对了：多年来，邪灵一直在侵蚀我。你无法摆脱创伤。

通过上面的方法重返犯罪现场是很痛苦的。但在卧室的地板上，在苏珊面前，我却没有任何想要转身离开的冲动。相反，我感到一股原始的力量在将我拉向记忆，仿佛在要求我全神贯注。恐惧拉动意识觉察之下的杠杆，驱使着创伤转入地下。在没有恐惧的情况下，在药物的作用下，经验的强大真相会自己显现出来。

"这是在我身上发生的事，"我对苏珊说，"这真的发生了。"

我没有死。我活了下来。

如果否认是身体阻挡亟需感受的东西的方式，那么那些药物就是打开闸门的钥匙。药效是一波接一波的。那晚药效消退后，我开始哭泣。我为那个被一个病态的男人奴役的男孩哭泣。我为自己在多年来的磨难中是如此孤独哭泣。我为这个年轻人哭泣，他的自我仇恨驱使他试图抹杀自己的生活，只为了一个并不是他所犯下的罪行。

过去，我很确定自己永远不会告诉我的父母丹·法里内拉做了什么。但我的笃定开始瓦解，我发现自己在寻找借口来避免这场难以想象的对话。

"为什么我不能解决这个问题？"我问苏珊。"他们真的也需要承受这个吗？"

"你要分享的是真实的东西，已经存在的东西，"她说，"也许这会改变一些事情，因为现在你还因为发生的事情而沉浸在对他们的憎恨之中。"

我们决定在我父亲的忌日——确切地说，是他的二十六周年忌日那天——再次服药。在那之前的几天里，我内心一直充满了悲伤和不祥的预感。

药效一发作，我脑中就重演了十五岁时在艾拉·福斯营做的那个关于无头士兵的可怕梦境。正是这个梦促使法里内拉去咨询了一位精神分析师，而分析师说这与我父亲的失语有关。在药物的作用下，这种解释显得如此荒谬，以至于我惊讶地大笑了起来。

苏珊仰面躺着，像鲸鱼一样发出低沉而震颤着的声音。我们已经进入了各自的世界。我在艾拉·福斯营，她则在大海里。

"你笑什么呢？"她停止了唱歌，问道。

"你觉得法里内拉向精神分析师谈起我的梦时，会不会告诉他他已经性骚扰我两年了？"

"我猜他没提这茬。"

"对。所以他跟一位著名的心理医生谈起了我死去的父亲，却忘了提到他——我的父性形象，正在强奸我。"

假如精神分析师知道真相，也许他就会看到现在在药物的作用下所揭示出的东西：一个被羞耻感毒害的男孩，正召唤他死去的父亲来拯救他。从七岁起，我就相信父亲一直在守护着我，所以他必定看到了这个人所做的每一件令人难以启齿的事情。士兵缺失的头颅与我父亲的语言能力毫无干系。父亲救不了我，这是我的确定，也是我的绝望。

然后我想起了一个幻想，一个我早已遗忘的幻想。

十三岁那年，我每晚躺在床上，用被子蒙住头，想象我的父母发现了丹的事。这一切会神奇地发生，不需要我来告诉他们。这样一来，他就不会杀了我们。爸妈会知情，而噩梦也会终结。然后他们就会把我关在家里，我就再也不用见到丹·法里内拉了。

那几秒钟的精神逃离是我唯一的解脱。从那第一个周末过后，从我进门的那一刻起，我的生命就处于危险之中。我父母随时都可能发现真相。我在这种高度警觉的状态下度过了我的初中和高中，竭尽全力想要让自己消失。每当我的睡前愿望一天天落空，我就更加憎恨父母对这件事情的无知。

苏珊是对的：我仍然活在谎言之中。法里内拉用谎言囚禁了我们全家。在幼时保持沉默无可指摘，但现在，我是唯一能还我们自由的人。

25

我主动去了我父母的公寓吃早午餐。吃完饭后，我收拾了盘子。肯把盘子洗了，就像他一直做的那样，而我把盘子擦干，就像我一直做的那样。在用毛巾擦拭每个盘子时，我重复了一句咒语：面对真相。

我们走进客厅，按往常的姿势坐了下来。他们紧张地看着我，知道我不请自来并不只是为了聊天。我还有点期望丹就在我身边。这是他邀请我去巴哈马群岛那晚坐过的沙发。

"你们知道，我已经接受心理治疗好几年了，"我开始说，"我不用跟你们说细节。但我小时候发生过一件事，你们必须知道。你们要知道真相，这很重要。"我停顿了一下，喉咙哽住了。"我十三岁的时候被丹·法里内拉猥亵了。这种情况持续了两年。"

母亲的身体僵住了，她的面庞因痛苦而扭曲。她转向肯，在寻找着什么。安慰？还是震惊？肯似乎沉浸在他自己的世界里，好像并没有听到我的话。母亲转过身来，脑袋左右摇晃着。

她什么也没说，我继续我的坦白。我描述了丹是如何策划这一切的：他如何在第一个夏天吸引我的注意，如何通过打电话给我母亲来让她成为帮凶，如何在医务室把我扣为人质，如何坐在眼前这张沙发上欺骗他们，以便在巴哈马实施对我的虐待。

我滔滔不绝地讲了十到十五分钟，略过了他对我实施性虐待的具体细节。要是他们问的话，我也打算实话实说，但他们从来没问过。讲完以后，我们沉默地坐在那里。

"我对他有过怀疑的，"母亲最后说，"我以为只是我疯了。这似乎太极端了。"她看着肯，这次是在等待他的回应。

"我从来没想过。"他说。

"妈妈，如果你有怀疑，为什么你从来没问过我呢？"

"因为你一个字也没说过。天啊，这么多年了。你为什么不告诉我们，斯蒂芬？"

你为什么不告诉我们？这几个字反而成了她的一种抱怨，一种哀叹。我明白其中的逻辑——我们本可以救你的！但我对这个问题感到恼火。母亲以为十三岁的我会向她吐露心声，但我从六岁起就没这么做过了。一直以来，她是我的对手，不是我的知己。她也忽略了她对法里内拉的崇拜助长了我对他的信任。但现在还不是说这个的时候。

"我当时很震惊，"我说，"我不知道丹是谁，也不知道他想要什么。我确信他会杀了我。我绝不可能背叛他。"

母亲一脸困惑，好像在思索着什么。

"他在假期来过我们家，"她难以置信地说，"他还假装是我们的朋友。"

"那个人渣。"肯吐出了这句话。他的脸上终于流露出背叛的神情，就像一个意识到自己中枪了的人一样。

"我不知道为什么我没有对我的怀疑采取任何行动，"我母亲说，"我们辜负了你。我很抱歉，我们辜负了你。"

母亲朝我走了两步。我起身用双臂抱住她。她把头靠在我的胸前哭泣，然后一遍又一遍地亲吻我，就像我还是个孩子一样。

"我觉得我的儿子回来了。"她流着泪说。

我紧紧地抱着她，想要安慰她。传递这样的负担和痛苦，是很可怕的。但我感觉自己变轻了，几乎失去了重量。

"你独自忍受了这么久的痛苦，"我母亲说，"我希望你能原谅我们。"但我还没准备好原谅，还没有。我等她停止哭泣，回到她的椅子上，才继续说下去。

"我希望你能想想你在这件事中扮演的角色，"我说，"这对我来说很重要。然后我们再谈。在那之前，我不确定我们之间是什么样的关系。都是因为他和他的谎言。我不能再这样了。我得先照顾好自己。"

"当然。"肯说。

母亲曾经怀疑过法里内拉，这完全出乎我的意料。当我去康涅狄格州看望我的堂兄戴维的时候，我发现了她怀疑的根源。高中毕业后的几年里，我几乎没见过他，我想着手修复被法里内拉破坏的关系。

在我告诉戴维最后那个夏天在营地发生的一切之后，他透露说，他在几天之内就和他的父母谈起了车祸当晚在法里内拉的床上发现我，以及我在车祸后失踪的事。他回忆说："我母亲说的第一句话是，'你认为丹在猥亵斯蒂芬吗？'我不太确定这是什么意思。我不知道该说什么。"

原来，那年暑假结束的时候，婶婶和叔叔就曾尝试和我母亲谈谈。戴维也是如此："我对她说：'你不想知道夏令营发生了什么吗？'她说：'哦，你只是嫉妒丹和斯蒂芬在一起的时间比和你在一起多。你真是个麻烦精。'"

"听起来很像法里内拉的口吻。"我说。

"他挑拨她跟我作对，"戴维说，"他们认定我是需要接受治疗的孩子，是那个有问题的孩子。法里内拉告诉她我是个骗子，所以也跟我父母说我谎话连篇。"

我回想起那年秋天，母亲在邀请法里内拉一家参加犹太新年时是如何明确表达自己的忠诚的。从那以后，她和我叔叔婶婶的关系就变得很僵。我一直无法理解他们之间的裂痕，这让我很痛苦。自从母亲改嫁给父亲以来，黛尔和哈罗德一直是她的主要支柱，对我来说，他们就像父母一样。十六年过去了，我的堂兄仍然在为母亲拒绝听完他说的话而感到震惊。

丹·法里内拉是这个大家庭里的一颗炸弹，家族里的所有关系都没能幸免于难。

我打电话给母亲，说我不来过逾越节了。我需要时间好好想想。和戴维的谈话还历历在目，我让她反思一下，为什么她会如此完全、如此盲目地相信丹。

"我试过了，斯蒂芬，但我就是没法再把过去的事情翻出来了。你告诉我们这件事的那天，我以为我要疯了。"她说，她只想活下去，逃避痛苦。

"你可以还像这样理智，妈妈，但如果你不告诉我这件事发生时你的想法和感受，你会失去我的。当时你也在场。"

"我知道，我们感到很内疚。但这主要是丹的责任。是他干的。"

"这个答案太轻飘飘了，"我回答，"我把一个陌生人当成了父亲。我成了他家庭的一员。我参加了他们的假期。你这是在告诉我你和那件事无关吗？"

"也许有吧。我从小就有自己的问题。所有这些都会被牵扯进来。我现在明白了。很多事情都是在无意识中发生的。"

但她没有再说下去。她的声音听起来很崩溃。

几周以后，母亲叫我去看看他们。她看起来很紧张，而当我到那的时候，他们的神情都很忧郁。

"我们想告诉你，我们去看了治疗师。"她说。

"听你这么说我很高兴。还有呢？"

"他认为我们什么也做不了，因为你什么也没告诉我们。"

"哦，这么说你们解脱了？"我问。"真容易啊。"

"我们能做什么呢，斯蒂芬？我们什么也不知道。"

"所以没有告诉你是我的错。让我和一个你们只见过一次的人出去，这事儿你没有责任。我这个猜测或许太大胆了，但听起来你的治疗师好像根本没有处理性虐待案件的经验。你还要再回去找他做治疗吗？"

"不去了。我们觉得没什么其他的事情需要跟他讨论了。"

我用双手捂住了脸。

"哇，我真不知道说什么了。"我说。

"还有件事，我们想问问你，"母亲接着说，"你读研究生之前不是在亨利·霍纳营为丹工作过吗？"

"是的。"

"我们很难理解这一点。那时候你已经不再是个孩子了。你为什么要这样做？"

我讨厌这个问题。但十年过去了，我知道该如何回答了。和许多童年性虐待的受害者一样，我在身体和情感上都遭受了挟持。法里内拉让我产生了一种依赖感，这种依赖感浸透在恐惧之中，它让我觉得即便已经成年，离了它也活不下去。但在那一刻，当母亲等待我的回答时，我感受到的只有羞耻。

"我以为丹是我的朋友，"我说，"他是个圣人，因为每个人都这么说，包括你们。面对真相太可怕了。你能理解吗？"

"我想是的。"

"我可以告诉你一件事，"我说，"我内心有个部分是想要揭开真相的。我去了亨利·霍纳营，发现他还在猥亵男孩。这不是我有意为之。我并没打算好那么做。但我和他之间还有未了的恩怨。我得抓他个现行才能让自己醒过来。所以我很高兴我去了。至少我面对了他。虽然我又多花了八年的时间，但我终于准备好要阻止他了。我不知道怎么做，但我会想出办法的，因为我太肯定了，没有别的人在做这件事。"

"你知道我们在这件事上是支持你的。但最重要的是我们能见到你，一家子整整齐齐，"她说，"你该在假期的时候打电话回来的。现在这样可不是一个儿子该有的行为。"

"那做儿子的到底需要做什么？"

"你明知故问。"她严厉地说。

"不，我没有。我是不知道你对我有什么期望。"

"儿子应该会关心你的死活，在你生日的时候打电话给你，还会在假期花时间陪你。"

"我想那不是我。我不会再假装自己是那样一个儿子了。那是胡扯。二十年来，这个家里除了谎言还是谎言——假装我没有生父，假装我们没有过去，假装我没受过虐待。我已经建立了自己的小生活，我可以在那儿诚实地做我自己。我希望那种生活里的人能够面对真实发生过的事情。你做了一次心理治疗，就已经表明了你不愿意那样做。你想装作一切都过去了。我们身后没有这段历史。"

"好吧，既然你把这事都推给我们了，你还指望我们怎么办，斯蒂芬？"

"推给你？"我感到血液上涌，脸涨得通红，这是我有生以来第一次对着母亲尖叫。"那个人给我吹了两年的喇叭！我是他的奴隶。你根本不知道那是什么感觉。没人知道，除了经历过的人。从你把我和那个疯子一起送走的第一个周末开始我就不再是你儿子了。你看不出来吗？我不是说那是你的错。但从那个周末起，你们已经不再是我父母了。我恨你们什么都不知道，我也害怕万一你们知道了会对我做些什么。那是什么样的家庭？你说啊！"

母亲瘫倒在椅子上，悲痛欲绝。我不由自主地浑身颤抖。

"你从来没告诉过我们，"她轻声说，"如果你不告诉我们，我们怎么尽父母的责任？"

"我不知道。我真的不知道。我觉得你只想向前看，让这一切都过去。但它并没有过去。"

"所以我们不再是你的父母了？我们一直想帮你，但你不想要别人帮你。我们该怎么做？也许你的生活确实像是地狱，但你也把别人的生活变成了地狱。"

我想尖叫。但我没有，我再次用手捂住了脸。

"我们病了，"她接着说，"我们有心脏问题。要我给你再说清楚点吗？我们活不了很久。你有没有问过我们的感受？你不在乎。等我们走了，你就得承受这一切。"

"你吓不到我的，妈妈。自从我告诉你我要去叶史瓦，你就一直威胁说要去死。但我看到的是，你仍然很坚强。"

"我不是想吓唬你，"她说，"我只是告诉你事实。我知道，如果角色互换，我也会有这种感觉。"

"我不是你。"

"所以你宁愿我们不打扰你？"

"是的。我希望你们别来打扰我。"她皱起了眉头。"我知道你们是好人，"我说。"我知道你认为自己是在帮忙。但你唯一能帮上忙的就是正视自己的责任，想想你在让那个怪物进入我们的生活这件事上扮演了什么角色。在那之前，我们没什么好谈的。"

26

我不知道该怎么去阻止丹·法里内拉。我决定从了解他的雇主开始，所以我打电话给匹兹堡的犹太社区中心，请他们把项目指南寄送给我。

通读材料时，我感到一阵恶心。它看起来是那么熟悉。该中心的艾玛·考夫曼营和艾拉·福斯营还有亨利·霍纳营一样，都是在近一个世纪前为犹太儿童创建的"新鲜空气疗养地"，而这个营地的建立旨在逃离匹兹堡夏季的炎热和污染。在松鼠山这个关系紧密的犹太社区，这种质朴的户外体验一直是几代孩子生活中不可或缺的一部分。

法里内拉自 1982 年起就开始领导这个位于西弗吉尼亚州的营地。即将到来的 1986 年的夏天将是他在这里的第五个夏天。我希望这会是他的最后一个夏天。

我的治疗师建议我向纽约州职业纪律办公室投诉。法里内拉的社工执照是他们颁发的，他们也有权吊销，这样一来，他就不可能保住匹兹堡青少年项目主管的工作了。

纽约机构的一位官员解释说，如果可能的话，我需要填写一张表格，并提供本州其他受害者的姓名。他警告我别去犹太社区中心打草惊蛇。"如果这个人想为自己辩护，他可以告你诽谤。"他说。

要寻找受害者，希望最大的方法就是联系我在营地里认识的孩子，但这类虐待的发生地点应该是在康涅狄格州。我之所以有资格在纽约提起诉讼，只是因为法里内拉曾经在卡茨基尔猥亵过我一次。

我决定给亨利·霍纳营的前维修工文尼打个电话。文尼住在芝加哥，但他目睹营员和工作人员与法里内拉共处已是十多年前。或许他在纽约能有线索。

文尼很乐意和我聊聊。他说，这整件事一直压在他的心上。他回忆起亨利·霍纳营的另外四名员工，他们早在1978年就有过怀疑——就是他跟我说过的那四个人。但现在他又加上了第五个：亚当，那年夏天他还是辅导员，他向文尼表达过对自己铺位上某个男孩的担心。

"找到亚当，"文尼说，"他来自纽约。他告诉我，丹尼小时候曾虐待过他的一个朋友。"

打了一连串电话后，我找到了亚当，他现在正在攻读临床心理学的研究生。他回忆说，1978年，法里内拉和一个男孩在他的小木屋里度过了大量独处的时光。亚当质问他，指控他与那个男孩有性接触，法里内拉没有否认。相反，他向亚当保证，夏令营结束后他就回去做文职工作，那年夏天他也是这么对我说的。亚当说他依然为那个男孩的事感到内疚，不知道自己做得够不够。

他还证实说，法里内拉多年前在纽约上中学时曾猥亵过他的朋友。当他告诉我这个人的名字时，我的心沉了下去——我是在艾拉·福斯营认识的埃里克。我去过他家，见过他母亲。现在我才知道，在男孩的父亲去世后，法里内拉和他的母亲成了朋友，并开始虐待他。我觉得很恶心。

一开始，亚当不愿意把埃里克的电话号码给我，直到我说我已经下定决心要阻止法里内拉。"也许你能激励埃里克采取行动，"他说，"但要是他现在不想旧事重提，也不要觉得惊讶。"

在我们挂断电话之前，亚当还告诉了我另一件事：他和牡蛎湾高中的老学生谈过，他们认为法里内拉是在1971年被迫辞去那里的工作的。他给了我三个知情管理员的名字。

那天晚上，我躺在床上，想象着如果能和另一个受害者联手，我该有多轻松。但当我睡着的时候，我梦见自己是一个正在受审的孩子，我面对的是一个掌握着生杀大权的原告。

第二天早上，我起不来床，于是便打电话请了病假。苏珊催促我把计划坚持到底，我强迫自己拨通了埃里克的电话。当我接入他的答录机时，我留下了一条无关痛痒的信息，说想跟他叙叙旧。

埃里克当晚就给我回了电话。他说他当然记得我。我们聊过之后，我告诉了他我联系他的原因，但略过了亚当向我透露的内容。丹·法里内拉性侵了我，我说，我要正式起诉他。我想知道他是否听过类似的故事。

"人人都知道丹会掏男孩的裤裆，"埃里克说，"但他对我也就仅止于此。"正如亚当所警告的那样，他开始否认了。

"你愿意出来指证说你看见过他这么做吗？"我问。

"对不起，我不能，"他说，"这让我想起了自己生命中非常痛苦的一部分。我尊重你的做法。只是觉得这太痛苦了。"

"能告诉我为什么吗？"我问。

"我父亲去世的第二天，丹也在场。"

"丹为什么会在那儿？"

"我不想谈这个。"

"当然。我能理解。但你知道丹对男孩子们做了什么吗？"

"是的，我知道丹对其他孩子做了什么。他挑那些最弱的孩子，然后利用他们。我很幸运，他从来没有这样对我。"

我转变策略，分享了自己被性骚扰的一些细节。我觉得这能让他敞开心扉。

"我从来没有意识到丹实际上在和孩子们发生性关

系，"他在我讲完后说，"我不知道事情会发展到那个地步。"这与他刚才告诉我的内容自相矛盾。

既然他亲眼看见了法里内拉猥亵儿童，他可能会在某个时候被传唤出庭作证。我说。

"如果我非作证不可，我会去的，但请别再给我打电话了。"

我垂头丧气地挂了电话。亚当是对的。谁会想要重温他们和法里内拉的历史？和埃里克交谈的感觉就像和以前的斯蒂芬交谈一样，当时的斯蒂芬对撒谎和否认都很在行。小小地否认一下又有什么不好呢？

不过，几个小时后，我对法里内拉的憎恨又加深了。我越是想那通电话，就越觉得这是一个专挑丧父孤儿下手的猎手。我讨厌他在我们每个人身上编织出的恐惧、羞耻和沉默之网。我憎恨支撑他的体制，能让他偷偷摸摸地从一个营地转移到另一个营地，对毫无戒心的男孩群体展开猎捕。

十三岁的我想要的是放弃，是躺下等死。但埃里克让我想起了被活埋的感觉：活在恐惧之中，哑巴吃黄连，有苦说不出。我受够了。我是无辜的。只要法里内拉还在和男孩们打交道，我就会一直缠着他。如果没有人愿意加入我的行列，那也没有关系。

我填好了纽约州的投诉表格，包括一份我个人的受虐声明。我没有提到埃里克的名字，但经亚当同意，我把他的名字给写上了。我列出了法里内拉自 1966 年以来的雇主：牡蛎湾高中和三家犹太机构的管理人员。他们可以提供有关任何投诉的信息，也可以解释为什么法里内拉会离开这些前东家。

　　最后，我提到了处于紧急危险中的孩子们。"纽约州有责任吊销法里内拉的执照，以此保护这些儿童，并采取一切可能的措施终结他在其他州的社工生涯。"

　　寄完材料的那天晚上，我梦见自己在长大之后回到了艾拉·福斯营。一个恐怖电影版的法里内拉——个头巨大、头发花白、嗜血成性——把我困在一个小木屋里。他气疯了。他想让我给他口交，然后杀了我。他知道我背叛了他。我不想死。但至少我提出了申诉，我在梦中这样想道。

　　我花了难熬的一个月等待回复，直到一个名叫比尔·克劳斯的调查员打电话给我。"你的案件非常可信，而且有据可查。"他这么说着，然后让我确认纽约州的事件确有其事。我们讨论了 1969 年在霍莫瓦克小屋发生的那件事。克劳斯对我表示了感谢，说他会联系法里内拉。他相信自己能"击溃"他。他愿意去宾夕法尼亚州做这件事。

克劳斯的下一个电话是几周后打来的，这次他的声音听起来有些腼腆和抱歉。他的上级决定给这案子"开绿灯"，也就是说他们不打算追究此事了。法里内拉已经十年没有在纽约从业了，所以他们找不到他。"如果他再想在这里注册，我们就把他抓起来，"他用一种虚张声势的口气说。

"这说不通，"我坚持说，"你所需要做的就是开始调查，并联系匹兹堡的犹太社区中心。这就足够阻止他了。我做不到。但你可以。"

克劳斯不为所动。"纽约市民不会受到这个家伙的伤害，这是底线。"他说。这种玩世不恭的逻辑让我倒吸了一口气。克劳斯承认他并不同意上级的意见，为了证明他的善意，他会亲自联系法里内拉，"争取让他承认"。

但愿如此。克劳斯确实和法里内拉谈过，他回复说，他告诉他，他在纽约的执照有问题，还有人指控他虐待儿童。但法里内拉想跟他谈这些吗？不，他不想。就此结案。克劳斯很尴尬，他再次向我道歉。他的临别建议是：联系宾夕法尼亚州的许可代理机构，我接下来就这么做了。

宾夕法尼亚州专业和职业事务局的官员听了我的故事，解释说他们对此无能为力。因为本州的社会工作者无需执照或注册就能从业。为什么不试试州检察长办公室呢？我照做了，他们让我给公共福利部的首席顾问办公室打电话，该机构负责执行本州的儿童虐待法。听起来有戏。

在找到合适的人之后，我在当天第三次解释了当时的情况：一名曾对我和其他男孩实施性虐待的社工现在正在宾夕法尼亚州从事儿童工作。这位官员向我表示感谢，并说前一年刚刚通过的《33号法案》正是为了处理这种情况。这项法案会对从事儿童工作的专业人员进行审查。

"太好了，"我说，"它是怎么运作的？"

他说我需要和儿童青年及家庭办公室的律师谈谈。所以我拨了他们的号码，留了言。11天后，助理律师给我回了电话，我再次对丹尼尔·法里内拉所导致的迫在眉睫的危险进行了解释。截至此刻，我二十年来的故事已经变成了引人入胜的60秒电梯演讲。

"对不起，"在我讲完后，她说，"但在宾夕法尼亚州，社会工作者并不需要对儿童福祉负责。"

"不，不，也许你误解了，"我坚持说，"他肯定要对数百名儿童的福祉负上责任。"

"也许是这样，"她反驳道，"但根据《33号法案》，社会工作者不需要接受就业审查，除非他们从事的是儿童保育工作，比如日托。即使是这样，也只有当虐待行为发生在本州的时候，这项法案才会被触发，如果仅存在受虐的威胁或者虐待行为发生在其他州的话，该法案是不适用的。"

"所以，如果纽约州证实他的确虐待了儿童，并吊销了他的执照，这对宾夕法尼亚州也无关紧要吗？"

"没错。"

我现在明白了。纽约州不会提醒宾夕法尼亚州注意他们中间有儿童侵犯者，即使它这样做了，宾夕法尼亚州也不想知道。

我做了最后一次尝试。

"在州或县一级，有没有任何法律会保护儿童免受这种迫在眉睫的威胁？"

"没有，"她说，"但我很乐意寄给你一份《33号法案》的副本。"接着，我们挂断了电话。

我抑制住想把手机扔到墙上的冲动。"该死的法里内拉！"我尖叫起来。那家伙是碰不得的，他被某种无形的护盾保护着。我第一次意识到，也许我没法通过任何法律手段来阻止他。我必须直接去犹太社区中心，我知道我被警告过不要这样做。我会给他们董事会的每一位成员写封信，要求对方保护好在他们照看之下的孩子们。

但是，只是提醒他们或许并不能解决问题。法里内拉会转去下一个犹太营地。据我所知，以前就有像我这样的人检举过他，所以他才从其他营地离开了。

我得亲自动手阻止他。我会掐死他。或者我会带着暗器出现，逼他招供，然后一枪崩了他的头。更理想的方案是：在那之前先折磨他。

这些幻想对我来说似乎不言自明：复仇是甜蜜的。但我的心理医生并不买账。他说我的杀人冲动反映了一种深刻而持久的恐惧：我必须在他抓到我之前抓到他。

我注意到我把前门的链条锁上了，这是我以前从未采取过的预防措施。我会扫视地铁站台，在我住的大楼入口处的灌木丛后面东张西望，在电梯旁的楼梯间里不停窥视。曼哈顿已经变成了艾拉·福斯营，法里内拉可能会在任何地方出现。

痛苦似乎不可磨灭，它就像一个文身，但会一直深入，深达千层。它污染了我的性和自我的源泉，污染了许多人甚至从未注意到的童年的纯真，因为他们怎么可能会注意到呢？一滴毒药就能永久地污染这些水域。那是他注入羞耻感和自我厌恶的地方。即使我活上一百万年，也摆脱不了它们。

在有一天的治疗过程中，我停顿了一下说："杀了他或许是个理性之举。这可能是阻止他的唯一办法。也只有这样，我才会看得起自己。"

治疗师看出我是认真的，或者说足够认真。

"一切尽在你掌握，斯蒂芬。他才是该害怕的人。不要中他的计。"

在长达 5 个月的探求之后，我已经失望至极。然后，我有了一个想法，我想去美国国家失踪和受虐儿童中心试试。两年前，在几起备受瞩目的儿童绑架案发生后，美国国会通过一项法案成立了这个组织。和大多数人一样，我知道这个组织是因为它们会把失踪儿童的照片贴在牛奶盒的侧面，但该中心同时也是全国性侵受害者信息的交流中心。

这个中心的创始人之一吉姆·斯科特当天就给我回了电话，我立刻意识到我找到了我要找的人。吉姆有一种正经的侦探风范，而他之前就是干这个的——调查谋杀和针对儿童的犯罪。

"先做最重要的事，"斯科特说，"你得让联邦调查局介入。"

"联邦调查局？"我以为他是在开玩笑。

"当然了。从你告诉我的情况来看，这家伙会跨州运送像你这样的未成年人。这违反了《曼恩法案》。我要你打电话给局里的肯·鲁弗。他在纽约的儿童性剥削专案组任职。我给你他的电话号码。跟他说是我让你来的。"

"还有两件事。不要联系这家伙的雇主。你可能会面临反诉。把它留给执法部门吧。而且，你还需要其他受害者的配合。如果没有这一点，警方和联邦调查局的工作会很难继续推进。"

"明白了。受害者。"

在联邦调查局，肯·鲁弗问了我一些基本情况，然后说他的专案组会有人来找我。那天快结束的时候，他们在皇后区的联邦调查局办公室给我安排了一次会面。这下我可来劲了。如果联邦调查局需要受害者，那我就去找他们。更妙的是，我不用再局限于在纽约州发生的虐待事件了——涉及的州越多越好。

被法里内拉虐待过的人肯定能连成一张四通八达的网络。谁是那个沉默的兄弟会成员？我开始回忆和我一起参加夏令营的男孩们的名字，我要一个一个地让他们浮出水面。

27

我联系人名单上的第一个名字就是伦纳德，他是我在家族里的朋友，我们一起在艾拉·福斯营待过好几个夏天。小时候，伦纳德和我一起度过了很多时光。他现在是长岛犹太医疗中心的儿科医生，但我已经有十多年没和他说过话了。在拨通他的号码之前，我先给自己打了打气。

我们闲聊了一会儿之后，他说："这悬念可真要命。

你打电话来有什么事？"

我给他讲了一个稍微长一点的版本。讲完以后，他说："斯蒂芬，两年前，夏令营的一个朋友跟我讲了同样的故事，跟法里内拉有关的。"我的第一通电话才打了五分钟，就发现了另一个受害者。我从来没想过事情会这么容易。

伦纳德说，他不确定朋友的故事是否可信。这似乎太离谱了。

"但警兆是存在的，"我说，"你不记得丹在海滨的行为了吗？和男孩子打架，抓他们的蛋蛋，把他们的泳衣扯下来？"

"是的，当然记得。但那只是恶作剧。这在当时是很常见的。我的初中体育老师也是这么做的。"

"那不是恶作剧，伦纳德。那是性。丹只是希望让我们以为这是恶作剧。"在随后的安静中，我几乎可以听到他——一个受人尊敬的儿科医生——在重新校准自己的回忆。

"你说得对，"他最后说，"我很抱歉。我想帮忙。让我打电话给我的朋友，看看他是否愿意和你谈谈。"

15 分钟后，我的电话响了，接通以后，我听到了一个来自很久以前的声音。

"嘿，斯蒂夫。我是布鲁斯。艾拉·福斯营的。"

一时间，我茫然得说不出话来。布鲁斯是我的营友，我们一起在厨房工作过。他很受欢迎，我很仰慕他。我大脑的某个部分宕了机，无法想象丹竟对他做了他对我做的那些事情。

　　"天呐，布鲁斯。我真没想到。"

　　"是啊，我知道。我也一样，"他说，"很奇怪，是吧？"

　　我们的故事非常相似。法里内拉渗透进他的家庭，在休营期带他去营地，给他买他渴望的礼物。"我太需要有个人来帮我了。"布鲁斯说。

　　我开始好奇法里内拉是如何协调这一切的。

　　"丹总是带我去那栋豪宅，"我说。"就在一楼的那间密室里。你呢？"

　　"他从没带我去过豪宅，但医务室肯定是去过的。他会在冬天带我去那。每年夏天夏令营开营前，他也会带我去那。"

　　"但你不记得夏天的时候这一切是在什么地方发生的吗？"

　　"不记得了。说实话，斯蒂夫，事情发生了这么久，我却几乎记不起来。我屏蔽了很多记忆。"

　　"这可以理解。"我说。

　　"但我记得房间里还有谁。"

　　"什么意思？"我问。

"有时丹会同时虐待我们两个人。"

我没想到会这样。这与我那种与世隔绝的经历完全是两码事。

"你能告诉我是谁吗?"我问。

"还记得安迪吗?"

"当然。"安迪是一名出色的垒球手,是我在赛场上最常面对的对手。

"凯文也是。夏令营开营前,丹会同时虐待我们两个。"凯文是一个在厨房工作的本地男孩。

"他有个朋友叫埃迪,对吧?"

"是的,丹也虐待埃迪,"布鲁斯说,"不是和我一起,但肯定有这事。"

"上帝啊。还有其他人吗?"

"查理。"

"查理?"他是个沉默寡言的洗碗工。然后我想起了一件事:"查理跟着丹去了亨利·霍纳营。我当时还很惊讶。他为什么要大老远地跑到伊利诺伊州去洗盘子?"

"现在你知道为什么了,"布鲁斯说,"我听说他自杀了。"

"那个浑蛋。"我啐了一口唾沫。我回想起了一些在当时看来无关痛痒的消息。丹写信给我说他把查理从亨利·霍纳营送回家了,因为他精神崩溃了。他还说,大多数从纽约来的厨房小弟都崩溃离开了。据我目前所知道的情况来看，这是一条令人不寒而栗的声明，它表明查理并不是唯一跟随丹来到伊利诺伊州的受害者。有多少人精神崩溃过，多少人自杀了？天晓得，我差点就在法里内拉账簿上的"死者"栏里了。

"还有其他人，"布鲁斯接着说，"我只是从当时和丹一起在现场的人身上看出来的。你还记得那个维修工沃特吗？有点像印第安纳·琼斯的那个？"

"我怎么会忘记呢？"我说，"他没有牙齿，还把老鼠绑在他的汽车天线上。"

"没错。他撞见丹在虐待厨房里的一个男孩。我们都知道。这不是秘密。"

"我那时候肯定上火星了，"我说，"我怎么会错过这一切呢？"那天在营地，当一个厨房男孩说"丹是同性恋"时，我就像只负鼠一样僵在了原地。我太害怕被发现，几乎没有注意到其他人都在耸肩。

"你还记得虐待是怎么结束的吗？"我问布鲁斯。

"记得。三年以后，我再也硬不起来了。我想退出。我记得我当时想的是，我到底要怎么出去？"

布鲁斯告诉了他的妻子，说这影响了他信任别人的能力。他觉得和女人在一起比和男人在一起更安全。但他很难表达自己的情绪波动，并坚持认为法里内拉应该接受治疗，而不是去坐牢。这听起来很熟悉——曾经，我就是这么对自己说的。至于签署声明，他是想帮忙的，但前提是他必须匿名，因为他害怕同事会发现。

不过，我现在已经有五个受害者的名字了。布鲁斯答应与安迪、凯文和埃迪取得联系，他提到的其他人则由我来负责。我不再是孤军奋战了。

联邦调查局的特工斯蒂夫·伯劳斯在皇后大道9525号一间狭窄的、亮着荧光灯的办公室里坐着。小时候，我每周日晚上都会在电视上看黑白版的《联邦调查局》。在那部电视剧中，刘易斯·厄斯金探长和他的探员们总能在29分钟内破案，并在最后60秒里伸张正义。我希望这次也能像那些电视剧里的情节一样，作为历史上最好的线人，我是有备而来的。

我向伯劳斯介绍了法里内拉的工作记录：二十年来，他在六个不同的州与数千名儿童打过交道。这还不包括他去艾拉·福斯营之前在布朗克斯区和威洛威营工作的那些年。我在短时间内通过电话找到了十个可能的受害者——肯定还有更多。伯劳斯复印了我的文件，提了问题，做了笔记。

他对《曼恩法案》做了解释：诉讼时效是七年，所以法里内拉在艾拉·福斯营犯下的罪行是不能被起诉的。但如果他在淡季把孩子们从匹兹堡送到西弗吉尼亚州的营地，这条法律就会发挥作用，考虑到他的作案模式，这是有可能发生的。伯劳斯说会使用我的信息，但并不需要过往证人的证词。联邦调查局要的是有关匹兹堡男孩的现行案件。他会先去逐州调查法里内拉是否有犯罪记录。

在离开之前，我提到我们中的一些人认为法里内拉应该接受治疗而不是坐牢。布劳斯给了我一个不苟言笑的、联调局特工式的表情。

"这是一起地地道道的刑事案件，斯蒂芬。治疗反正是没有用的。你们是受害者。对此感到内疚或想要帮助这个人，只是你们认为自己做错了事情的延伸。你们没做错什么。他是个罪犯。这就是故事的结局。"

天呐，我爱联邦调查局。

布鲁斯和我专心地打着电话。即使过去的受害者对案件没有帮助，我们也希望找到更多的受害者，哪怕只是为了给执法部门增加压力。还有别的事情：我开始着迷了。随着法里内拉罪行规模的逐渐扩大，我已经停不下来了，我整理营员们的名单，绘制他们之间的关系图，并为如何找到他们而伤透脑筋。我需要知道谁和我一样遭受过苦难。这让我不再感到那么孤单。我想知道，二十年后，他们是如何应对或逃避那深深的羞耻和持久的恐惧的。

安迪告诉布鲁斯，他从来没有跟任何人说过被虐待的事，包括他的妻子，他也不想讨论这件事。凯文警告他别再打来了。埃迪则根本不跟他说话。

我找到了一个在夏令营认识的人，他住在牡蛎湾，小时候就失去了父亲。是的，他说，丹在淡季带他去过几次营地。

"有一次他试过要做点什么，然后我躲了他一段时间，直到他自己搞明白为止。"

多次把一个男孩带到营地却没有虐待他，这对法里内拉来说似乎是不可能的。我问他是否知道牡蛎湾还有谁可能遭到过猥亵，但他不愿告诉我他们的名字。

"听着，斯蒂夫，"他说，"牡蛎湾高中的每个人都知道丹有问题。"

杰西来自布朗克斯区，一直都去艾拉·福斯营。他谁都认识，至少在我看来是这样。如果有一个"最受欢迎营员奖"的话，肯定非杰西莫属。

当我找到他时，他对我的故事并不感到惊讶。一位朋友多年前曾向他吐露心声。"我一直告诉我的朋友：'我们知道法里内拉住在哪里。我们去抓那个浑蛋。'"

法里内拉也曾试图诱捕杰西，在他十四岁的时候，他邀请他到营长的小屋，然后用一只胳膊肘支撑着躺在床上。他邀请杰西过来和他坐在一起。但杰西的母亲非常担心这种猎捕者，她警告过他要提防年长的男人。杰西觉得很不安，他脱口而出自己要去吃晚餐，然后迅速离开了。

"后来，"他说，"我注意到丹尼带着几个男孩去烛木湖玩摩托艇。这看起来很奇怪，凭什么他们能有贵宾待遇？我见过他在泳池里摸男孩，但当他花那么多时间和某些男生独处的时候，我就知道出事了。从那时起，我就开始管你们叫'老二们的俱乐部'。"

"老二们——老二的复数形式？"

"是的。我就是这么称呼你们的。"

你们。我是俱乐部的成员。杰西不是。

我完全忘记了法里内拉带我去烛木湖的事。显然，他在某种程度上将我的身份提升为了那种能坐摩托艇的贵宾。我在豪宅里隐居了整整十周，像个不安分的幽灵一样，从阁楼搬到地牢，再到艾拉的客厅，我以为自己很特别，是被选中的那个人。然而，我只是个普通人，是"老二们的俱乐部"当中的又一名成员。

那年夏天，法里内拉和我在一起待的时间肯定有上百个小时。然而，他同时也在虐待一半的厨房员工和许多的营员。我的脑子里一想到那些骚扰背后的后勤工作就困惑不已：跟踪、诱捕、撒谎，被抓后的损害控制。看在上帝的分上，他怎么会有时间做别的事？负责人的工作只是他用来实施大量性侵犯的幌子。他把艾拉·福斯营变成了一个自上而下的犯罪集团。

迈克尔和我一起参加夏令营也有好几年，布鲁斯与我将他加入了我们的"可能受害者"人员名单。当我找到在纽约工作的他时，他立刻就记起了我。

"你打电话来干什么？"他小心翼翼地问。这时，我明白了这个问题实际上关系到的是电话另一端的人，我的回答更像一个私家侦探，而不是一个充满羞耻感的受害者。他是听说过什么，还是认识什么人？

电话那头似乎沉默了很久。

"是的……我知道一些事情，"他说，"但是请不要再给我打电话了。也别打到家里来。"

迫于压力，他同意见面，并建议约在阿姆斯特丹大街上的圣约翰大教堂。这看起来是个很奇怪的重聚地点。

"你确定不要一起吃午饭吗？"我问。

"我不饿。"他回答。

第二天，我在宏伟的哥特式复兴大教堂前的石阶上等待，打量着川流不息的朝拜者和游客。我一眼就认出了穿着牛仔裤和衬衫的迈克尔。他还是那个十二岁的男孩，只是藏在了一个成年男性的身体里。他径直朝我走来。我们握手的时候，我体验到了一种兄弟般的情谊，感觉就像我从冷宫中带回了一个间谍。

"这太难了，"他开始说，"我昨晚根本没睡。我从来没有和任何人讨论过这件事。我以为一切都过去了。"他坐立不安，鞋子不停敲打着下面的台阶。

"丹就像我的再生父亲，"迈克尔接着说，"他始终那么友善，总是大方地送我礼物和钱。他还有那些杂志什么的。他告诉我，他对我做的事是无害的。他说我的性取向已经成型了。"

"是的，这套说辞我也听过，"我说，"弗洛伊德说这一切都没问题。"迈克尔强颜欢笑。

果然，他的父亲在他很小的时候就去世了。一开始，丹带他在营地里散步，询问他的家人、朋友，问他有什么问题。选对了孩子，一个不能忍受再失去父亲一次的孩子，就意味着这个秘密永远不会被泄露出去。

"我觉得这是我的错，"他接着说，"我的意思是，要是这只发生了一次，也许我能理解。但我怎么能让他这么对我这么多年呢？我本可以拒绝的……"他的声音越来越小，眼神茫然地盯着下面的台阶。

我问他有没有告诉过他的妻子。

"没有，"他说，眼睛瞪得越来越大，"那不可能。每当我想起这件事，我就把它压下去。到目前为止，这种方法都能奏效。我是说，我很正常。也许再过十年二十年，我会完蛋。但当你打电话过来的时候，我感到如释重负。我一直以为我是唯一的一个，从没想过还有其他人。我想帮忙，只是不想让我的名字曝光。"

我们都害怕丹，我说。我跟他说了布鲁斯和我做的那些噩梦，关于法里内拉威胁我们的噩梦。

"身体上的恐惧我已经不记得了，"迈克尔说，"我记得我当时真的很害怕丹会把我做的事告诉我父母。"

"你做了什么啊？这很有趣，不是吗？我们都害怕被抓住。我们从没想过应该害怕的人是他。他才是罪犯。让他为自己的罪行负责吧。这种要替他背负耻辱的生活我过够了。"

迈克尔一脸惊愕，好像我刚才说的话既是事实，又是彻头彻尾的疯话。

"我需要时间考虑一下。"当我请他签署一份声明时，他说。"我想帮你，真的。但我需要几个月的时间。"

"到那时可能就结束了，"我恳求道，"试着在这周内给我个结果。求你了。"

我们站起来准备离开，但我看得出他还有别的话要说。

"怎么了？"我问。

"如果你真的要去，小心丹。他会来找你们的。"

布鲁斯还是不愿意在声明上签字，但有一天晚上，他打电话给我，并且给出了两个不同版本的说法。第一个说他看到法里内拉"掏孩子们的裤裆"。第二份的开头则是："我被丹尼尔·法里内拉性侵了。"如果我想用第二个，就必须得匿名。

　　"我猜你会认为我在隐瞒。"他说。

　　我坚持认为他确实仍有保留。"我理解这种恐惧，但一直活在恐惧中，无非也只是延续这种沉默。丹想要的就是这个。"布鲁斯对"被虐待的男孩会继续虐待其他孩子"这种说法尤为担心。但我说，如果我们不愿意直言不讳地消除这些谬论，就没法指望任何人的观点会有所改变。

　　布鲁斯说他会和妻子商量一下，周末再做决定。在那之前，他再次打来了电话。

　　"我昨晚做了个噩梦，"他突然说，"你和我还有丹以及他的秘书待在一个房间里。她说她收到信息，有人要向她了解丹的事。他掏出一把刀来威胁你，让你给他口交。我跑出房间，试图报警。我打不通。我帮不了你。"

　　"你怎么看这个梦？"我问。

　　"别来精神分析那一套，"布鲁斯回答，"这是一个信号，我必须和你联手。我会在丹虐待我的声明上签字。你需要我做什么，我就做什么。"

　　布鲁斯在一张手写的便条纸上证实了法里内拉至少在

艾拉·福斯营虐待过他十次。他写道，他要求保密，但愿意出庭作证，并补充说，我们"决心阻止这个精神失常的人"从事儿童工作。"我们已经向您通报了这一悲惨的情况。请立即开始调查。"

伦纳德、杰西和亚当提供了证人证词，为受害者作保，并证实了法里内拉在艾拉·福斯营和亨利·霍纳营的猎捕性行为。儿科医生伦纳德将证词写在印有长岛犹太医疗中心儿童医院抬头的信笺上面，提交给了法庭。杰西则以一名经验丰富的护理部主任的身份陈述了自己的证供。

随后，迈克尔也来了一封信。信封上没有附回信地址。关于丹·法里内拉，他写道："我也必须承认，约在十五年前，在我认识他时，他还是营地的营长，而我曾被他性侵。"他呼吁刑事司法系统采取行动。"在过去，没有任何其他方法能够阻止他的这些虐待行为。"

28

联邦调查局的探员伯劳斯会对我的进展感兴趣的，我想，我也想去看看他调查到哪一步了。但他的口风变了。他在纽约州对法里内拉进行了调查，但不能透露结果。我的受害者证词没有任何意义，他重申道。那份文件现在在匹兹堡办事处，不在他手里了。

他补充说，他们不会想跟我谈的。"任何检察官或探员都不会让你参与任何的讨论或策略的制定。你只是个潜在的证人，仅此而已。除非你能提供的是当前的案件，否则你就不会受到欢迎。"

我对联邦调查局能扭转乾坤的幻想很快就破灭了。也许匹兹堡分局会开始调查法里内拉，然后来找我了解更多信息，但我不会守株待兔。

乔希的姐姐埃里卡是一名刑辩律师，她建议我去匹兹堡的阿勒格尼县地检署找一个人。她在宾夕法尼亚州认识一位人脉很广的私家侦探，这位私家侦探又给了我一个可以打开大门的人的电话：阿勒格尼县的一位前地方检察官。我留了言，但没人回复。一个星期过去了，还是一无所获。更糟糕的是，我已经没人可找了。

我开始每隔几周去看一次我母亲。我们从未谈论过虐待本身——很明显她无法面对我们的过去——但她鼓励我将法里内拉绳之以法，我也欢迎她参与进来。我们在实务领域紧密相连：制定战略、建立网络、跟进进展。她会提出建议，而且直觉非常敏锐。现在我告诉她，我似乎走进了死胡同。

"萨拉-爱丽丝·赖特，"母亲强调说，"给她打电话。"

她已经跟我说了好几个星期了，我一直固执地拒绝。

萨拉 - 艾丽斯·赖特在自由港为青年和家庭创建黑人住房项目，并对其进行监管，我母亲曾在那里工作，小时候，我也在那做过志愿者。出于礼貌，我们只会称呼她的全名。

她现在是全美女青年会的执行董事，母亲总爱提醒我，她是社会工作领域的顶尖人物。我无法想象萨拉 - 爱丽丝·赖特会如何把我带到匹兹堡的地检署，这将是一次痛苦的谈话——她相信社会工作者是在做上帝的工作。但我已经走投无路了。

"社工？耶稣听了都得为你哭一哭！"当我把这个消息告诉萨拉 - 艾丽斯·赖特的时候，她哭了起来。"这让我心碎，斯蒂芬。但我们会弥补的。是的，我们会的。我们会拨乱反正的。"

原来她来自宾夕法尼亚州，在匹兹堡大学获得了硕士学位。"我会给你芭芭拉·肖尔博士的电话号码。她帮助建立了匹兹堡暴力犯罪受害者中心。她会带你去见地方检察官，我可以向你保证。"

几天后，我联系上了肖尔博士。"犹太社区中心是一个很好的组织，"她说，"但他们或许会试图把这件事压下去。"她的直率令我吃惊，但没有人会比肖尔更了解当前的形势了。作为一名受人尊敬的社会工作领域的教授，她刚刚主持了一个委员会，就阿勒格尼县福利办公室未能调查儿童性虐待事件发表了一份尖锐的报告，并促使该机构进行了整组。

肖尔博士把我介绍给了她在受害者中心的同事伊兹·里德奥特，我又向她复述了一遍法里内拉的故事：六个州、数不清的受害者、仍在从事儿童工作。她听完后像变魔术一样挥了挥手，帮我联系上了安东尼·克拉斯特克，他是阿勒格尼县地检署犯罪人事组的组长，她管他叫"受害者专业户律师"。

就在我们挂断电话之前，里德奥特给了我一个建议："把这件事留给地检署吧。不要去找犹太社区中心。如果他被判无罪，你可能会面临民事诉讼。"她还没说完，"你的所作所为令人钦佩，"她说，"在你受虐的时候，周围没有任何机构关心受害者。但现在有了。我们需要做得更好。很多人会举手反对说你的案子已经是过去时了，但这关系到现在正在受伤的孩子们。我们得行动起来。"

安东尼·克拉斯特克——那个受害者专业户律师——对我的来电早有准备，他希望尽快看到这些材料，并敦促我同时也将它们寄送给西弗吉尼亚州的地检署。他会审查背景资料，然后与匹兹堡警察局的侦探们分享。他们有能力在不打草惊蛇的情况下对犹太社区中心进行调查，并在必要时与孩子们交谈。

对我来说，这确实很有必要。否则，他们怎么找到现在的受害者？但我不知道地方检察官是怎么立案的，除此以外，我只是很感激他们能采取行动。

在我寄去的附有过往受害者和证人证词的说明信中，我提供了一条有关艾玛·考夫曼夏令营的有望线索：那个给法里内拉当了好几个夏天助理营长的人。这个消息来自亨利·霍纳营的维修工文尼，他后来也在艾玛·考夫曼营给法里内拉打过工。

"他是个好人，"文尼在提到法里内拉的助手时如是说，"而且他看起来对丹尼也没那么忠诚。他应该注意到了丹尼和哪些男孩在一起。"

在将证据寄给克拉斯特克的那天晚上，我从梦中惊醒，虽然醒着，但仍混沌不堪。我在哪儿？我是谁？我身旁的被子下面躺着一个人形物体：一个准备奸杀我的男人。我从床上一跃而起，逃到浴室，"砰"地关上身后的门。我喘着粗气，将全身的重量都靠在门上。

一分钟过去了。有关我身份的拼图被一块、一块地重组起来。我记起了自己的名字，记起了我住在哪里，记起了在被窝里的这个人：她是苏珊。

我跌坐在冰冷的瓷砖地板上，颤抖着哭了起来。

克拉斯特克动作很快。不到一个星期，他就与匹兹堡警察局以及联邦调查局讨论了法里内拉的问题。他说，他们正共同考虑三种方案。

　　第一种是检察官会喜欢的，那就是和法里内拉当面对质。它的好处是立竿见影。克拉斯特克说，这样做的缺点是他可能会被赶出小镇。第二个选择是去犹太社区中心。他解释说，这样做的缺点是存在潜在的担责风险。第三种方法是让男孩们站出来，也许可以在犹太中心举办一场关于性虐待的讲座。警方性侵小组的警官雷·麦克诺斯基显然赞成这个想法。他想直接接触孩子们，找到受害者，然后起诉法里内拉。

　　"我支持麦克诺斯基。"我说。

　　"我明白，"克拉斯特克回答，"但让十几岁的男孩开口说话是最困难的。那要花很长时间。我们不能再等了。如果有人在我的县治范围内虐待男孩，我是不能拖的。我们会在接下来的两周内采取行动。"

　　"假如你最后把他赶出镇子，万一以后有更多的男孩受到虐待，你的形象就会一落千丈。"我是这么说的。一想到法里内拉可能会逃跑，我就惊慌不已。他承认有这种可能，但还是表示速度是最重要的。

　　在我看来，克拉斯特克的计划是最糟糕的选择。我和其他受害者都希望能迅速采取行动，但如果这会将其他孩子置于危险之中，我就不会这么做。没错，十几岁的男孩都不愿意开口，但这不就是侦探的职责所在吗——他们不就该让受害者和证人开口吗？再说了，他们都知道潜在的线人叫什么了。如果他们能和法里内拉的前助理聊上30分钟，他也许还能提供一份可以接触的家庭名单。

此外，难道犹太社区中心的所有家庭不应该知道他们中间存在一个性侵犯者长达五年之久了吗？如果这一切都被掩盖起来，受害者又怎么能得到他们需要的帮助？

我知道，调查总能找到新的受害者。就在几天前，我母亲给了我一篇卡尔文·特里林在《纽约客》上发表的文章。她被里面的内容吓坏了。"这很难。"她边说边把杂志递给我。我以为我看到的会是有关性虐待的生动描述，但事实并非如此。

在俄勒冈中部，一位线人向当地当局举报了一名童子军团长在摩门教集会中虐待男孩的事情。地方当局没有按照他的举报采取行动，于是举报人便把事情捅到了州警察局。根据特里林的说法，州警察"并未因为许多指控都超出了诉讼时效而感到困扰"。他们对当前案件的进展充满信心，因为"恋童癖者的行为模式往往一成不变"。他们很快找到了一名十五岁的受害者，然后从肇事者那里得到了供词。

在文章的最后，正义得到了伸张，但其方式令人不寒而栗。作为对两项性虐待指控认罪的回报，县检察官同意不再对涉及其他男孩的类似指控展开进一步调查。这名在过去二十多年里一直侵犯童子军的施虐者只被判入狱 20 天。宣判五天后，这位十五岁的男孩用一把锯断的猎枪杀死了施虐者。

多亏了上帝的恩典，我想。我知道，当羞耻感难以忍受的时候，就会演变成白热化的愤怒。我每天都生活在这股振荡的电流之中。我都数不清有多少次幻想着要把法里内拉的脑袋轰掉。只有将愤怒发泄到手头的工作中——寻找像我一样的人、做笔录、追踪执法人员——我才有脚踏实地的感觉。当我停止为这个案子努力，我就会变得抑郁，或是产生杀戮的欲望。

读了特里林的文章后，我很庆幸法里内拉案不是发生在俄勒冈州中部的某个小镇上，毕竟那里的恋童癖者只会被判 20 天的徒刑。接着就是克拉斯特克的三个选择。我不知道哪个机构会有最终决定权，但他说"我们不能再等了"，很显然，这表明地方检察官不会立案起诉法里内拉。

一个月之后，当我在办公桌前工作时，克拉斯特克打来了电话。

"斯蒂夫，我们刚和犹太社区中心的人见过面。"他开始说。

"好吧，"我说，"都有谁在那儿？"

"我们这边是我和联邦调查局的一名探员。我们见过犹太中心的官员和他们的律师。"

"然后呢？"

"我们分享了你提供的信息，得到了很好的反应。他们准备采取行动。没必要再施压了。我们会与他们合作。"

"你是说他们会把他扫地出门？"

"对。但他们还没知会法里内拉。他们说从没收过法里内拉的投诉，还说他改变了他们的营地。"

"是啊，我不怀疑他让他们的营地变得更好了，"我说，"但你可以肯定，他这么做的时候也同时在虐待男孩。你不能放他走。他会去别的地方再来一遍的。如果你不打算起诉他，至少也得阻止他再跟孩子们打交道。你得联系他以前的雇主和营地网络。请做点什么吧。不然我们就会回到原点。"

"联邦调查局会与证人以及他过去的雇主谈一谈，"他说，"然后他们会回到犹太社区中心，确保法里内拉已经出局。如果在宾夕法尼亚州存在任何现行的证据，我们就会设法让该州提起诉讼。"

如果存在证据？为什么不去找证据？对这样一个连环猎捕者，他们为什么不主动去追？

"有什么办法能让我追踪到联邦调查局的行动吗？"我问道，急切地希望找到办法让自己跟进案件的进展。

"他们指派了探员比尔·林茨。我相信你会收到他的信的。"

我已经麻木了。犹太社区中心当然希望能在夜深人静的时候把法里内拉逐出家门。这一点肖尔博士早就预料到了。但地方检察官为什么会让他们这么做？从什么时候开始，执法部门开始像克拉斯特克所说的那样，与组织"合作"来掩盖犯罪分子的踪迹了？还有谁能为孩子们说话？

29

我正在家吃午餐的时候，电话响了。我接起电话，打了声招呼，却只听到电话那头的一片死寂。我挂了电话，没管打来的是谁。次日又发生了同样的事情。

我确信是法里内拉。犹太社区中心可能已经把消息告诉他了。他应该也已经看到我给地方检察官写的信了。他会知道我就是赶他下台的幕后主使，这对我来说也没什么。事实上，我希望让法里内拉知道我已经公开了这件事，而且不会放弃对他的追查。但这并不意味着我不害怕。我很确定他会来找我，这些电话让人毛骨悚然。

如果我们最终能通上话，我打算录下通话的内容，然后让他认罪，这对刑事或民事案件的审理会有帮助。我要录音还有另一个理由：万一他杀了我，这就是证据。

第二天，我拿起电话，听到的还是同样的死气沉沉。

"嘿，是我。"法里内拉终于说。

"嗯，"我冷冷地说，"你打电话给我干吗？"

"我只是想让你知道……我很抱歉。我已经改变了。我现在不会伤害任何人了。"

"我不在乎你的道歉，"我说，"你要承担后果。"

苏珊出现在门口。她指着电话答录机，在空中乱戳一通。我忘了开机。我按下"录音"键，卡带开始嗡嗡作响。

"知道我伤害了别人对我来说是一种煎熬，我每天都生活在这种煎熬之中。"他听起来痛苦极了，好像他才是世上最痛苦的那个人。"我的意思是，你不明白，当我早上起来，想起自己的所作所为，或者在我开车时，你出现在我的脑海里，想到我伤害了你，这对我来说是一种煎熬。我必须承受这一切，你说得对。但我不想让你恨我。因为我从没想过要刻意伤害任何人。"

"我帮不了你，"我说，"如果你明白你让我承受了什么，你会杀了你自己，更不用说想到其他人了。我就不一一列举了，因为你知道他们是谁。"

"嗯，差不多了。"

"你自己决定。你变了吗？也许变了，也许没变。你撒谎成性。我为什么要相信你呢？"

"我从来都不是一个撒谎成性的人。"他说。

"你一直是！"我喊道。"你和我父母当了多少年的朋友？"

"我知道。"他轻声说。

"你想骗谁？你一辈子都没跟人说过真心话。"我气得浑身发抖。

"嗯，我从来没有朋友，"他接着说，"我不和任何人亲近。你以为我不知道我在说谎吗？你以为我看着别人的时候不知道那是欺瞒和诈骗吗？我唯一亲近过的人就是你的父母。或许我对他们造成了无法弥补的伤害。我什么也做不了，但我不是故意的。"

"这和故不故意有什么关系？"

"嗯，通往地狱的路……"他停了下来。这一直是他最喜欢说的一句话。"我知道我一直在努力做正确的事。但背后总有欺骗。我一生都活在谎言中。"

"我想不出你想从我这里得到什么，"我说，"你想让我怎么做，原谅你，说没关系？"

"不是没关系，"他说，"我只是不想让你感受到仇恨。"

"为什么我不应该感到仇恨？"你对我做了那么可怕的事。你利用了我。"

"但我从来没这么想过。"他说。我大笑起来。"这就像是我被接受了一样，"他接着说，"你越接受，我就越能被扳回来，这就像是我对自己开的一个玩笑。这算不上什么不诚实。"

"我不是唯一的一个，丹。我没什么特别的。在那个夏天还有许多其他一样的人。别跟我说什么能让你感觉好点的屁话。跟我无关。我是个无辜、脆弱的孩子，而你利用了我，就是这样。"

"可我病了。"

"好了。再想别的你就是自欺欺人了。因为我不是唯一的一个。你调查过每个孩子。只要对象合适，你就会去勾引他们。"

"那不是真的。"

我又笑了。"我能说出一打名单。"我说。

"一打，"他重复道，"好吧。"

"我说错了吗？"

"我不想在数字上纠缠。"他说。

"我说错了吗？"我又问。

"一打。我不这么想。不管怎样，这是一种疾病。但它已经好了。一去不复返。我不想再伤害任何人了。"

他的自怜令人作呕。我很想挂电话，但我更想让他坦白。

"听着，我做过可怕的事，"他说，"我只是想让你放心，这不会再发生了。我无能为力，只希望你能稍微理解我一点。"

"你都从没理解过我一点，我又何必要去理解你呢？"我问。

　　"我一直都理解你。并不像你想的那样，我一直在利用你。相反，你是我的朋友。我以我自己病态的方式这样认为，你超级特别，你接受了我，你喜欢我。"

　　"你知道我有多怕你吗？你知道每个孩子有多怕你吗？"

　　"不，我不知道。我不知道你很害怕。我一直以为你喜欢我。"

　　"我们都做过同样的噩梦，丹。同样的噩梦。许多人现在还在做着这些梦。你相信吗？"

　　"我相信。对不起。我也有我的噩梦。我知道我伤害了别人，但我再也不想伤害任何人了。我只想试着让你明白现状就是这样，这样你就不会有恨了。也许有一天，你会明白这一点，然后消除仇恨。"

　　"现在要讯问你很方便了。"

　　"为什么？"他问。

　　"因为这已经和我无关了。"他知道我的意思。他必须对执法部门负责。

　　"嗯，我猜是你……"他停了下来，说不出来那句话：是我举报了他。

　　"你告诉我你要离开营地，"我说，"为什么不走？"

"我试过了，"他说"我正在努力。"

"正在努力是什么意思？那都是八年前的事了。"

"我想把房子卖掉，这样我们就能弄到点钱，然后开个小餐馆什么的。"

"是你总说要对自己的行为负责。你得处理好这个问题。"

"好吧。我不想让你觉得这只是说说而已。我会付出代价的。"

他那副受苦受难的样子令我怒不可遏。

"你谋杀了我。你杀死了我内心的某种东西，我再也回不去了。如果你以为我会同情你的遭遇，那就别想了。我没这个本事。我看得出来你已经完全失去了意识，你压根不知道我经历了什么。"

"我当时完全没意识到那是什么。我从没想过我会伤害任何人。我和自己玩这个游戏。现在我知道了，这就是痛苦。如果我当时能多理解一点，我就什么都不会做了。"

"那是你虚构出来的世界。那些东西没有任何意义。"

"我知道。听着，我要去纽约看我的阿姨，但我不敢去。我当天就跑出去了。她生病了。我想去看她，但我害怕。"

"你在怕什么？"

"我怕你会看见我，或者你会想……"所以我就尽量躲得远远的。"

"那我父母呢？你觉得你能让他们好过点吗？那么多可怕的岁月。"

"你说可怕的岁月是什么意思？"他问。

"他们失去了自己的儿子。你不明白吗？"他沉默了。"这个层面你从来都没看到过，对吧？"

"没有。你为什么不告诉我？"他问。"然后叫我滚，滚远点。"

"你控制着我们做的每一件事。包括我们的身体。你觉得有人能对你说不吗？"

"我想要这么相信。"

"得了吧。你很清楚自己在做什么。"

"你太相信我了。"

"你也知道啊。"

"我只知道以后我能做些什么——尽量不要伤害任何人。"

"你1978年就对我说过这话了，丹。"

"我知道。"

"但你撒了谎。因为我知道在那之后你还在虐待孩子。我知道那些孩子。"

"1978年？"

"是的。"

"我不知道。"他说。

"你知道，"我说，"你只是不想面对。"

有整整一分钟，他一句话也没说。然后他重重地叹了口气。我看到了我的机会。

"你知道你对孩子们所做的事属于性侵犯吗？"

"我现在明白了，"他回答，"我求助过。我花了很多钱和时间，看了些最著名的精神分析师。他们只会说你伤害的是你自己，都是你父母的错，还有那些当时流行的屁话。他们说我是受害者。整个治疗过程就这样持续了多年。我开始相信他们灌输给我的那些鬼话。现在，时代不同了，人们看问题的角度也不同了，我也是。"

"丹，我知道你对男孩们的性欲有多强烈。我不相信，不可能，只要你在孩子们身边工作，你就会有这种想法。"

"我是有。在过去的五年里，我没有和任何人发生过性行为。这我知道。我不用再胡说八道了。这是真的。原因有很多。首先，我服用了有阉割功能的药物。"

"什么药？"

"心得安（Inderal），要么就是异山梨醇硝酸酯（Isordil）。"那是些心脏类药物。"第二，我会控制它。我没有欲望。无论我做什么，都只在脑海里进行。听着，我不想再白费口舌了。我不想让你难过，也不想伤害你。"

"你已经这么做了。你现在已经拿我没办法了。我知道你是谁，也知道你做了什么。你说的话对我毫无意义。"

"好吧。谢谢你和我谈话。"他说。

"好吧。"我说。

"再见。"

我的身体因战斗或逃跑的冲动而震颤不已。这是我第一次没有僵在那里，也没有逃离法里内拉。我坚守阵地，奋力抗争。

我按下"弹出"键，把磁带从答录机里弹了出来。我们的交流非常激烈，我几乎不记得我们说了些什么。我很确定我已经让他招供了，不过在短时间内，我是不可能再听那盘磁带了。

30

我花了一会儿才明白，联邦调查局不打算调查法里内拉。

林茨探员答应他会来纽约跟我见面。当听到我和法里内拉的通话录音时，他印象深刻，并因法里内拉声称已经不再虐待孩子的声明而笑了起来。"我在这一行干了很多年，"林茨说，"我了解这种人。他就是离不了那点甜头。"

林茨肯定想要我提供的新线索：艾玛·考夫曼营里的一个可能被虐待的厨房小弟的名字和电话。据林茨报道，法里内拉的确已经提交了辞呈，但这并不妨碍联邦调查局与美联邦检察官办公室的匹兹堡办事处一同追查此案。

我一直相信联邦调查局的所有承诺——直到它们变得信无可信。很快，我从林茨那里得知，尽管法里内拉辞职了，但他仍在犹太社区中心工作，此时距离该中心被告知他们的青年主管是一个出了名的恋童癖已有将近3个月。我被这个消息吓坏了。

我对联邦调查局的信心破灭了，我做了我唯一知道要做的事：发掘更多的证据。联邦调查局从来没有联系过法里内拉在艾玛·考夫曼营的前助理营长，所以我就亲自出马了。是的，他说，法里内拉对待男孩的方式明显存在问题。事实上，他甚至曾因为法里内拉对某些孩子的优待而与他对质过。

我似乎无法停止调查这个案子。我提供了没人想要的线索和永远不会被传唤的证人，建立了一个无懈可击却永远得不到审判的论点。

我从匹兹堡警察局内部的消息人士那里得知，法里内拉最终还是辞掉了工作，买下了一家名为斯科特的餐厅。鉴于他和厨房小弟的过往，他的新出路既容易预见又令人不安。不难想象，他会从犹太社区中心雇佣青少年来餐厅工作。他找到了一个相当于营地的商业场所：很容易接近男孩，又能为性虐待提供绝佳的掩护。问题是，似乎没人在乎，至少没人在乎到愿意做点什么。

"祝你好运，斯蒂夫，"一个曾在亨利·霍纳营工作过的人说，"但面对现实吧，我们永远也抓不到丹。"

最令人沮丧的电话是打给社会工作者——法里内拉的同事们的。其中一位矢口否认他有虐待儿童的事实。其他人虽然有所动摇，但仍然对他非常尊敬。他们说"他做了这么多好事"，仿佛那就能弥补那些被他毁掉的生命。他们被一个大师欺骗了，对他们来说，相信一个安慰性的谎言比面对毁灭性的真相更容易。上帝不会允许他们对自己和那些使他几十年来的掠夺行为能够得逞的机构提出尖锐的问题。

随着将其列入刑案的尝试变得越来越遥不可及，我思考了所有可以用来对付法里内拉的方法。考虑到诉讼时效，我不能提起民事诉讼。我可以雇私家侦探来追踪他的活动，但与我交谈过的那个人认为这项任务太过耗时，并警告我，费用会高得离谱。一些儿童权益倡导者建议我把这个故事提供给匹兹堡的一个记者。我喜欢这个主意，但记者需要核实消息来源，而其他受害者都不愿意走这条路。

公开亮相的前景也让我害怕。我想象着那些问题——来自媒体、营地、我的同事——他们会问我为什么和法里内拉保持朋友关系，为什么成年后还要为他工作。我担心自己会变成舆论法庭上的众矢之的。

眼看求助无门，我找到了安德鲁·瓦克斯，他是纽约市的一名律师，代理受虐儿童案件，由州政府为他付酬。但吸引我注意的是他的另一门手艺。瓦克斯是最畅销的犯罪惊悚小说作家，他的作品讲述了一个名叫伯克的私家侦探的故事，伯克是个会在法律之外对恋童癖进行血腥报复的前科犯。

我刚刚读了伯克的第二部小说《斯特雷加》(*Straga*)——他总共要写18部——在书中，这位前科犯摧毁了一个通过电话调制解调器运作的儿童色情团伙。那是1987年，网络色情业问世的前十年。瓦克斯的小说不仅表现了恋童癖的堕落，还是通过一个被虐待过的男人的眼睛来表达的，他实现了我对复仇天使的幻想。

我读过瓦克斯的采访。他曾在钢铁城做过社区组织工作，还管理过一个专门关押暴力少年犯的最高警戒设施。他戴着黑色眼罩、举止冷酷，在时代广场的地下世界里游刃有余，他的儿童客户很容易成为他口中所说的"蛆虫"的猎物。瓦克斯的妻子在皇后区地检署工作，负责性犯罪的起诉。他们两人的使命是为孩子们创造一个更安全的世界。如果有谁知道该怎么做，那个人一定是安德鲁·瓦克斯。

"少来了。"我打电话给他时，他咆哮道。他的声音和法里内拉很像，让人联想到纽约的卡车司机。"地方检察官是不会提起诉讼的，除非是明目张胆的案子。这种情况很少见。联邦调查局呢？没有线人，他们什么也干不了。"

终于有人知道这一切是怎么运作的了。当局不会对法里内拉采取行动，除非有个包装精美的案子落到他们桌上。

"那我该怎么办呢？"我问。"就这么放弃然后走开？"

"让我来处理吧。我们认识匹兹堡的人。"瓦克斯说着，听起来突然很像他小说中的主角，那个平民警员。"把这家伙的资料发给我。给我他的地址和照片。我把它们挂到线上。一定要让他知道我们在监视他。"

我不知道瓦克斯说的"我们"指的是谁，我没有问"线"是什么，也没有问"监视"代表什么意思。我只知道法里内拉在暗处活动，但瓦克斯也没闲着。

很显然，当法里内拉的文件被送回纽约时，我与匹兹堡联邦调查局的关系已经彻底了结了。1987 年末的一天，我突然接到了曼哈顿下城联邦调查局外勤办公室探员菲·格林里的电话。文件被放到了她的桌子上，她正试着理清头绪。

"为什么这个案子从未被起诉?"她问。

"你说呢,"我说,"我已经 8 个月没有收到你们匹兹堡办事处的消息了。"

格林里是一个两人小组的成员,负责调查性虐待案件。我马上就喜欢上了她。她既真诚又直率。当我见到她和她的搭档——一名纽约警察局的侦探时,我向她介绍了案件的背景,对于情节的每一个转折,她听后或眼前一亮,或啧啧称奇。

"简直难以置信!"在我谈到法里内拉进军餐饮业的时候,她惊呼道。"我很抱歉。如果这事发生在纽约,我们会全力调查的。但这不在我们的管辖范围内。匹兹堡的调查人手不够,除非受害者愿意先出面,"她苦笑着,"现在在你面前的是全纽约仅有的两个调查法里内拉这种案子的人。"他们把大部分时间都花在了让孩子们开口说话上。

"你能让成年受害者签署声明,这太不可思议了,"她说,"你不知道这有多不寻常。不过,男孩子更难缠一些。受过虐的男孩比杀人犯还要难对付。你想尽一切办法,但他们就是不开口。"

我知道。十五岁时的我就是这样,什么都没法让我开口。我提出了找个私家侦探来调查这个案子的想法。格林里笑了。

"斯蒂芬,你能比任何一个调查员都更快让一个孩子开口，"她说，"但即便你能让他开口，也还得让他和他的家人合作。这是一项艰难的业务。即便如此，你还得让法官了解施虐者的威胁。很多法官都不知道。"

"那我该怎么办，祈祷他不再虐待男孩吗？"

"哦，他在虐待他们，"她说，"平均每个性骚扰者一生中会虐待 117 个孩子。没有任何文献证明他们能被治愈。很可能法里内拉还在做这件事。"

"上帝啊。"我喃喃自语道。

"最好的办法就是继续施压。你可以让他疑神疑鬼，进而改变他的行为。给他写封信。告诉他你在跟我们谈。这可能会让他吓得不敢轻举妄动，也可能会迫使他犯下错误，暴露自己。"

她的口气听起来更像安德鲁·瓦克斯，而不是联邦调查局的探员。我对她也有同样的尊重：她站在第一线，说的都是实话。

"还有别的什么吗？"我问。

"得有人写写这件事。这比你的案子重要，斯蒂芬。外面有成千上万的法里内拉。除非人们清醒地意识到这种现象有多普遍，否则我们永远无法改变现状。接下来，机构、执法部门和法院就会有变化。你亲眼看见了这一切。你说过你是个作家。为什么不讲讲你的故事呢？"

我给法里内拉写了一封长达 14 页、单行距排版的信件。我本以为我会简明扼要地告诉他我还在和证人接触，也把证据提交给了联邦调查局。

但我不断回想我们在电话中的那次交谈，回想着他是如何漠然地对待由自己所导致的痛苦，或者假装并不知情。我希望他面对自己的所作所为。为此，我必须将杂乱无章的记忆整合成一段连贯的叙述——这是我先前从未试过的。我开始对日历、其他记忆以及他人和证人的叙述进行交叉比对，以此确定每个历历在目的事件发生的确切时间。

我叙述了他在 1968 年的第一个夏天和秋天里的掠夺行为，记录了他是如何的有条不紊和善于操纵。我记述他的言行，以此表明他所声称的"好意"只是自欺欺人的谎言。我写下了这些事件在此后几十年间的"余震"。最后，我告诉他我会继续与联邦调查局会面，并在结束语中写道：

> 你要我别再继续恨你。我不会那样做。我并不觉得它像你所言，是一种"消耗"或是"固着"。相反，我觉得我的仇恨是一种解脱。我享受自己对你的仇恨，因为这意味着我摆脱了你对我的病态控制。这代表我无须再自责了。我被一个病态而暴力的人

挟持为了人质。只要你还活着，我就会恨你。这是一个承诺。

这封信在我的书桌上放了两周，而我却倒退了好几年，我被自己写的东西吓到瘫软。每天晚上，我都梦见背叛、战斗、被囚禁在密不透风的牢房里，以及自己的惨死。每天早上醒来，我都筋疲力尽。我勉强还能工作，但醒来的生活似乎并不如有着士兵和刽子手的梦境那般充实和有意义。

我决定把这封信给我母亲和肯看看。我想让他们知道法里内拉对我做了什么，即使我们从未就此有过讨论。两天后，母亲打来了电话。

"我读过了，"她说，"太让人揪心了，斯蒂芬。我没法跟你谈这个。但我希望你能把它寄出去。我希望这能毁掉他。"

那封信更能摧毁的似乎是我。我在那14页纸中所释放出的情感暴力已经起了反作用。但是，就在我再也忍不了因自己的不作为而产生的自我厌恶时，我走到邮箱前，把信扔进了投信口。

回到公寓后，我将所有的执法文件都装进了一个箱子：两年来的调查、电话、回忆、笔记、日记、剪报以及信件。为了阻止法里内拉，我已经竭尽全力了。但在和格林里探员聊过以后，我不得不承认，当局是无法阻止他对儿童下手的。我崩溃了。

我再也没和安德鲁·瓦克斯说过话。我相信他说的，相信匹兹堡有人盯上了法里内拉。我没再与联邦调查局、阿勒格尼县地方检察官或匹兹堡警局联系，也不再给受害者、证人、性虐待专家和各个营地的员工打电话了。

这场耗尽我生命的法律探索宣告结束。我用胶带把那箱文件封上，塞进了壁橱。

31

布鲁斯，就是第一个同意帮助我的营员，是他告诉我法里内拉死于喉癌的消息。故事以此终结，实在是难以捉摸。我的第一反应是再也不会有男孩受伤了。第二个念头是我不必杀他了。

电话是在我放弃制止法里内拉六年后打来的。和我一样，布鲁斯也一直在挣扎着从过去的阴影中走出来。

"我一直在回想发生过的事，"他在电话里说，"我无法释怀。"

"我知道。曾经我也以为它会停下来。可现在，我觉得永远都不会了。"

在我与联邦调查局的探员格林里会面数月之后，我和苏珊搬到了西部，开始了新的生活。在旧金山，我加入了最早期的一个男性性虐待幸存者治疗小组。看到自己的经历与其他男性的生活如出一辙，我深觉受益匪浅。

但法里内拉始终就在那里，伺机而动。我想象着匹兹堡餐馆里的那些后厨小弟。我幻想与他对簿公堂，并将他绳之以法。我听从了格林里的建议，给法里内拉寄去了匿名信封，里面装着关于儿童猎捕者的剪报，他们当中有些受害者已经惨遭杀害。我开始注意到更多类似的故事。

到了晚上，在梦中被人施虐仍会引发我难以抑制的恐惧。每隔几个月，我就会醒来，发现自己的身份已不复存在，并把我爱的女人误认为强奸犯。有一次，我在白天发作，房内天旋地转，我无法呼吸。苏珊叫了救护车。急诊人员没发现有任何问题，于是给我打了镇静剂，送我回了家。

但现在一切都结束了。法里内拉死了。自布鲁斯来电之后，日子一天天过去，这消息对我越来越像是一种救赎。那么多的恐惧和愤怒，一直都围绕着那个活生生的人展开：那个梦境中半人半兽，在我十三岁时将我扣为人质的人。现在，他再也不能伤害我和其他人了。他死了，一了百了。我可以重获新生了。

我已经三十七岁了。在接受了十年的强化治疗之后，尽管恐慌仍会间或发作，但我已经在人间大步向前了。我在公益部门谋了个不错的营生，为我所热衷的事业奔走呼号。苏珊和我办了个小型婚礼，主持仪式的是我在宋卡的僧侣朋友慧越，他现在是得克萨斯州亚瑟港越南佛教寺庙的住持。

我们有个儿子，在我父亲生日那天出生。这让我感受到了宇宙的力量，这个圆圈的闭合深深地治愈了我。为了纪念我的重生，我重拾了自己的姓氏——米尔斯——那个我在东梅多书桌后面的钉板上潦草写下的名字。

从加利福尼亚州搬来以后，我们在新墨西哥州的高地沙漠建了一个有着猫、狗、鸡和花园的田园牧歌式的家。我有幸拥有健康的身体、充满爱的家庭和亲密的朋友。我还有很长的路要走，生活是美好的。

这听起来像是个大团圆式的结局，但事实并非如此。无论我在工作上多么成功，不管我的妻子和儿子多么爱我，我那无形的伤口都还在剧烈地疼痛着。这个秘密牢牢地抓着我的心。我有强烈的躲避与人类接触的冲动。我会莫名地感到沮丧，内心破碎，并且容易厌恶自己。我似乎根本摆脱不了我那近乎永恒的羞耻感和高度警惕。

我假装没事。我告诉自己应该没事。我的否认反射异常强烈。但每隔一段时间，当这种感觉变得越来越势不可挡时，身体就会逼我直面现实。

四十岁那年的一个晚上，我感到胸口剧痛，四肢麻木。我确信自己得了冠心病，于是急忙跑到急诊室，却被医生告知，我的心脏没有问题。

躺在那里，挂着心电图机，我回想起在艾拉·福斯营医务室发生的第一次攻击。我一直认为那是一个改变我一生的事件，是对现实的攻破——事实也的确如此。但也有一些更简单的原因：我的神经系统在那个中午之后失灵了，几十年后，它仍然处于高度戒备状态，就像过于敏感的烟雾报警器一样容易被触发。

我曾迫切地渴望到达某个时刻——比如在法里内拉死后——所有的痛苦都将销声匿迹，我可以宣布自己已经痊愈。但是，这段过往拒绝与我合作。孩童时期所遭受的攻击仍然存在于我的身体里——始终存在。我的神经系统永远也不可能被魔法般地重置回我走进医务室的前一天。

我别无选择，只能照顾好我的身心：了解它们，关心它们，在警报响起之前减轻它们的痛苦。这绝非一朝一夕之功。我已经花了好几年时间。现在仍在继续。

要着手疗愈创伤，方法有很多，其目的就是要在安全的环境中感受一切需要被感受的东西。我探索了生物能量学、罗森法身体工作、神圣舞蹈、躯体疗法以及其他方式。所有这些方法都帮助我转过身来，面对恐惧、悲伤以及搅扰我身体的那些愤怒。其中一些我在过往服食药物中体验过，之后也体验过多次，但需要体验的还有很多。我一直在想：看在上帝的分上，又来？我怎么还有这种感觉？我到底是怎么了？

我见过一位治疗师，她的墙上挂着《多马福音》里的一句话。"若将你内在的东西活出来，则必能因其而获救；若不把你内在的东西活出来，则必将因其而毁灭"。

多年以来，我一直误解了这种智慧，以为会有一些伟大的启示被揭示出来，或者某个真实的自我会在最终出现，让我脱胎换骨、焕然一新。然而，最后出现的却是我在儿时的痛苦。它的缓慢浮现让我开始从过往中解放出来，为着当下自发的喜悦、感激和爱创造空间。

恐惧、悲伤和羞耻的风暴仍在袭来。但是，在安静的冥想静修中逐渐深入的正念练习帮助我观察着这些强烈的想法和感觉，使我不致受其折磨或陷入恐慌。它们总能带我渡过危机。我的痛苦减少了。也很少抑郁。我已经十年没有夜惊了。我已经直面了十三岁时发生在我身上的事情所导致的艰难，它对我的影响比以往任何时候都要弱。

今天，我知道，除非我咽下最后一口气，否则童年性虐待的摆脱之旅永远不会终结。这不是个问题，这是我已经接纳的事实。

随着我个人否认倾向的退却，集体性的否认也遭到了侵蚀。20世纪90年代中期，有关罗马天主教会性虐待的新闻报道开始不断涌现。新研究揭示了一个惊人的事实：每六个男性中就有一个在十八岁之前遭受过性侵。事实证明，我并没有想象中那么孤单。

这些人中的大多数仍躲在暗处。我们的文化认为男人应该坚强，应该能够保护自己。如果男孩遭到虐待，我们假定他们不会像女孩那样受到伤害，他们应该缄口不提，默默承受自己的羞耻。有一篇论文的标题令人难忘，题为《勿视邪恶，勿听邪恶，勿言邪恶》(See No Evil, Hear No Evil, Speak No Evil)，它证实了我所熟知的事实：男性比女性更不愿意披露虐待行为，而且更有可能否认虐待对他们生活的影响。

与此同时，公共卫生研究也在记录着男性群体所遭受着的终身伤害，从童年性虐待到酗酒、吸毒、抑郁、离婚和自杀企图的比例上升，都呈一条直线。

2002年，《波士顿环球报》对天主教会的性虐待行为进行了调查，最终击溃了谎言的大坝。三部尖锐的纪录片——《信仰的扭曲》(Twist of Faith)、《从邪恶中拯救我们》(Deliver Us from Evil)和《最恶之罪》(Mea Maxima

Culpa）——揭露了教会如何牺牲儿童来包庇有恋童癖的神父。包括童子军和宾夕法尼亚州立大学事件在内的一系列博人眼球的丑闻，迫使人们对掌权男性虐待男孩的普遍现象展开了清算。人们不再避讳去看到、听到和谈论这样一场祸事。

这种新的公共觉察也帮助我打开了与母亲沟通的渠道。当她打电话问"你看到《纽约时报》上的那篇报道了吗"时，我就知道她说的是当天曝出的性骚扰事件。她已经对这些反复出现的主题了如指掌：利用权力剥削儿童，机构对真相的掩盖，受害者被挟持直至成年。我们谈到了一个新的发展：男性们会站出来提起诉讼，要求伸张正义了。但她已经很多年没提过法里内拉的名字了。就像我童年时代的几乎所有事情一样，这个名字仍是禁区。

所以接下来发生的事让我措手不及。当我的继父肯突然死于中风时，我母亲开始同样突然地回忆起我的父亲。曾经一提到自己的第一任丈夫就会勃然大怒的那个女人，现在却会不经意地向我讲述战后他们在卡茨基尔度过的某个浪漫的周末。

我常常想，既然父亲的病情和预后都很糟糕，我的父母为什么还会选择要一个孩子。现在，已是八十一岁高龄的母亲告诉了我原因。

"我非常想要一个孩子。我希望在他死后，生活还能继续。"

父亲曾试图劝阻，但她还是赢了。然后，当她带着我从医院回到家时，她意识到自己要面对的是什么：一个腹部绞痛、尖叫不已的新生儿和一个羸弱不堪的丈夫。"我有点精神崩溃。"她说。黛尔婶婶和哈罗德叔叔搬来和我们住，直到她恢复健康。

听起来，母亲似乎是想让父亲的记忆永存。然而，在我六岁的时候，她却一门心思地想要把它抹去。换做以前，我一定会对这件事耿耿于怀，但为人父母让我变得谦卑了起来。我对母亲的局限性有了新的认识，我认识到了她自己无法释怀的丧失是如何塑造着她。我只在乎她对我儿子的宠爱，以及他们对书籍的共同热爱。她对他的爱既美好又简单。

有一天，当我们在她家的客厅里谈话时，母亲终于放下了这几十年来丹·法里内拉对她的折磨。她恳请我原谅她，这让我终于松了一口气。我向她保证我没事，并对我所拥有的一切心存感激。我看得出来，她愿意相信我。

不久之后，我请母亲和我一起去父亲的墓地。我去过那里很多次，但自从父亲下葬那天起，她就再也没有回去过。我在墓地哭了，而母亲也以我一直希望的方式陪伴在我身边。

两年后，她被诊断出患有结肠癌，病情扩散得很快。

在她弥留之际，我能看到她眼中的悔恨，看到她为没能保护好我而悔恨不已。但我们之间也有爱，这份爱意也并未因施虐者和他所夺走的一切而被动摇。

母亲过世后，我惊讶地发现，原谅她比原谅自己要容易得多。即使是现在，我也会在某些时刻憎恨自己，并将世界挡在一边，仿佛要掩盖什么可怕的罪行——那些由我犯下的罪行。

后来，在翻阅一些家庭老照片时，我发现了一张自己十二岁时的快照，那是我遇到丹·法里内拉的前一年。照片里的我倒挂在一棵高大的枫树的树枝上，那棵树就矗立在我们位于东梅多的家的前院。我穿着纽约大都会队的蓝色球衣，对着镜头喜笑颜开。

我记得在那一刻，我飘浮在半空中，记起了那个男孩。"你太无辜了，那时候你还只是个孩子。"我对男孩说，突然间，我对他充满了爱。

后记 2021

2017年的一个晚上，我打开电视，观看了拉里·纳萨尔，就是那个名誉扫地的美国体操队队医的量刑听证会。一年前，前体操运动员雷切尔·丹霍兰德挺身而出，指控纳萨尔在她十五岁时对她实施了性侵犯。在她之后，又有数百名其他女性站了出来。

现在，我看到其中的156人在法庭上面对侵犯者，说出了自己曾经历过的可怕真相。这是我见过的对于原始勇气最为出色的展现之一。很快，体操运动员们将会向庇护纳萨尔的强大机构问责：密歇根州立大学、美国体操协会、美国奥委会以及联邦调查局。

随着这出宣泄性的法律大戏的展开，我始终受到这样一个事实的困扰：我和其他被丹·法里内拉性侵的男孩们被剥夺了在法庭上面对他的机会，我们再也无法揭露他灵魂毁灭者的真实面目，并从中获得某种安宁。

我最不希望的就是拥有第二次机会。但当纽约州在2019年通过《儿童受害者法案》时，它重新打开了三十年前在我面前关上的法庭之门。

就像其他几个州的立法一样，新法案解决了我遇到的那个令人泄气的问题：童年性侵害的受害者可能需要几十年的时间才能克服恐惧、羞耻和创伤，进而寻求刑事或民事司法救助，但到那时，我们却会被诉讼时效法规挡在门外。《儿童受害者法案》改变了这一切，它允许人们在五十五岁之前采取行动，因此，受害者们能有更长的时间来提起刑事指控和民事诉讼。我已经超过了年龄限制，但法案也为我提供了一个为期一年的窗口——后来延长到了两年——在此期间，像我这样的人可以对施虐者以及纵容他们的机构提起民事诉讼，无论时间过去了多久。

现在丹·法里内拉已经死了，不在法律的管辖范围内了，期望将他关进监狱的刑事案件也结案了。但我可以提起民事诉讼，起诉拥有并控制艾拉·福斯营的犹太联合捐募协会，以及管理夏令营的布朗克斯区青年男女希伯来协会。最后，我还可以迫使这两个组织——也间接迫使芝加哥的犹太青年服务委员会和匹兹堡的犹太社区中心——正视与法里内拉有关的这一被掩藏的真相，面对他们将成千上万儿童的福利托付给了这个连环猎捕者的事实。

令我感到鼓舞的是，和其他许多社区一样，犹太社区也意识到了性侵害的普遍威胁和追究责任的必要性。一百多名拉比和其他犹太领袖签署了一封公开信，支持《儿童受害者法案》。他们呼吁自己的会众与受害者站在一起，为他们寻求正义，并认为这将有助于防止虐待事件在未来继续发生。"我们也痛苦地承认，"他们写道，"宗教机构往往是问题的一部分，而不是疗愈的源泉……。"

我在纽约见到了詹姆斯·马什，他是一名庭辩律师，曾代表性侵害、校园强奸和儿童色情制品的受害者提起过开创性的诉讼。在讲述自己的故事时，我发现我在 20 世纪 80 年代追捕法里内拉的大部分细节都已经被淹没了。苏珊也很难回忆起这些细节。我们把这段经历彻底封存了起来，以至于后来便很少提起。

我在办公室壁橱的深处翻箱倒柜才找到那个标有"法里内拉 /1986-87"的箱子。当我在三十年后首次打开它时，我发现上面放着一个灰色的信封，里面装着一些硬邦邦的长方形的东西：法里内拉的电话录音带。我得买个盒式录音机才能听这盒录音带。

信封下面有几十个文件夹。我都忘了自己攒了多少资料。这一切都在这里 —— 每一条线索，每一个电话，每一个证人 —— 等着我去完成我已经开始做了的事情。

我知道，对犹太联合捐募协会和青年男女希伯来协会采取行动将是一场孤独的冒险。当我联系其他受害者时，只有一个人给了我回应。法里内拉在五十年前织下的沉默之网，那张网住了男孩、家庭、同事和机构的大网，至今依然牢固，仿佛他死后还在继续维持。

我的一部分，一个非常执着的部分，并不愿意冒着再次令人心碎的失败风险走上法庭。但随后我想起了安德鲁·瓦克斯在几十年前传授的一些智慧。活下来没什么大不了的，他说。生存不过是运气而已。活下来之后做的事情才重要。如果你能长大成人，并且仍然关心并帮助保护其他孩子，那你就已经超越了你所遭受的虐待。我想起了雷切尔·丹霍兰德，想到她的决心如何让一代运动员抛开耻辱，让这项运动变得更加安全。我必须采取行动，即使没有其他人会跟随我一同踏入法院的大门。

结果是别人先站了出来。2021年初，一位不愿透露身份的匿名男子在纽约对布朗克斯区的青年男女希伯来协会提出了控诉。这名男子声称，从1960年左右开始，东特雷蒙特青年旅社的主管丹·法里内拉对他进行了长达两三年的性侵，而这远在法里内拉抵达艾拉·福斯营之前。这位"无名氏"首次遭性侵时只有十二岁，他来自一个破碎的家庭，与父亲很少联系；过去，他每周放学后都会去东特雷蒙特青年旅社待几天。之后，他去了威洛威营的厨房工作，法里内拉是那里的主管，在那个地方，侵害行为仍在继续。

读他的诉状就像在看一部我已经看过一百遍的恐怖电影的前传。他的叙述准确无误地预示了我自己的命运。我们的案例之间也有法律上的联系：东特雷蒙特和艾拉·福斯营都是由布朗克斯区的青年男女希伯来协会经营的，都是犹太联合捐募协会的附属机构。

我理解为什么在法里内拉偷走了他的童年几十年后，这位现已七十多岁的受害者会选择匿名。这个秘密有着无所不能的力量。但我再也藏不住了。

我在五年级进入希伯来学校，为了给成人礼做准备，我们学过希伯来语、《圣经》还有犹太历史。但我记得最清楚的是一本灰色平装书，名叫《行公义》（*To Do Justly*）。这本书的标题取自先知弥迦："何为善，神向你们所要求的，你们都已蒙了指示：要行公义，仁爱，存谦卑的心，与你的神同行。"

我们的老师用这本书帮助把弥迦的崇高训诫转化为了美国的社会正义，那大约是在1965年。我们可以倡导民权，喂饱挨饿的人，帮助不幸的人。我那本《行公义》由于反复阅读已变得破旧不堪了。在我十三岁的时候，也就是丹·法里内拉开始性侵我的那年，我已经在一个低收入住房项目中对孩子们进行义务指导，声援塞萨尔·查韦斯和德拉诺葡萄工人团结一致，游行20英里，并在后院举办临时嘉年华，为脑瘫儿童筹集资金。

在所有这些活动之中，我只不过是当时当地的一个非常普通的孩子。我们这一代的改革派犹太人是在"要帮助其他不幸者"的教义中成长起来的。这一信条是我母亲为一家社会服务机构工作的理由，也是她对法里内拉这样的社会工作者推崇有加的原因。她和肯每年都向犹太联合捐募协会捐款，因为没有任何组织比它更能帮到有需要的人。他们会把我送到艾拉·福斯营，是因为营地最初的使命是要为那些在炎热的夏天无法离开城市的贫困儿童提供服务。

丹尼尔·法里内拉是布朗克斯区的混血儿，有一半犹太血统，一半意大利血统，他的黑暗天才在于巧妙地利用了这种身份所具备的特殊的亲社会力量。如何才能更好地获得犹太机构的信任，并不受质疑地接触到他们的未成年人呢？

我的民事诉讼不涉及他是否性侵儿童的问题。多名受害者和他自己都已经承认了这一点。关键的法律问题是犹太联合捐募协会和青年男女希伯来协会是否知道或应该知道我和其他男孩处于危险之中。根据那位匿名人士的说法，法里内拉在布朗克斯区青年旅社的不当行为是"公开而明显的"，有一次，一名员工在他被虐待时走了进来。当然，艾拉·福斯营的营员和工作人员都知道，法里内拉的目标是男孩，他对他们进行不恰当的关注，并公然对其上下其手。事实上，许多艾拉·福斯营的员工——服务

员和厨房杂工 —— 自己就是受害者。

犹太联合捐募协会和青年男女希伯来协会的记录可以显示是否有营员、家长或员工登记了他们的担忧或提出过投诉，而重启这些文件并罢免前管理人员的唯一方法就是提起民事诉讼。我的行为还有可能促使纽约州和其他州的更多受害者着手追责。我们都是被一个隐藏在众目睽睽之下的连环猎捕者盯上的人，而这个猎捕者受到了一种宁可视而不见的文化的保护。这根默许和共谋的链条横跨了五个营地、六个州及多个社会服务组织，而犹太联合捐募协会和青年男女希伯来协会就是这一链条上的第一个环节。

《儿童受害者法案》肯定了"伸张正义永远不会太晚"的原则。除非像我这样的男男女女们下定决心寻求正义，否则这些组织不太可能改变视若无睹的行事作风。除非他们能在压力下面对近代史中的这一篇章，进行彻查，并吸取教训，否则他们将无法保护自己所照顾的儿童。

我已经六十六岁了，宁愿不上法庭来进行这种清算。我不想沉湎在过去。我当然不希望我的生活被浓缩成半个世纪前发生过的性侵事件。但如果雇用丹·法里内拉的机构假装这些事件从未发生过，我也不会袖手旁观。我不会让掠夺者得逞，不会让他总能因默许和令人反感的沉默法则而得到豁免。

致谢

本书的写作是一项耗时数十年的事业。我要感谢许多人，是他们支撑着我的身体和灵魂，让我顺利地写完了这本书。

纽约的肯尼斯·格林斯潘医生和斯图尔特·坎特医生对我或有救命之恩，或者至少也是让我有了活下来的可能。早在我有头绪之前，坎特就坚持要我写下这个故事。在旧金山湾区，我很幸运地找到了治疗师理查德·卡尔森和尤金·波特。波特的男性幸存者先锋小组既为我提供了启示，也是我的避难所。在新墨西哥州，卡梅隆·霍夫向我展示了要如何通过身体和写作行为来获取情感的真相。最后，在这个项目的终章阶段，朱莉·布朗·尤博士成了帮助我抵御心魔的 Skype 女神。

我要向我的精神兄长释慧越致敬，他为我遮风避雨，作为休斯敦莲花寺的住持，他持续地以无私的榜样形象领导和服务着寺庙的各项事务。我永远感谢禅修老师杨信善，是他教会了我何为心灵的本质以及该如何摆脱痛苦。

　　我非常荣幸能在自然资源保护委员会与这么多杰出和敬业的同事一起工作。我要特别感谢约翰·亚当斯、米奇·伯纳德、乔尔·雷诺兹和吉娜·特鲁希略，他们近半生都在为我提供支持。琳达·洛佩兹不仅是我在工作上的得力助手，也是我在写作过程中坚定不移的朋友和值得信赖的知己。

　　如果没有那些在 1986 年挺身而出、呼吁执法部门履行职责的勇敢的人们——受害者和证人——的帮助，我不可能完成这段旅程。或许我们被挫败了，但我永远感激他们的声援。此外，我还要感谢艾拉·福斯营、亨利·霍纳营和艾玛·考夫曼营的许多前营员和员工，感谢他们慷慨地奉献了自己的时间、回忆，并提供了精神上的支持。

　　在法律层面，我要特别感谢詹姆斯·马什、文森特·纳波、塔蒂亚娜·阿克洪德和莫莉·切尔利两位律师——他们是我的梦之队，是他们带领我依照《儿童受害者法案》争取到了正义。

　　待及本书出版之时，我知道我可以把这个最最私密的项目委托给我的经纪人兼老朋友盖尔·罗斯。她是最棒的。她对我未尽手稿的信任支撑我完成本书的写作，她还展现了自己标志性的细腻和洞察力，为这本书在大都会图书公司寻到了完美无缺的归宿。

　　里瓦·霍奇曼，我出色的编辑，是上天赐予我的礼物。

她敢于接手一个许多出版界人士避之不及的故事，还能完全沉浸到书中的世界里，构想它的未来。她非凡的洞察力和精巧的手艺帮助塑造了这本书的方方面面。她是每一位作者梦寐以求的编辑。我也很感谢大都会图书公司和霍尔特公司的整个优秀团队，感谢他们将这本书推向世界。

我的堂兄戴维·米尔斯自 20 世纪 90 年代起就一直在敦促我，他相信，如果其他家庭了解恋童癖的作案手法，就可能免于这场灾难的侵袭。我一贯仰仗戴维敏锐的记忆力、细致的阅读和始终如一的支持。这本书证明，我俩在父辈兄弟般的爱中建立起来的童年纽带，远比试图摧毁它的人要牢固得多。

我的姐姐唐娜自我们认识的那天起就一直张开双臂支持我。在写作的过程中，我请她和我一起重温一些艰难的时光，她总能怀抱诚实、温暖和同情的态度来配合我。我爱你，姐姐。

我要感谢那些同意阅读并评论我手稿的朋友们：杰拉尔丁·布鲁克斯、莱斯利·科津、达纳·戴维斯、坦尼娅·霍维茨和佩莎·鲁宾斯坦。无与伦比的安玛丽·道尔顿是我的设计天使。特别值得一提的是杰夫·诺曼。除了对初稿进行缜密的阅读以外，他还始终陪在我身边，随时准备好带我去看世界扑克大赛，以此减轻我的痛苦。这招一直很管用。

威尼斯海滩的自行车车队——杰西·格林、拉米·杰菲、苏珊和瓦伦丁——在过去两年里的无数个下午和晚上，他们带着爱和光明滚滚而来，将我从过去中解救出来，让我重获自由。

在我完成这部作品之前，两位终生好友和作家相继离世。托尼·霍维茨的心胸与其著作同样开阔。我们最后一次的谈话是关于花生酱小姐的。我多希望他还在这里，这样，他、乔什和我就可以就 1978 年的夏天再次展开争论。当我们还是孩子的时候，戴维·黄·路易就曾向我展示过文字的魔力，长大以后，他更是像魔术师一般，将其变换为了令人目眩神迷的散文。我们的友谊扎根于纯真之中，降生于黑暗来临之前，并绽放了长达半个世纪之久。我每天都想念他。

最后，两位与我共同亲历这一事件的友人使得对这段记忆的重述成为可能。乔什·霍维茨是我五十年来最为亲密的朋友。在我们无忧无虑的青年时代，除他以外，没有人能让我自涉险境又全身而退——而正是这一切促成了这本回忆录的内容。成年之后，他一直是我的支柱。如果这还不够，他还是叙事结构方面的专家。从第一稿第一页开始，他就是故事顾问、写作教练兼心理医生。没有他，就不会有第二页。身为一名写作者，没人比我更受友谊的垂青。

我的妻子苏珊·埃米特·里德一直是我爱的支柱。正如范·莫里森曾经唱过的那样："这是一种真正有分量的联系。"在写作本书的过程中，她不得不和我一起重温我的故事中最艰难的那些片段。她以优雅的姿态和对情感事实的坚定与执着完成了这项工作。每一稿的每一页她都读了很多遍，每一个错误的地方她都不厌其烦地指了出来，她也为此而感激上帝。有她在我的旅途中为我照亮道路，我感恩不已。

　　致我的儿子斯凯，他对正义的承诺鼓舞着我：你的祖父正微笑着，他和我一样以你为荣。

　　最后，我想对那些认识的、不认识的，曾遭受丹·法里内拉之害的人说：这本书是我疗愈的方式，也是我唯一的疗愈方式。我尊重你们自己的经历和选择，不管它们是什么。我要对所有仍被某个可怕的秘密所束缚着的兄弟姐妹们说：你们并不孤单。愿我们都能享有安全、和平、自由的人生。

主　　编 ｜ 谭宇墨凡
策划编辑 ｜ 谭宇墨凡

营销总监 ｜ 张　　延
营销编辑 ｜ 狄洋意　许芸茹

版权联络 ｜ rights@chihpub.com.cn
品牌合作 ｜ tanyumofan@chihpub.com.cn

Room 216, 2nd Floor, Building 1, Yard 31,
Guangqu Road, Chaoyang, Beijing, China